Zeichnung von Pier Paolo Pasolini

Pier Paolo Pasolini

Amado Mio

Zwei Romane über die Freundschaft

Aus dem Italienischen von Maja Pflug

Verlag Klaus Wagenbach Berlin

Die italienische Originalausgabe dieses Buches erschien unter dem Titel
Amado mio, preceduto da Atti impuri
bei Garzanti Editore s.p.a., Mailand

Quartheft 130

Satz und Druck: Poeschel & Schulz-Schomburgk, Eschwege
Gesetzt aus der Borgis Janson Antiqua Linotype
Bindung: Hans Klotz, Augsburg
Titelbild: Photographie aus dem Familienalbum von Pier Paolo Pasolini

ISBN 3 8031 0130 1

Inhalt

Unkeusche Handlungen

I

30. Mai 1946

EINE QUALVOLLE WOCHE jährt sich. In diesen Tagen vor einem Jahr war ich an dem Punkt, jene Bewegung zu vollführen, die unwillkürlich in meiner Vorstellung wieder gegenwärtig ist, wenn ich an meine Sünde denke – die Bewegung meiner Hand, die sich bewaffnet gegen mich erhebt. Ich sehe mich noch mit zur Wand gekehrtem Gesicht auf dem Bett liegen ... Ab und zu tauchte ich aus meiner Betäubung auf, einer Art Lähmung, in der ich mich von meiner Existenz losgelöst fühlte, und kam wieder zu mir. Nisiuti hatte mir auf der Straße vor dem halboffenen Hoftor von seiner Beichte erzählt. Es war der angstvollste Augenblick meines Lebens. Plötzlich hatte ich Nisiuti weit weg von mir gesehen, als hätte ihn ein Windstoß von meiner Seite gerissen und in sagenhafter Ferne, an einem unkenntlichen Ort, abgesetzt. Mir war, als spräche ich wie im Wahn, wobei ich jede Schwankung meiner Stimme wahrnahm, und sogar mit Interesse; aber die Angst, die Wut machten mich grausam gegen ihn. Ich packte ihn am Arm und zog ihn weit von den Häusern fort; ich überhäufte ihn und seine Religion mit Beschimpfungen (was allerdings nicht verhinderte, daß ich mich durch jenen Unschuldigen zu Unrecht vom Schicksal getroffen fühlte und von meiner ungerechten Raserei gegen ihn ergriffen war). Ich ließ mir die Worte des Priesters wiederholen; ich war verloren. Ich beschuldigte ihn, mich zugrunde gerichtet zu haben; ich sagte ihm sogar, er hätte ja die Möglichkeit gehabt, zwischen diesem seinem falschen Gott und mir zu wählen, und hätte mich dabei ausgeschlossen, diese Wahl sei nun endgültig. Fast weinend sprach ich diese Worte; wohl um die Tränen zu verbergen und aus einer Art dramatischer Grausamkeit heraus ließ ich ihn so am Tor stehen. Er ging langsam nach Hause davon, mit, ich entsinne mich gut, schreckgeweiteten Augen. Ich aber konnte es natürlich, zu Hause vergraben, nicht lange aushalten und ging wieder hinaus, in jenem Augenblick wirklich überwältigt, weinend und seinen Namen rufend ... Ich war überzeugt, daß nur wenig mich noch vom Tod trennte, und sagte mir sogar, daß keine andere Lösung möglich sei; so betrat ich, nachdem ich, ohne mir dessen bewußt zu sein, am Bewässerungskanal entlanggegangen war, ein Häuschen mitten in den Feldern – einer der Orte, wo, wie ich berichten werde, meine Liebe entstanden war. Dort drinnen vollführte ich wahnsinnige Gesten, über die ich jetzt auch lächeln könnte, wüßte ich nicht, daß mir diese Möglichkeit immer noch offensteht. Dort drinnen lasse ich ein Bild von mir zurück, das ich lieber nicht wiedererwecken möchte. Ich werde nur sagen, daß ich an die Art des Sterbens dachte; und inzwischen überschüttete ich jenen armen Jungen halblaut, schluchzend, mit Beleidigungen, aber auch mit Koseworten – durchweg betroffen und leicht abgelenkt vom klaren Klang meiner Worte. Später ging ich schließlich nach Hause, machte mich aber gleich wieder auf den Weg, um ihn zu suchen; ich wollte ihn um Verzeihung bitten, ihm versprechen, daß ich ihn nie mehr quälen würde. Seine Eltern wußten nicht, wo er war, zuvorkommend wie immer riefen sie laut nach ihm; er war im Gemüsegarten; ich sah ihn traurig und mit geröteten Augen auf mich zukommen. Im Gras des Gartens versteckt hatte er geweint ... Gemeinsam schritten wir Arm in Arm auf das Dorf zu, und ich empfand nun eine schrankenlose, tröstliche Zuneigung für ihn, die durch den Kummer nur noch umfassender und lichter wurde. Der Mond schien nicht; im ungewissen Grau der Felder begann ich aufs neue, ihn mit meinen Fragen, mit meinen Versprechungen zu quälen; er aber blieb – so zart, so respektvoll –, obgleich von sichtlichem Mitgefühl ergriffen, standhaft in seiner Weigerung. Ich zog ihn einen abgelegenen Pfad entlang, und als wir weit genug von der Straße entfernt waren, lehnte ich ihn schließlich an einen Maulbeerbaum und umarmte ihn, küßte ihn ... Ich besaß die Geschicklichkeit dessen, der um Almosen bittet. Doch er begann, vom Bösen erschreckt, erneut verzweifelt zu weinen; und ich kniete, meinerseits erschrocken, verzweifelt vor ihm nieder und beschwor ihn, sich wieder zu fassen. Ich versprach ihm, ihn von nun an nur noch wie einen Bruder zu lieben.

31. Mai

In meinem Leben ist nichts mehr unlogisch, außer den Verbindungen zwischen den Dingen, aus denen es besteht. Ich höre verworren die Stimmen im Hof der Rosas, bei denen ich jetzt wohne, die gelegentlichen Rufe, das Gackern des Federviehs, und alles verwebt sich zu einem ständigem, gemessenem Murmeln. Ich höre in mir einen Gedanken – ganz intellektuell ... Dann ruft mich Nisiutis Stimme, ich sehe ihn von der Veranda aus; abgehärmt und traurig steht er da mit den Heften unter dem Arm; heute gleicht sein Mund zu sehr dem seiner Mutter. Über ein Jahr ... Er ist jetzt fast sechzehn. Wie können all diese Dinge nebeneinander bestehen? Ich sehe der Zukunft mit Gleichgültigkeit, aber mit einem inneren, beunruhigenden, weitreichenden Argwohn entgegen. Nisiuti spielt, während er auf mich wartet, mit einigen Jungen im schlammigen Hof. »Mein Gott«, schreie ich innerlich, und ich weiß nicht mehr, was ich hinzufügen soll: so sehr bin ich damit beschäftigt, meine Bücher aufzuräumen, aufzustehen, die Treppe hinunterzugehen, ihn zu rufen, ihm die Lateinsätze zum Übersetzen zu geben. Während er über das Heft gebeugt ist, stehe ich vor unserer Liebe wie vor einem unsichtbaren Monster.

Da ist ein zu großes Gefühl von Einzigartigkeit in unserer Begegnung, unserer Beziehung von einem Jahr. Als ich ihn das erste Mal *sah*, war er ein dunkler Knabe mit leicht gebeugten Schultern, mit von Reinheit und Lebendigkeit übervollen Augen. Ich erinnere mich an sein rosa Hemd. Es war auf der kleinen Brücke eines Bewässerungskanals; er lief mit seinen Gefährten vorbei und wagte es, mich mit einer vertraulichen Geste zu grüßen: es kostete ihn eine schreckliche Überwindung seiner widerspenstigen Natur.

Einige Zeit später kam er mit den anderen Jungen zu mir in die Schule; er war der größte. So herzlich, zart, liebenswert, war es ihm gelungen, sich vor meinen Augen in einen Schleier solch dichter Unschuld zu hüllen, daß ich niemals gewagt hätte, ihn zu verstören.

In jenen Tagen gab es pausenlos Alarm und Bombenangriffe; eines Nachts ging wenige Meter von dem Haus entfernt, wo meine Mutter und ich evakuiert waren, auf freiem Feld eine Bombe nieder. Die Explosion war entsetzlich. Am Morgen, in jener Stille, die wie eine Wunde brannte, lud Giannis Familie ihre Sachen auf Karren und fuhr davon in ein abgelegeneres Dorf; er verabschiedete sich nicht einmal von mir: aufgeregt von der Neuigkeit lachte er mit seinen Vettern auf den Säcken, die auf dem Karren aufgetürmt waren. Ich war wieder allein! Diese Abreise hatte mich so unglücklich gemacht, daß ich glaubte, an die Grenzen jedweder Resignation gestoßen zu sein; außerdem wußte ich nicht, wie ich mich gegenüber so viel Unglück verhalten würde. Ich weiß noch, daß ich mich hinten im Garten verkroch, um meine Tränen zu vergießen. Und da kam mir der Gedanke, daß Nisiuti mich vielleicht hätte trösten können. Ich dachte nur an eine freundschaftliche, liebevolle Vertraulichkeit; noch verjagte ich, als seien sie zu verlockend und erlesen, andere Wünsche. Doch schon vor einigen Wochen hatte ich ihm gegenüber ja eine zärtliche, furchtbare Anziehung gespürt. Jener Augenblick ist in meiner Erinnerung einer der klarsten meines Lebens ... Es ist Sonntagmorgen; kein Alarm ertönt. Ein Aufklärer entrollt sein Dröhnen im seelenlosen Blau. Einige meiner Schüler sind, soeben von der Messe zurückgekehrt, in den Hof des Hauses, in dem ich wohne, gekommen; ein Bursche spielt Ziehharmonika, und mehrere Mädchen sprechen mit dem Onkel der einen, der zu Besuch gekommen ist. Ich sitze, meine grüne Jacke über der Schulter, auf einem Reisigbündel und beobachte. Nisiuti sitzt Seite an Seite mit seinem Cousin auf einer hohen Holzkiste, so daß seine Beine gestreckt bleiben. Er sieht mich mit soviel Sympathie und Zuneigung an, daß ich das Licht seiner Augen mit einem anderen Gefühl verwechsle ... Er ist so vollkommen jungenhaft! Verstört schaue ich auf den gespannten Schoß seiner grauen, kindlichen Hose; seinen türkisfarbenen Kittel; seine blasse und goldene Haut; und diese Augen ... Von da an brachte nicht nur Gianni den Tisch und die Stühle aus dem Abstellraum in das Zimmer, in dem ich Schule hielt.

2. Juni

Heute ist Kirchweihtag, und ich höre die Glocken aus San Pietro; dieses Ereignis dient mir dazu, einen Vergleich zu ziehen zwischen mir und dem, was die anderen noch immer sind. Genau spüre ich ihre Schwäche, ihre erbitterte Hingabe an die unschuldigsten Verlockungen dieses alten Lebens. Festlich gekleidet betrachten sie besorgt die riesigen, donnerzerquälten

Wolken, die den Himmel zu drei Vierteln bedecken. Eine breite blaue Spur in Richtung Meer nährt ihre kindischen Hoffnungen. Oh, wenn ich an meine Unrast als Heranwachsender zurückdenke, an diese sonntägliche Begierde, mich in den Lauf des Lebens einzureihen! Es war ein einziges Mißverständnis, das weiß ich jetzt, aber ein Mißverständnis, das jedenfalls meine Energie geschwächt hat, und jetzt leide ich an den Folgen: dieser durch einen Wirrwar übriggebliebener Leidenschaften entnervten Gleichmütigkeit. Ich könnte meine Existenz mit einem Vulkan auf einer einsamen Insel vergleichen.

(Unglaublich, jetzt, wo der Regen aufgehört hat – Schreie, heftig-harmonisches Vogelgezwitscher –, denke ich daran, mich anzuziehen, um hinauszugehen; die Wahl ist getroffen: graue Hose, leichte blaue Jacke, gelbes Trikothemd ... So angezogen werde ich noch einmal der unschuldige Verräter meiner selbst sein, mein *lebendes* Abbild, das mit dem Fahrrad die schlammige Straße entlangfährt, wo die ZEIT nur in Abständen von Jahrzehnten Spuren hinterläßt.)

Kirchweih in San Pietro – eine Menge bekannter Gesichter. Im halbleeren Castiglione ragen die Trümmer in den stürmischen Himmel – ich fühle eine vollkommene Langeweile, sogar in meinem frischen Sonntagsstaat. Ich kehre nach Hause zurück – zur Ebene hin grauenvoller Himmel – ein nichtendenwollender Donner. Hier in meinem finsteren kleinen Zimmer höre ich das Ächzen einer Pumpe, die der Erde mühsame Wasserstrahlen abringt. Es ist der einzige Laut: zu ihm gesellt sich ein Blöken, und aus einem Stall ein leises Kettenklirren.

....

Ich war in Gradisca; wir befanden uns allein im Korridor, ich, mein Vater und meine Mutter. Wir spürten Guidos furchtbare Abwesenheit. Mit einem Überschwang anderer Zeiten (als ich ein Junge war) schickte ich mich an, in dem alten Zimmer zu schlafen. Doch auf einmal wollte ich hinaus, um den riesengroßen kastanienbestandenen Platz auf dem Hügel gegenüber vom Haus zu sehen. Ich konnte mich nicht erinnern, wo die Tür war; ich fand sie mit einer mechanischen Anstrengung des Gedächtnisses. Ich fiel auf die Knie: durch die halboffene Tür sah ich den Park wieder, den ich seit über fünfzehn Jahren nicht mehr gesehen hatte. Was für eine Veränderung! Ein wundervoller, unbeschreiblicher Duft drang mir tief in die Brust und ließ mich vor Freude aufschreien; und hinreißend, fast sichtbare Form jenes Duftes, erschienen die Bäume, in einem ruhigen, vollkommenen Grün, mit rosa Blüten übersät, die eines paradiesischen Festes würdige Trauben und Girlanden bildeten.

Ich *wußte*, daß ich träumte. Noch immer denke ich an jenen strahlenden Duft, an die unaussprechliche Vollkommenheit jener Äste und jener Rosenhecken. Ich war also in Gradisca; in dem Haus, in dem ich gelebt habe, als ich neun war. Ist es die Erinnerung, die es so glücklich verklärt hat?

Es regnet wie im Herbst. Vielleicht werde ich nicht zum Tanz gehen können. Dennoch bin ich leicht und freundlich – sogar in dieser unmenschlichen Langeweile – und fühle in mir meine ursprünglich heitere und beinah fröhliche Natur. Aus dem Hof steigen die üblichen Stimmen herauf, die in der Stille klingen wie von einem anderen Stern, einer anderen Welt. Jetzt, wo das Licht, das Rauschen des Regens mich wieder mit zahllosen ähnlichen Stunden meiner Vergangenheit verbinden, jetzt steht mit unermeßlicher Süße Nisiutis Bild vor mir. Was von ihm kann ich mir wieder ins Gedächtnis rufen? Zuviel, wirklich zuviel haben wir zusammen gelebt; ich kann mich nicht an den Versuch einer einzelnen Erinnerung wagen. Ein solches Gefühl von Absolutheit und Unverwechselbarkeit bestimmt unsere Freundschaft, daß ich, griffe ich irgendein Detail heraus, riskieren würde, sie zu verderben.

Gewiß, über allem schwebt, wie ein Anblick von Schneebergen über der Ebene, seine Unschuld; jene Unschuld, die vor allem auf seinem Gesicht erscheint, wenn er über sich selbst lächelt.

3. Juni

Vor etwa einem Jahr war Nisiuti mitten im Sommer krankgeworden; und ich zweifelte keinen Augenblick daran, daß er sterben müßte. Bei den anderen tat ich so, als spräche ich bloß mit einer gewissen Besorgnis über die Krankheit, während mir doch die Stimme wegblieb und ich statt des Gesprächspartners das stille Haus vor mir sah, das Schluchzen der Frauen, die überstürzte Ankunft des Priesters mit den Ministranten, die an die Wand gelehnten Kränze ... Man hatte ihn ins Zimmer seiner Eltern gebracht, und dort besuchte ich ihn selten, da ich befürchtete, ich könnte übereifrig erscheinen. Dieser Kampf zwischen Zurückhaltung und dem Begehren, das mich Stunden um Stunden an seinem Bett hätte zubringen lassen, war zermürbend. Doch wenn ich ihn ansah und zu ihm sprach, fühlte ich mich entzweibrechen – in zwei lächerliche und abstoßende Bilder, die an seinem unschuldigen schmalen Bett gestikulierten. Eines tröstete ihn, lächelte ihm zu, tat, als wäre nichts; das andere schrie: »Ich bin schuld; Gott selbst rettet ihn, indem er ihn sterben läßt, er entreißt ihn der Sünde, die ich ihn lehre.« Ich kehrte nach Hause zurück und hatte immerzu dieses fiebergerötete Gesicht, diesen halbgeöffneten Mund vor mir. »Ich habe ihn in diesen schlimmen Zustand gebracht, ich bin die Ursache seines Todes.« Und dann mit mehr Ruhe, fast grüblerisch, aber mit der Präzision eines Wahnsinnigen: »Gott handelt gezielt: was gerade geschieht, ist von absoluter Konsequenz. Aber Nisiutis Mutter? Warum sollte sie leiden müssen?« Ich klammerte mich an diese Unzulänglichkeit, diesen Riß im göttlichen Handeln. Aber ich sah wohl, wie leicht meine Hoffnung zu widerlegen war.

Meine unermeßliche Liebe zu Nisiuti entstand in den ersten Monaten des Jahres 1945, als ich, wie ich schon erwähnte, wegen Gianni fast verrückt geworden war. Es war die entsetzlichste Zeit des Krieges. In Viluta, einem winzigen, einsamen Dorf mitten in den Feldern, war ich nach und nach in eine wirklich unmenschliche Lage geraten: die Einsamkeit, der Stolz, die schreckliche Angst zu sterben waren eine Last, die mich veränderte und mich schlechter machten. Deshalb habe ich Dina mehr als nötig leiden lassen. Dann muß ich auch den kurz zurückliegenden Verlust meiner Jungfräulichkeit als Heranwachsender erwähnen, der mir viel von meiner Reinheit und meinem Streben nach Güte genommen hatte. Ich entsinne mich manch furchtsamer Abende, an denen jeder kleinste Gegenstand in eine Todesatmosphäre eingetaucht schien. Es war Winter. Der halbaufgetaute Schnee gefror des Nachts und umschloß alles mit einem leichten Schleier aus Glas. Wenn der letzte Alarm des Tages vorbei war, aß man zu Abend, voller Schrecken bei dem Gedanken, daß bald die Geräusche der nächtlichen Flugzeuge zu hören sein würden. Gleich nach dem Abendessen ging ich aus dem einzigen Zimmer, das ich mit meiner Mutter bewohnte, in die Küche hinunter, zu den Hausleuten, den anderen Evakuierten und einigen Nachbarn. Die Frauen spannen. Nach und nach kam eine korrupte und schwüle Atmosphäre auf, in der sich die Angst vor dem Tod mit banalstem Klatsch, mit zuweilen offen obszönen Reden mischte. Das tagelange Leben ohne sich je bewegen zu können, einem Schrecken nach dem anderen ausgesetzt, hatte uns alle schlechter gemacht, fast pervers, und die natürlichen kleinen Ambitionen waren erbärmlich geworden. Oft kam Dina, die etwa hundert Meter von unserem Hof entfernt wohnte, uns besuchen und brachte ihre Geige mit. Eines Abends stieg ich, obwohl ich sie doch gern hatte, früher als sonst in die Küche hinunter, da ich ihren Besuch vorhersah, und setzte mich mit den anderen um die Feuerstelle. Ich blieb in einer Ecke, die ein wenig im Schatten lag, und hielt Gianni auf den Knien. Ich sprach und scherzte mit ihm, der an jenem Abend weniger wild war als sonst; er ging auf meine Scherze ein und fixierte mich mit seinen Augen, die so sehr zwei türkisfarbenen Seen glichen. Sie kam und ich verfolgte Schritt für Schritt, Wort für Wort, wie sie sich im oberen Zimmer mit meiner Mutter unterhielt. Ich fühlte das Eis ihres Fleisches, ihre Verzweiflung, den Schatten, in den sie sich stürzen, in dem sie sich untergehen sah. Ganz genau stellte ich mir ihre schwierigen Gesten vor, die übermäßige Weisheit in ihrem Reden, das umsonst für einen nicht vorhandenen Zeugen versuchte Lächeln. Dennoch war ich zu sehr an Gianni gebunden und tat, als habe ich sie nicht bemerkt. Gianni war wundervoll, mit vom Herdfeuer geröteten Wangen und Augen, die mich *bewußt* anblickten. An jenem Abend hatte ich mit ihm ein Spiel erfunden, das darin bestand, daß wir uns starr in die Augen schauten, ohne zu lächeln. Ich war ganz von Sinnlichkeit gepackt ... Und da vernahm ich auf einmal ein, zwei Akkorde der Chaconne: sie waren aus der 14. Variation, klagend, quälend, einer menschlichen Stimme gleich. Dina rief nach mir. Ich fuhr fort, dem Jungen in die Augen zu sehen und ihn im Arm zu halten.

Einige Abende danach gestand sie mir, daß sie mich gerufen habe mit jenen Akkorden aus der Chaconne. Ich rechtfertigte mich konfus und vollbrachte zwei Dinge, die sie quälten, ich nahm nämlich einen unschuldigen, kindlichen Ausdruck an und hielt gleichzeitig etwas von mir vor ihr geheim. Dadurch begriff sie, daß es sich um heuchlerische Ausreden handelte, und konnte es nicht fassen. All ihr Schmerz ergoß sich in eine hartnäckige, nutzlose Dialektik; sie wollte, daß ich ihr etwas von mir gebe und kreiste mich ein mit sentimentalen Forderungen, mit Bedenken, mit dieser oder jener List – deren sie sich jedoch bewußt war und die sie fast nie in die Tat umsetzte, da sie sie schon vorher bereute –, damit ich ihr wenigstens meine Aufmerksamkeit zuwende, mich auf ein Gespräch mit ihr einließe. Sie begriff, daß ihre Anwesenheit mir nicht sonderlich angenehm war, und daß es, hätte sie sich zu viel in meiner Nähe aufgehalten, für mich ein Grund gewesen wäre, sie zu bemitleiden, also versuchte sie, sich nicht so oft sehen zu lassen; aber sie hielt es nicht aus. Und ich könnte eine Unmenge kleiner Vorwände aufzählen, die sie sich ausdachte, um zu uns zu kommen. Sie war sehr klug und erfahren, bewahrte sich aber die Seele (oder den Körper?) eines Mädchens. Inzwischen hatte alles, was sie tat, um in mein Leben einzutreten, die gewöhnlichen Kriterien von vernünftig und unvernünftig, naiv und hintersinnig verloren. Eines Abends überreichte sie mir einen Brief, in dem sie mir ihre Liebe erklärte; es war kein üblicher Liebesbrief. Sie hatte, durch die vielen Gedichte, die wir zusammen lasen, eine Art literarisches Italienisch gelernt, und sie sprach von mir, von meinem Körper, wie ich von einem Knaben gesprochen hätte, der mich bewegt. Sie sprach von meiner Stirn ... Ich beantwortete jenen Brief nicht: ich glaubte, sie wisse, daß jener Brief zwecklos sei und betrachte ihn daher, so wie ich, als eine beliebige Art, sich zu trösten. Und zwecklos in zweifacher Hinsicht, erstens weil mir die Liebe, die mir erklärt wurde, schon bekannt war, und zweitens, weil ich sie niemals würde erwidern können. Sie litt entsetzlich, nicht nur, weil ich ihr nicht geantwortet hatte, sondern weil ich mich verhalten hatte, als hätte ich den Brief nie bekommen. Dennoch, weder bereute sie es, noch war sie froh, daß sie mir jene Seiten ausgehändigt hatte, das ist gewiß. Es war eine Geste wie all die anderen, die sie mir gegenüber machte: eine Geste, die sogleich von einem unerbittlichen Wind erfaßt und verweht, hinter uns gelassen wurde.

Den Fehler, den ich machte, indem ich auf ihren Brief nicht antwortete und nicht darüber sprach, beging ich noch mehrmals. Selbstverständlich war es für mich ein Fehler ohne Folgen. Aber ich betrachte es dennoch als Fehler, weil sie darunter litt. Ich hatte sie sehr gern, und erst in den letzten Monaten begann sie, mir zur Last zu fallen: wir führten kein Gespräch mehr miteinander, sondern einen ständigen Streit. Dennoch bemühte ich mich, meine nicht vorhandene Liebe durch echte Zuneigung zu ersetzen. (Es war alles nur eine Willensfrage, ich weiß, und hatte nichts mit meinem Leben zu tun; es war mir vollkommen gleichgültig. Wenn Dina nicht in meiner Nähe war, dachte ich nur schwerlich an sie; trotzdem, wenn Worte auch nur annähernd einen Sinn haben, dann hatte ich sie *gern*. Aber wer von uns würde wirklich leiden, wenn jemand stirbt, den man gern hat? Hätte dagegen Nisiuti infolge seiner Krankheit sterben müssen, ich weiß nicht, ob ich ihn überlebt hätte.) Im Umgang mit ihr überschätzte ich sie: ich dachte, sie brauche nicht zu viele Worte, zu viele Präzisierungen; ich dachte, ich könne mich ihr gegenüber bedenkenlos äußern; ich dachte, sie brauche keine emotionale Unterstützung. Ich verhielt mich ihr gegenüber wie gegenüber der Figur eines Dramas, die ihre Zukunft schon kennt. Und sie dagegen brauchte es auch noch in den letzten Monaten – als sie von meiner Liebe zu Nisiuti erfuhr, d. h. als sie jede mögliche Hoffnung verlor –, daß ich ihr alles lange und ausführlich erklärte; brauchte es, daß ich zartfühlend mit ihr sprach, daß ich ihr alle meine Gefühle darlegte. So voller Scham, wie ich war, hatte ich kein Zartgefühl und noch viel weniger konnte ich mich verstellen; doch um meine Zurückhaltung nicht ein wenig überwinden zu müssen, ließ ich sehr viele Dinge außer acht, wofür ich dann durch ihren Schmerz büßte. Irgend etwas wollte sie eben von mir, und sei es auch nur meine Dankbarkeit. Eines Tages, als sie schon alles wußte, ging sie so weit, mir vorzuschlagen, sie wolle mein Schutzschild gegen das Gerede der Leute werden: ein absoluteres Opfer kann man sich nicht vorstellen. Wäre ich etwas scheinheiliger gewesen, hätte ich bei jenem Vorschlag die Tränen, die mir in den Augen brannten, nicht zurückgehalten. Aber auch da ließ ich zu, daß sie phantasierte.

5. Juni

Heute Abend ist Nisiuti nach vier oder fünf Tagen, an denen er krank war, wieder zu mir gekommen. Abgemagert, müde, seine Adoleszenz tritt in eine zweite Phase ein. Ich liebe ihn nicht mehr; aber mir bleibt eine Zuneigung zu ihm, die auf ein

Jahr unvorstellbarer Liebe zurückblickt. Dennoch habe ich ihn heute abend viel geküßt; seine Augen verzehrten sich in einer anderen Schönheit, die nicht mehr so unbewußt war wie früher. Schmerz und Angst lagen in jenen Augen, die das schmal gewordene Gesicht noch größer erscheinen ließ. Und seine Haare hatten einen männlicheren Schwung. Die Veränderung gibt mir nicht jenen schmerzhaften Stich ins Herz, den ich einst gefühlt hätte ... Er ist mit seinen Büchern abgezogen; und ich sah deutlich, ohne es mir zu verhehlen, daß meine Umarmungen und meine Küsse ihn entnervt hatten.

Für all das werde ich büßen müssen; es ist zu einer Schuld ohne mildernde Umstände geworden.

6. Juni

Es war nach seiner Krankheit, die mich in einen unnatürlichen, quälenden Angstzustand versetzt hatte, daß ich versuchte, umzukehren, Buße zu tun. Dina hatte mit mir entsetzt über diese meine Liebe gesprochen: es stimmt, nicht alles (bzw. fast nichts) an ihren Worten war uneigennützig, so sehr sie auch, wie üblich, versuchte, ihrer Rede eine Färbung moralischer Erhabenheit zu geben; sie war eifersüchtig, vielleicht auch beleidigt, daß ein fünfzehnjähriger Junge alle Macht über mich besaß, während sie sich schon mit einem winzigen Teil davon zufriedengegeben hätte. Vielleicht hatte sie Nisiuti zu hassen begonnen, aber das war ihr gewiß nicht bewußt. Sie war sehr klug, ich sage es noch einmal, und sie hatte sich, wenn auch nicht eingehend, mit der Psychoanalyse beschäftigt; dennoch haftete ihr etwas Rigides an – etwas zwischen Sentimentalität und Puritanismus –, das ihr eine vollkommene innere Freiheit verwehrte. Ihre geistige Erfahrung hatte nicht in Vorurteilsfreiheit, in Humor gemündet: deshalb war sie nicht ironisch genug zu sich selbst, um sich sagen zu können, daß ihre Verteidigung der Unschuld Nisiutis zu unverhüllt war; daß ich, hätte ich mich nicht in so dramatischer Weise schuldig gefühlt, über sie hätte lächeln und ihr klarmachen können, was sie selbst nicht wußte. Als sie mich im Ton dessen, der einen Vorwurf machen möchte und sich nicht dazu berechtigt fühlt, nach Nisiuti und meiner Liebe zu ihm fragte, bemerkte sie nicht, daß sie vielleicht eine ungesunde Neugierde befriedigen wollte; denn sie wollte, durch meine Indiskretionen, ein geheimes Bild von mir erspähen ... Endlich hatte sie ein Thema gefunden, bei dem ich von ihr abhängig war, bei dem ich nur auf meine eigenen Kosten würde verächtlich sein können. Ich mußte ihr ja wohl antworten, um nicht feige zu erscheinen; dennoch gelang es mir, sie noch einmal zu täuschen, indem ich meine Leidenschaft für Nisiuti verzerrte ... Sie bemerkte es, und ihre Besorgnis um mich und Nisiuti wurde krankhaft, ließ sie unausgesetzt leiden. Ihr Minderwertigkeitskomplex mir gegenüber war jedoch gemildert: sie hatte mich nun ganz in Sünde verstrickt ertappt, und sie, die sich so gefeit fühlte gegen solche Niedrigkeiten, konnte sich damit trösten.

Die Unwissenheit von Dina, die doch sonst so erfahren, so »zivilisiert« war, über den wirklichen Stand meiner Schuld, rief in mir unerwartet Gefühle, Befürchtungen, Vorurteile wieder wach, von denen ich glaubte, sie hätten ihren Sinn für mich verloren. Ich entdeckte die wörtliche Bedeutung des Wortes »Korruption« wieder; ich konnte noch einmal die Zukunft überdenken, die mich und jenen Jungen vermutlich erwartete. Ich war schmerzlich beunruhigt darüber. Bisher hatte ich mich gerechtfertigt, indem ich mir sagte, daß meine Sünde in mir war, bevor ich geboren wurde, daß es unmenschlich war, daß ich mein Leben *allein* verbringen sollte etc. etc. Doch von jenem Moment an schienen mir diese Argumente nicht mehr ausreichend, weil sie nicht auch Nisiutis Leben betrafen. Ich bin nicht der einzige lebende Mensch auf der Welt! Dann wurde Nisiuti krank, und das bestürzte mich so sehr, daß mich zum ersten Mal nach vielen Jahren die Gottesfurcht packte.

6. Juni, abends

Meine Erziehung war nicht eigentlich *katholisch* gewesen. Mein Vater, Offizier, stand der Religion recht indifferent gegenüber, obgleich er uns jeden Sonntag in die Messe begleitete; er lebte und lebt nicht von diesen Dingen. Auch er hat wie ich (aber auf welch unterschiedlichen Wegen!) seine Existenz auf sich selbst reduziert. In ihm existieren, das ist wahr, diverse Oberflächenphänomene nebeneinander, und er glaubt daran: die Ehre, die Nation, die Zweckmäßigkeit etc. Meine Mutter ist ebenfalls zu ursprünglich, zu ahnungslos; natürlich kann sie nicht anders als glauben; doch ihre Bildung und ihre Phantasie haben unendlich viele Zweifel in ihr geweckt, und ohne daß sie sich darüber im klaren wäre, war ihr Glaube so etwas wie eine naturverbundene Religion geworden. Es herrschte also keine katholische Atmosphäre in unserem Haus; eine moralische und geistige Atmosphäre, das ja. Und eine sehr hohe: nicht umsonst ist mein Bruder mit kaum zwanzig Jahren gestorben, indem er sein Leben für ein Freiheitsideal hingab. Bis fünfzehn glaubte ich an Gott mit der Intransigenz eines Jungen; in der Adoleszenz wurden die Rigidität und Ernsthaftigkeit meines falschen Glaubens noch stärker. Bezeichnend war meine hingebungsvolle Liebe zur Muttergottes. Ich bereitete mir falsche religiöse Gefühlsergüsse (ging so weit, daß ich mehrmals überzeugt war, die Muttergottesbilder sich bewegen und lächeln zu sehen), und in den kurzen Disputen um die Religion war ich ein sektiererischer Parteigänger. Die größte religiöse Angst und die ersten *echten* Sünden fielen zusammen. In Reggio Emilia fühlte ich die Gewalt der ersten Begierden, beging die ersten Handlungen gegen mein Schamgefühl (ich war ein vierzehnjähriger kleiner Schüler); ich gehorchte meinen Neigungen, ohne darüber zu urteilen, und ohne daß irgendjemand sie mißbilligte. Abends vor dem Schlafengehen tat ich Buße für die Sünden, die zu beichten ich mich noch heute schämen würde: ich sagte Hunderte von Ave-Maria her. Ich stellte mir vor, ich befände mich zuerst auf einer Straße mitten in einer verlassenen Ebene, und nach und nach, mit der steigenden Zahl der Gebete, sah ich mein Bild sich auf einen sehr hohen Berg zubewegen. Ich begann ihn unter qualvoll-sehnsüchtigen Anstrengungen zu erklimmen; die Mühe laugte mich aus. Bei den letzten Ave-Maria erreichte ich den Gipfel, eine Wiese mit glänzendem Gras, an deren Ende, auf einem wundervollen Thron, die Muttergottes lächelte.

Es ist seltsam, doch ich entsinne mich nicht, wie jener Glaube sich löste. Es ist vielleicht das einzige innere Ereignis meines Lebens, das verschwunden ist, ohne Spuren zu hinterlassen (während ich über alles andere Bände über Bände schreiben könnte, ohne eine Einzelheit auszulassen). In Bologna ging ich mit fünfzehneinhalb Jahren zum letzten Mal zur Kommunion, weil eine Cousine mich dazu drängte; doch es war schon eine Handlung, die mir sinnlos erschien. Von da an konnte ich mir nicht einmal mehr die Möglichkeit, an Gott zu glauben, vorstellen. In den letzten Jahren habe ich mich zuweilen der Religion wieder angenähert: zuerst aus einer Art historischem Bewußtsein heraus, aufgrund dessen ich mich als Christ und Katholik erkannte; und in jener Zeit gab ich auch dem Pfarrer von Castiglione manchmal Spenden für wohltätige Werke. Etwas wie eine Sehnsucht nach dörflicher Religiosität zog mich an. Dann machte ich, während der entsetzlichsten Monate des Krieges, eine Erfahrung absoluter Einsamkeit, die mein spirituelles Leben außerordentlich verfeinerte; als ich den Ausdruck »Mystik« für diesen meinen Zustand von Verinnerlichung gefunden hatte, begann ich, das Heil zu erwarten – d. h. die Möglichkeit, den Anderen, Gott zu denken.

Doch in beiden Fällen handelte ich aus jenem Mechanismus heraus, der unserem Werden entspringt, der Abfolge unserer augenblicklichen Illusionen. Erst als ich Nisiuti krank sah, dachte ich an eine unentrinnbare Anwesenheit Gottes. Ich sah die Dinge sich auf einer mit soviel Genauigkeit und Konsequenz vorbereiteten Bahn überstürzen, daß ich keinen Zweifel hegte, daß dies einer göttlichen Überwachung zuzuschreiben sei. Es war wirklich weder Güte noch Gerechtigkeit, es war reine Fatalität, Folgerichtigkeit. Nisiuti mußte von der grauenvollen Schuld, in die er, so einfach und gläubig, durch meine Leidenschaft hineingezogen wurde, befreit werden. Und Gott befreite ihn, indem er ihn sterben ließ, indem er ihn mir fortnahm, freilich ohne Freude oder Schmerz auf Seiner Seite. Als Nisiuti genas, gingen wir wie jeden Abend nach San Pietro zu spazieren; es schien ein ruhiger Mond. Allein gingen wir auf der Straße, die rein war wie Seide, zwischen den unförmigen Hecken. Als wir bei dem Weg angelangt waren, der in die Felder abbiegt, zog ich ihn dort entlang. Er war inzwischen meinem Wollen gefügig. Auf jenen Wegrain, wo ich, als ich ihn noch nicht gehabt hatte, niedergekniet war, um ihn anzuflehen, er möge nicht weinen, ließ ich ihn niedersitzen, und indem ich ihn umarmte sagte ich ihm, daß wir uns nie wieder beflecken würden. Wieviel Freude in seinen Augen aufleuchtete ... Von einer traurigen Welle von Zuneigung erfaßt setzten wir unseren Spaziergang fort, hielten uns eng umschlungen und sprachen von einer Unzahl süßester Dinge. Als wir zu einem verlassenen Ort zwischen den Weinbergen kamen, waren die Sinne zu erregt ... Aber wir sagten uns, daß dies das letzte Mal gewesen sei.

Ein paar Monate lang (doch jetzt scheint es mir unglaublich) hielt ich das Gott gegebene Versprechen. Als ich aber von einer

Reise nach Bologna zurückkam, begann ich, das Verlangen nicht mehr ertragen zu können. Ich fing wieder an, ihn zu bedrängen, in Versuchung zu führen, und litt unter seinem Widerstand. Schließlich war er eines Abends erneut mein. Es war Winter – der Winter des Jahres 1945 –, eine Zeitlang schafften wir es so. Eines Abends war ich zu ihm nach Hause gegangen, sie sagten mir, daß er wieder krank sei. Ich lief ins Zimmer, er schlief. Mit halbgeöffnetem Mund, unordentlichen Haaren, das ganze Gesicht glänzend in eisigem Schweiß; die Wangen ein wenig hohl. Wie beim ersten Mal stieg in mir der Schrei auf: »Ich habe ihn so zugerichtet ...« Ich fühlte eine so deutliche, so unverhohlene Qual angesichts jenes Unschuldigen, der durch meine Schuld litt, daß ich sofort davonlief und mich, in meinem Zimmer angelangt, aufs Bett warf, nicht weinend, sondern, aus übergroßer Scham, leise klagend. Wieder zeichnete sich vor meinen Augen Gottes deutlicher Plan ab. »Es war vorhersehbar, es ist nur die eindeutige, unaufhaltsame Folge meiner Unredlichkeit ...« Nun war es endgültig: mir blieb nichts, als Nisiutis Tod zu erwarten. Doch dann stellte sich mir wieder die Frage: »Warum sollte Nisiuti für meine Schuld büßen müssen? Er *will* nicht sterben ... Und warum sollte seine Mutter leiden müssen? Welche Schuld hat sie, die doch nichts weiß?« Ich allein mußte bestraft werden; das schien mir so offenkundig, daß ich mich nicht scheute, Gott einen Handel vorzuschlagen. Ich nahm einen Stift und schrieb auf den weißen Rand eines Buches, zitternd, in griechischen Buchstaben, denn die Meinen sollten es nie lesen können, ein Gelübde: darin versprach ich Gott, in aller Form diesmal, daß ich Nisiuti nicht mehr anrühren würde, und daß, würde ich das Gelübde nicht halten, ich, kein anderer, bestraft werden sollte; mich, nicht Nisiuti, würde Gott vom Erdboden nehmen müssen. Erleichtert schlief ich ein. Am nächsten Tag, als ich erfuhr, daß Nisiuti schon wieder gesund war und daß es sich nur um einen einfachen Schnupfen gehandelt hatte, fühlte ich, wie sich der Schrecken des vergangenen Abends gänzlich legte, und bei der ersten Gelegenheit brach ich das Versprechen.

Ein paar Tage lang lebte ich in Erwartung des Todes. Mein normales Leben beeinflußte das in gar keiner Weise. Dennoch war mein Bewußtsein ganz von jener Vorahnung erfüllt.

Eines Abends vor dem Einschlafen dachte ich: »Und meine Mutter?« Es war wie ein Schrei, der entsetzlich in der Stille meiner Seele widerhallte. Es war Gottes Plan, der langsam in all seinen Einzelheiten zutage trat. Angstvoll dachte ich: »Mit meinem Tod würde nur meine Mutter gestraft. Das ist nicht zulässig: kaum ein Jahr ist vergangen, seit wir von Guidos Tod erfahren haben.« Mein Gelübde konnte nicht gültig sein; wenn jemand sterben mußte, war dies wieder Nisiuti. Und ich konnte ein solches Urteil nicht ertragen. »Gott muß wählen zwischen meiner und Nisiutis Mutter ... Nisiuti hat vier Geschwister, die noch am Leben sind ... und seine Mutter ist nicht so sensibel wie meine.« An diese lächerlichen und kindischen Gedanken gekettet konnte ich – und kann ich – dennoch leben. Nisiuti hat nicht aufgehört, seine Unschuld meiner Liebe zu opfern.

2

ES WIRD ZEIT, daß ich in Ordnung bringe, was im Juni und Juli 1945 zwischen mir, Nisiuti und Dina geschehen ist. Vor wenigen Monaten hatten ich und meine Mutter von Guidos Tod erfahren: ich wage hier gewiß nicht, von jenem Tod zu sprechen, vor dem ich noch immer unüberwindlich die Schwierigkeit des Unendlichen empfinde. Aber ich muß sagen, daß meine Mutter und ich, wie es so geht, obgleich dies unmenschlich erscheinen mag, nach einer Unterbrechung von etwa zehn Tagen den Unterricht für unsere Schüler aus Viluta wieder aufnahmen. Ich liebte diese Jungen sehr, die wiederum auch mich sehr liebgewonnen hatten, ihren Lehrer aber auch Freund, und diese gegenseitige Zärtlichkeit war durch die zwei ständigen Gefahren gefestigt worden, die uns wirklich obsessiv bedrohten, die Deutschen und die Bombenangriffe. Wir waren in eine verloren zwischen Feldern liegende Ortschaft verbannt, das ist wahr, aber der Bahnhof von Castiglione und die Brücke über den Tagliamento waren nicht allzu fern. Ich wohnte im Haus der B. (ein junges Ehepaar mit zwei kleinen Kindern), bei denen ich schon im Herbst '43, gleich nach dem Waffenstillstand, ein Zimmer gemietet hatte, da ich nicht so sehr die Schwere der Bombenangriffe, als vielmehr die des deutschen Rückzugs vorausgesehen hatte; aber erst im Oktober des darauffolgenden Jahres zogen wir fest dort ein. Etwa zwanzig Tage später begannen wir, den Jungen von Viluta, zwei Dutzend insgesamt, Unterricht zu geben. Ich hatte zwischen neun und zwölf Schüler (die Größeren), darunter Gianni, der mit seiner Familie aus Castiglione evakuiert und im selben Haus einquartiert war wie wir, und hielt meinen Unterricht in dem ärmlichen Zimmer, das uns als Küche und Schlafzimmer diente. Ich glaube, daß ich mich nie einer Sache mit so großer Hingabe gewidmet habe wie jenen Knaben, die mir dafür übrigens überaus dankbar waren;

ich führte sie in eine Art von Jargon, von Clan ein, der aus poetischen Enthüllungen und moralischen Empfehlungen bestand – die vielleicht etwas zu freizügig waren: schließlich machten mir sogar die Grammatikstunden ungeheures Vergnügen. Ganz zu schweigen von der gegenseitigen Begeisterung beim Lesen von Lyrik; ich wagte es, ihnen Gedichte von Ungaretti, Montale, Betocchi ... beizubringen, die sie bestens verstanden. Als dann der Frühling kam (es war in den letzten Märztagen: ich habe noch die Pfirsich- und die Mandelbäume der S. vor Augen, die ihr Scharlachrot und ihre blendende Weiße über das kaum sichtbare Grün breiteten), hielten wir den Unterricht in jenem Häuschen zwischen den Feldern ab, von dem ich schon gesprochen habe. Es war sehr klein und wir hatten kaum Platz; doch oft gingen wir auf die Wiese hinaus und setzten uns unter die beiden riesigen Pinien, die der Wind umstrich. Zu jener Jahreszeit erscheint mir alles vollkommen: sogar die Bombenangriffe. Beschützt durch meine Gegenwart, schauten die Jungen vergnügt den Schleifen der Jagdbomber zu, erregt über die »Sturzflüge«, die das Land bis in die Wurzelspitzen erschütterten, die Brücke, Castiglione, Cusano, Madonna di Rosa wurden ständig beschossen und von Bomben getroffen. Wir betrachteten die dichten Rauchschwaden, die sich am nahen Horizont auftürmten. Mir scheint es, als seien jene Tage immer klar, immer sanft blau gewesen. Nicht einmal die Erinnerung an die Geschwader ist mir unangenehm, die vor unseren Augen, kaum mehr als einen Kilometer von uns entfernt, sechsmal den Bahnhof von Castiglione bombardierten; und wir sahen von der Tür unserer poetischen Schule aus zu.

Schon seit Januar hatten wir mit den Proben für die Aufführung einer dramatischen Fabel, *Die Knaben und die Elfen*, begonnen, die ich eigens geschrieben hatte mit dem Vorsatz, gleich nach Beendigung des Krieges eine Vorstellung in Castiglione zu geben. Jene Proben bedeuteten für meine Jungen Augenblicke erlesener Freude, und ich glaube, daß sie sich als Erwachsene daran erinnern werden wie an eine Art Emblem ihrer Kindheit. Nisiuti war einer der Elfen, ich selbst war der Oger. Doch ich muß die Handlung der Fabel erzählen: ein paar Elfen leben mit ihrem Vater, dem Oger, mitten im Wald vom Raub und huldigen gelegentlich auch dem Kannibalismus; beim Aufgehen des Vorhangs befinden sie sich vor ihrer Hütte und erweisen sich, während sie sich vorstellen, durchaus als tückisch, zynisch und boshaft, wie sympathische Buben eben sein können. Da hört man einen Gesang: es sind drei Jungen, die, von zu Hause ausgerissen, auf der Suche nach Abenteuern den Wald durchstreifen. Da der Oger und die Elfen ihre Stimmen vernommen haben, verstecken sie sich, und kaum sind die drei bei der Behausung angekommen, springen jene hervor und nehmen sie gefangen. Die Elfen bleiben als Wächter bei den Gefangenen zurück, während der Oger gewissen Angelegenheiten nachgeht, die er zu erledigen hat. So dringen wir zum Herzstück des Dramas vor, das darin besteht, daß die Jungen den Elfen die Existenz einer »guten« Welt enthüllen, und wie?: indem sie sie das Spielen lehren. Nach und nach lassen die Elfen sich verführen, und zu guter Letzt beschließen sie, alle gemeinsam zu fliehen, um so mehr, als in jenem Moment der Onkel der Jungen dazukommt. Doch, o weh, als es gerade am schönsten ist, kommt der Oger zurück und beginnt mit dem Onkel ein Duell, das zu Anfang ganz aus geziertem Getue und gutwilligen Protesten besteht, dann offen bedrohlich wird, abwechselnd grotesk und grauenvoll. Doch als der Oger Tiger, Monster, Schakale usw. um Hilfe anruft, antwortet ihm aus dem Wald der Gesang von Vögeln und Violinen, als er die Finsternis und den Sturm beschwört, breitet sich ringsum ein durchscheinendes Licht aus, und als er schließlich, der Verzweiflung und der Lächerlichkeit preisgegeben, auf sein Messer zurückgreifen will, findet er stattdessen eine Pfeife in seinem Sack. Die Guten und die Bekehrten gehen singend von dannen.

Nach fünf oder sechs Monaten war die Fabel aufführungsbereit (die Jungen waren wirklich außerordentlich); es war Juni, d. h. der Krieg war zu Ende, und das Teatrino dell'Asilo in Castiglione unversehrt. Da ich außer dem Schauspieler, dem Regisseur und dem Produzenten auch noch den Techniker und den Arbeiter machen mußte, war meine Aufgabe wahrhaftig nicht leicht, um so mehr als die Aufführung durch einen Chor von Burschen aus Castiglione vervollständigt wurde, die, von Dina perfekt unterwiesen, friaulische Villanellen singen sollten. Endlich war alles fertig, die Vorführung fand statt und die Kinder waren glücklich über ihren Erfolg; es ist wohl leicht, sich das ganze Ausmaß ihrer Freude vorzustellen. Ich hatte sie auch geschminkt, selbst schon verkleidet mit einem unglaublich riesigen Bauch, einem diabolischen Bart, auf dem Kopf eine unbezahlbare Kopfbedeckung, irgendwo entdeckt, die mir einen gelungenen Ausdruck zwischen wild und idiotisch verlieh. Die Elfen hatten nackte Oberkörper und trugen dichte Gewänder aus Weidenzweigen um die Hüften. Dina half mir, aber wegen ihres übergenauen Wesens war sie mir oft im Weg: sie *beobachtete* mich jedenfalls, als ich Nisiutis Lippen anmalte ...

Nach etwa vierzehn Tagen gedachten wir die Aufführung in San Pietro zu wiederholen; erneute, nicht zu unterschätzende Mühe für mich. Und da kam plötzlich Dinas hartnäckiger Entschluß, nicht mehr mitmachen zu wollen.

Zur Entschuldigung führte sie an, sie könne ihre Abreise nach Triest nicht mehr aufschieben, wohin man sie gerufen hatte, um in ich weiß nicht welchem wichtigen Orchester zu spielen. Ja, ihre Bedenken, noch weiter in dem unhaltbar gewordenen Viluteser Müßiggang zu leben, waren echt; der Krieg war zu Ende, jeder Aufschub war überschritten, wie durch Hexerei ausgeschöpft. Dina mußte ihre Arbeit wiederaufnehmen und konnte nicht mehr, nicht einen Tag mehr, auf Kosten ihres Schwagers leben. Das war richtig, aber ich wußte, daß das nicht alles war. Sie wollte sich von jener Ansteckung befreien, die, von meinem Körper, ich weiß nicht, von meinen Augen ausgehend, langsam auf die ganze Landschaft, auf alle Leute in Viluta übergegriffen hatte. Es war der Ekel: jetzt kann ich es mit aller erforderlichen Klarheit, aber auch mit aller Kälte, verstehen. Sie war eine starke Frau, gewohnt, unbarmherzig zu sich selbst zu sein: Aber diese Eile, mit der sie nun aufbrechen wollte, blieb mir stets unerklärlich; nie hätte ich das tun können, ich bin ja sogar jetzt, nach zwei Jahren, noch immer in Viluta mit Nisiuti ... Doch abgesehen von all dem hatte Dina auch eindeutig die Absicht, die Aufführung zu vereiteln; sie wollte nicht, daß sie wiederholt würde. Ich verausgabte mich, um sie zum Bleiben zu bewegen, nur noch die drei, vier notwendigen Tage, aber mit Argumenten, die ganz offensichtlich wertlos, auf einer Ebene angesiedelt waren, die nicht die wahre Ursache ihrer Weigerung betraf. Vielleicht hatte ich jene Ursache erraten (ich entsinne mich nicht, aber es ist sehr wahrscheinlich), spielte aber nie darauf an, *verschwieg sie*, wie es meine Gewohnheit ist im Umgang mit denen, die mich lieben. Nicht zum ersten Mal machte ich das so mit Dina! Zu jener Zeit war ich auch, wenngleich recht zerstreut, in die »Affaire Pilot« verwickelt. Pilot, ein junger Kleriker aus San Pietro, sichtlich übergeschnappt, betätigte sich als Maler; eines Tages kam er in die kleine Kirche von Viluta, vom Priester beauftragt, sie für irgendein Fest zu schmücken; da kam ihm die Idee, den Fresken aus dem vierzehnten Jahrhundert in der Apsis, die wundervoll waren und vielleicht von einem abenteuerlichen Schüler des Beato Angelico stammten, einen Hampelmann (San Liberale) von seiner Hand hinzuzufügen, der fortan jenen Ort, der mir besonders lieb war, verunstaltete. Hinzu kam noch, daß ein Junge mich darauf hinwies, daß jener Geistesgestörte zur Vorbereitung seines Freskos die Wand mit dem Meißel bearbeitet hatte, wodurch einige Fragmente ans Licht gekommen waren, die Pilot natürlich nicht beachtet hatte – er hatte unbeirrbar weitergemeißelt. Empört protestierte ich bei allen Familienoberhäuptern von Viluta und beim Pfarrer von San Pietro; ein sinnloser Protest, der nur bewirkte, daß ich mir den Zorn Pilots zuzog, zuerst direkt, worauf ich nur einsilbig antwortete, da ich nie wußte, wie ich mich bei solchen Gelegenheiten herausreden soll. Das Schlimmste war, als er seine Eloquenz hinter meinem Rücken spielen ließ, in Richtung der Anklage, die die guten Florentiner gegen Calvalcanti gerichtet hatten ... Man darf nicht vergessen, daß ich in einem Dorf lebte; aber im Grunde genommen fand ich das Ganze unterhaltsam.

Eines Nachmittags aber, noch vor unserer Aufführung in San Pietro, bat Signora Olga, Dinas Schwester, mich, einen Augenblick zu ihr heraufzukommen (in das Zimmer im Haus Rosa, das jetzt wir bewohnen), weil sie mir etwas sagen müßte. Kaum hatten wir uns hingesetzt, kam sie sofort zur Sache und sagte mir, daß sie und Dina Pilot meinetwegen fürchteten, und zwar fürchteten sie ihn, weil ich *den Jungen Sympathie entgegenbrächte* (es war das erste Mal, daß mein Geheimnis, nennen wir es so, mir in einem solchen Licht erschien, so merkwürdig objektiviert durch die Stimme einer anderen Person), was Pilot einen gefährlichen Vorwand für Gerüchte und Unterstellungen liefern könnte. Ich blieb ruhig, unberührt; lächelte; ich beruhigte die Signora, gab ihr weder Recht noch Unrecht und verabschiedete mich von ihr nach außen hin sanft und ruhig wie gewöhnlich. In mir herrschte der vollkommene Terror. Ich war mit einer jener Wahrheiten konfrontiert, die um so schrecklicher sind, da zu ihnen noch der Anachronismus, das Erstaunen hinzukommt, eine Zeitlang daraus ausgeschlossen gewesen zu sein – Gegenstand eines Urteils, das nun umso wirksamer erscheint, da es nicht vermutet worden war. Ein ganzer Bogen meines Egoismus brach zusammen; doch ich, ich dachte nur daran, wie ich ihn wieder aufrichten könnte ... Ich war nur besorgt, den Hieb zu parieren, der Verwüstung durch die Scham Widerstand zu leisten ... Also *wußte* Dina (wie und seit wann hätte ich nicht sagen können) und dennoch ...

Einige Abende später befanden wir uns, sie und ich, auf der kleinen Straße von Viluta (ich erinnere die Hecke und den Graben: ich habe sie immer vor Augen); wir führten eines unserer zahllosen vertraulichen Gespräche und sie drückte sich verzweifelt um ein Thema herum, das sie nicht anzusprechen wagte ... Alle beide kannten wir den Ort, an dem wir uns unweigerlich früher oder später begegnen mußten. Vorwand war, wie schon seit einigen Tagen, die Aufführung, und obgleich ich mir jetzt der wahren Ursache ihrer Weigerung sicher war, nahm ich sie noch immer nicht zur Kenntnis und erging mich in sinnlosen Überzeugungsversuchen; doch war ich so sehr daran gewöhnt, mich zu hassen, daß zwischen meinem Selbsthaß und meinem Selbstmitleid kein Abstand mehr lag: sie traten gleichzeitig auf. Was ich natürlich zur Schau stellte, war meine Unschuld (eine allgemeine, diffuse Unschuld, die mir aus der Zeit der Keuschheit, oder sagen wir besser, der Adoleszenz, geblieben war), während ich die Sünde verborgen hielt. Und Dina war qualvoll beunruhigt von jener Präsenz, die ich immer fernhielt, von jenem verborgenen Ding, um das sich jeder Satz, jedes Wort von mir unweigerlich drehte. Jenes Ding, so spürte sie, nahm ihr die Möglichkeit, zu hoffen; und das zermürbte sie. Ich zwang mich weiterhin mit aller Ruhe, ihr nahe zu sein und mich liebevoll zu zeigen; und auch an jenem Abend nutzte ich eine gewisse jugendliche und geheimnisvolle »Kapriziosität«, die mir eigen war, um sie zum Bleiben zu bewegen. Doch sie fand schließlich den Mut und deutete das Thema meiner vermutlichen *Sympathie* an, das ihre Schwester schon mit soviel Unerschrockenheit angesprochen hatte. Ich fühlte mir die Sinne schwinden, und wie im Traum weitergehend (die Hecke vor Augen) sprach ich die einzigen Worte jener Unterhaltung, an die ich mich noch wörtlich erinnere: »Und wenn es wahr wäre?« Dieses mit ersterbender Stimme ohne Skrupel und fast verächtlich ausgesprochene Eingeständnis bezeichnete das Ende meiner Isolation und den Zusammenbruch ihrer letzten Hoffnungen.

Warum blieb ich nicht weiterhin allein mit dem Bewußtsein meines Andersseins? Offensichtlich nur, weil es mir unmöglich war, jene Situation mit Dina noch aufrecht zu erhalten ... oder weil ich mir eine zwingende Möglichkeit außerhalb meiner Verantwortung bot, um zu gestehen. Dennoch lag nichts Zartes, nichts Hingebungsvolles in jenem halben Geständnis; auf ihre angstvollen Fragen (Hatte ich viel gelitten? Wie konnte ich leben? Wie liebte ich?) antwortete ich, ohne ihr zu verstehen zu geben, daß dies eine Erleichterung für mich sein könnte. (Aber war es das?) Ich flößte ihr nicht jenes Gefühl der Dankbarkeit ein, das dem, den man sich zum Vertrauten erwählt, eine flüchtige Freude bereitet: zuviel Scham hielt mich zurück. Gewiß nicht die Scham wegen meines nun schon zu Schaden gekommenen Eros'! Sondern eine ganz menschliche Scham: eine Unfähigkeit, die Zärtlichkeit auszunützen, die einem solchen Gespräch anhaftet. Ich ließ sie vielleicht in größerem Schmerz zurück als zuvor. Jedenfalls (und ich erröte dafür) nützte es mir, um sie zum Bleiben zu überreden: nun konnten meine Argumente nämlich in der notwendigen Ordnung erfolgen, und es gelang mir, die Bedenken der überaus bedenklichen Dina zu zerstreuen, indem ich ihr versicherte, Pilot sei einem Anachronismus aufgesessen (die Leute seien schon seit einiger Zeit auf dem Laufenden und begännen schon, nach überstandener Prüfung, mich wieder zu lieben ...) und versprach, daß ich als Oger *nur* blutrünstig und lächerlich sein wollte.

Die Aufführung verlief gut, aber meine Beziehungen zu Dina verschlechterten sich zusehends. Wie sehr hätte ich mir gewünscht, daß sie über jene Tage spräche! Ich erriet viel von ihren Gefühlen, aber nicht alles. Noch immer war es schwierig für mich, die grausame Eile zu verstehen, mit der sie flüchten wollte; ich kann nicht einschätzen, ob ihr Unbehagen wuchs oder sich verminderte. Wenn wir allein waren, waren wir verlegen, aber von besonderer Verlegenheit, ohne Scheu; das war der Zeitpunkt, an dem sie Nisiutis Unschuld zu verteidigen begann. Ich entsinne mich eines Regennachmittags, an dem wir an der Villa, unter den feuchten Weiden, ein kurzes Gespräch führten. Ich sehe ihren Mantel und die Hecke, in deren tropfende Blätter ich meine Finger wühlte. »Nisiuti hat nicht mehr das unschuldige Gesicht von einst,« sagte sie zu mir, »schon lange habe ich das bemerkt. Es entsetzt mich. Er hält den Kopf gesenkt, und sein Lächeln ist trüb, schuldbeladen . . .«

»Aber nein, das sind Dummheiten, Dina«, antwortete ich ihr, »der Verdacht läßt Sie eine ganz einfache Tatsache verzerren, nämlich daß Nisiuti eine schwierige Entwicklungsphase durchläuft. Dieser Verfall tritt bei allen Jugendlichen ein.«

»Nein, Sie wollen mich nicht verstehen; das ist es nicht, oder vielleicht ist es nicht nur das . . . Sehen Sie nicht, wie er den Blicken ausweicht, er, der immer lachte, immer freundschaftlich war, wie er den Kopf gesenkt hält.« Ich log, aber mit geringer Überzeugung: »Ich verstehe nicht, wie das sein kann, wenn ich ihn doch nicht angerührt habe. Er weiß nichts von meiner Liebe.«
»Oh, ich erinnere mich, daß, wenn ich abends Ihre Mutter besuchen kam und Sie Nisiuti Unterricht gaben . . . ich erinnere mich, daß Sie ihn neben sich sitzen ließen . . . und auch, ja, daß Sie eine Hand von Nisiuti auf Ihrem Schenkel hielten . . .; und der Schenkel, mein Gott, entschuldigen Sie, war nicht ganz sauber. . .« Sie war verwirrt, weil sie mir das gesagt hatte, doch zeigte sie keinerlei Reue, sondern Entschlossenheit, bis zum letzten zu gehen.

Ich lächelte, rauh: »Was macht das schon?« antwortete ich ihr, »Nisiuti weiß nichts, er ist unversehrt. Er glaubt, daß ich ihn wie einen Bruder liebe und bringt mir große Zuneigung entgegen.« Dina (glaubte sie mir oder gab sie nur vor, zu glauben?) erwiderte auf meine Lüge: »Es mag wahr sein, ich will glauben, daß es so ist . . . Aber Nisiuti atmet eine ungesunde Luft bei Ihnen; liebkosen Sie ihn nicht immer? Wollen Sie ihn nicht immer dicht bei sich haben? Diese Unkeuschheit im Umgang hat ihn gewiß verdorben. Wissen Sie, daß ich manchmal fast so weit bin, seine Familie zu verständigen? Es wäre eigentlich meine Pflicht . . .« Erschrocken unterbrach ich sie, und diesmal log ich mit Überzeugung, als ich ihr versicherte, daß ich nicht nur Nisiuti nicht verdorben hätte, sondern daß sich auch meine Liebe, nein, meine Leidenschaft, wirklich schon in eine brüderliche Zuneigung verwandelt hätte. Sie wirkte ziemlich überzeugt, und wir verabschiedeten uns; ich machte mich nach Hause auf und ging durch das schlammige Bett des Bewässerungskanals, und sie am Zaun entlang durch das nasse Gras.

Am nächsten Tag ging ich zu ihr; sie war allein im Zimmer und rief mich. Sie wusch sich gerade und war im Unterrock.

Doch wer gibt mir die Sicherheit, daß sie mich nicht erwartet, sich nicht vorgenommen hatte, daß ich sie so antreffe? Schmächtig, mädchenhaft, in jener spärlichen Bekleidung, waren ihre Schultern, die Arme und die Beine bis über das Knie unbedeckt; sicherlich war das für sie ein äußerster Versuch, *mich zu retten*. Wie unangemessen, wie kindisch er war, konnte sie sich vielleicht selbst vorstellen, doch sie unterließ ihn nicht. In zwei Tagen sollte sie abreisen, es blieb ihr kein Mittel als dieser linkische Verführungsversuch. Ich tat so, als nähme ich ihr offenherziges und kindliches Rendez-vouz, ihre bloßen Glieder nicht wahr, und wandte mich mit der zwischen uns üblichen Vertraulichkeit an sie. Mit einer Person, die mir nahesteht, gelingt es mir zuweilen, einigermaßen geistreich zu sein, und an dieses Mittel klammerte ich mich, um unsere Situation höflich übergehen zu können. Doch in ihrem Gesicht lag zuviel angsterfüllter Schmerz, und schließlich war ich entwaffnet ... Ich versank fast ganz in Schweigen vor ihr, kindlich um mein Schicksal bekümmert; und sie fand so die Möglichkeit, mich zu umarmen und zu liebkosen und ihr Gesicht dem meinen zu nähern.

Nur einmal war dies zuvor geschehen, vor sieben oder acht Monaten, während der finstersten Zeit des Krieges, als ich Gianni liebte. Wie schon gesagt, sie kam oft nach dem Abendessen uns bei den B. besuchen und brachte die Geige mit; sie blieb ein bis zwei Stunden, ertrug mit uns gemeinsam ruhig den unerträglichen Flug der nächtlichen Maschine, die alle zehn Minuten dröhnend unsere Dächer streifte. Wir spielten oder unterhielten uns weiter. Danach brachte ich sie nach Hause (nicht ganz bis zur Tür, wegen meiner alten Angst vor Hunden), doch oft war sie es, die, sich an meinen Arm hängend, mich trotz meines Einspruchs wieder zurückbegleitete. Wir gingen bis zu der kleinen Brücke über die Vila zurück. Dort sagten wir uns nach langem, langem Zögern ade, während als einziges Lebenszeichen rundum der karge Schnee weiß und gläsern auf den Feldern glitzerte. Es war der Ort, an dem sie mir ihren Brief ausgehändigt hatte und sogleich geflohen war; und dort wollte sie eines Nachts, daß ich sie küsse, doch unsäglich ist es, welche Scham, welchen Schmerz sie dabei empfand: sie zog mich an sich, meinen Kopf zwischen den Händen haltend, und legte ihre Wange an die meine. Nun, zwei oder drei Tage bevor wir uns vielleicht für immer trennten, konnte sie nicht anders, als diese verzweifelte und liebevolle Geste zu wiederholen.

3

ICH MUSS ZU der Zeit zurückkehren, zu der mir, noch unberührt, die Erfahrung der Liebe mit einer Folgerichtigkeit und Genauigkeit entging, die vorausberechnet schienen. Ich war schon einundzwanzig und gerade aus Bologna nach Castiglione gekommen. Ich erinnere mich an die ersten Tage im Januar '43, kalte Tage, aber von der Durchsichtigkeit eines Aquariums, die, in der Ebene flimmernd, unbekannte Landschaften zu Füßen der Berge erstehen ließ. Mit all der Bereitschaft und Weitherzigkeit des Heranwachsenden gab ich mich der Entdeckung meines Castiglione hin, das unter der weiten, winterlich-blendenden Weiße frisch ergrünt war: ich wiegte mich in zahllosen zärtlichen Vorsätzen, Freundschaften, Einsamkeiten. Ich sehe mich, kaum aus dem Zug gestiegen, auf der vertrauten Straße, auf der man zu Beginn jedes Sommers das mütterliche Haus erreichte; jetzt durchzog sie den Ort wie eine riesige, leuchtende Wunde, in deren klaffender Vertiefung Jungen mit Anzügen und Pelzkappen gingen, wie ich sie noch nie gesehen hatte. Zusammen mit Guido stieg ich zum alten Zimmer hinauf, das uns, jeden Sommer ein wenig größer, aufgenommen hatte, und schlief sofort ein, erschöpft von der nächtlichen Reise. Oh, das Erwachen in jenem kalten und reinen Licht! Vom Schlaf erquickt, spürte ich, während sich der Mittag zum Abend neigte, ein Leben um mich atmen, dessen zu große Vertrautheit eine Art qualvolle Sehnsucht in mir wachrief. Mit vor Aufregung verwüstetem Herzen erkannte ich die alten Gesten wieder (und interpretierte sie nach einer ganz besonderen Ordnung von Zuneigungen und Erinnerungen: Indizien lieber und vergessener Ereignisse); ich erkannte die abendlichen Gerüche von Rauch, Polenta und Frost; ich erkannte den Tonfall der Mundart, ihre offenen Vokale, ihre Zischlaute, die in einem Augenblick seltsamer Klarheit sogar den geheimen, unaussprechlichen Sinn berührten, der in jener ganzen Welt verborgen war. All dies schien mir ein Vorbote kommender Freuden, winziger Abenteuer, die aber außerordentlichen Trost würden spenden können; dessen war ich gewiß.

Werde ich auch meine geheimsten, sogar schuldhaften Hoffnungen ansprechen müssen, über denen ich im Halbschlaf oder in den Augenblicken des Schweigens brütete? Werde ich den »blonden Knaben« erwähnen müssen – soundsovielte Ausgeburt meiner Phantasie –, dem ich nun endlich in Castiglione begegnen würde, mit allen Zartheiten, Geheimnissen und Perversionen eines heranwachsenden Schülers, und der in der Lage wäre (wie absurd mir das erschien!), den Sinn meiner Wünsche zu erfassen und die makellose Freude einer Umarmung mit mir zu teilen? In meinen ewigen, unerträglichen Phantastereien nahm ich von ihm Besitz, liebkoste ihn, entdeckte dabei in ihm die peinvollsten und subtilsten Verlockungen ... der schmachtenden Sehnsucht ... der Unvorsichtigkeit ... und jene zauberhaften Linien, die eine Jünglingsschönheit ausmachen, vom Schwung der Lippen bis zum komplexen Entwurf des Schoßes und der Hüften ... Doch es war mir bestimmt, mich noch Monate um Monate mit solchen Vorstellungen zu quälen; und im übrigen hatte ich schon mindestens fünf Jahre Erfahrung damit. In Castiglione lebte ich in einem Müßiggang, in dem alle meine »poetischen« und »menschlichen« Krisen, wie ich sie nannte, auf fruchtbaren Boden fielen. Abgesehen von den wenigen Stunden, die ich den dörflichen Freundschaften widmete, welche mein noch gut mit jungfräulicher Freude und Güte ausgerüstetes Herz so sehr erregten, und den wenigen der Poesie gewidmeten Stunden, war mein ganzer Tag ausgefüllt mit der Erwartung und der Suche nach der Liebe – und sei es auch nur der lüsternen Begierde.

In den frühen Nachmittagsstunden fuhr ich mit dem Fahrrad los und aus dem Dorf hinaus, machte lange Umwege über die umliegenden Ortschaften. Mit der Unerfahrenheit eines in der Stadt aufgewachsenen Jungen suchte ich meine »gottgesandten«, zur Sünde bereiten Jugendlichen genau da, wo ich sie niemals finden würde: auf den Provinzstraßen, auf den halbverlassenen Feldern, bei den in undurchdringlicher Langeweile versunkenen Gehöften und Dörfern. Wieder und wieder fuhr ich durch Bannia, Fiume, Orcenico, Castions ... ständig wild enttäuscht, immer über eine fatale Unwahrscheinlichkeit stolpernd. Es hat keinen Zweck, daß ich mich der tausend *Formen* von Jungen entsinne, die mich streiften und mich in einen Zustand glühenden Herzklopfens stürzten, und die ich mit unpassenden Mitteln in Versuchung führte, den Mitteln dessen, der nicht nur unerfahren, sondern verzweifelt ist. Ich scheute vor keiner Schmach zurück, ließ keinen Schritt unversucht, um auf meinem Weg nur einen jener Jungen anzuhalten, die mich *streiften*, während sie unbarmherzig auf ihren Fahrrädern dahinsausten oder zwischen den Rebstöcken arbeiteten. Um die Vesperstunde kehrte ich heim, im Dunst, der am Horizont von ein paar längs der Eisenbahn entzündeten schwachen gelben Lichtern durchbohrt wurde, in der feuchten und grabesstillen Verlassenheit der Felder. Wenn ich an einem Haus oder in einem Dorf vorbeikam, erfaßten mich der Geruch des Feuers und das beschauliche Durcheinander von Rufen, die das Abendessen ankündigen. Hie und da erschien, an einer Pumpe, auf einer Schwelle, ein Junge, vollkommen zerstreut in der engelhaften Gleichgültigkeit dessen, der müde von der Arbeit die verdiente Ruhe genießt. Und ich, verworfen, schuldig, ich war nicht einmal eines Blickes würdig, während ich verzweifelt auf das ferne Castiglione zufuhr, von dem nur, ganz traurig, die Glocken herüberklangen.

Der März kam. Am fünften, meinem Geburtstag, gab man bei mir zu Hause ein kleines Fest. Solcher Art waren meine Tröstungen; da konnte ich Güte und Vorurteilslosigkeit gleichermaßen unter Beweis stellen. Die größte Ablenkung erwuchs mir aus den Freundschaften: den typischen Dorffreundschaften, denen ich übermäßigen Wert beimaß in meiner Ahnungslosigkeit des Städters. Bei meinen Freunden aus Castiglione spürte ich etwas Solides, etwas Häusliches; ich verschwieg mir noch (oder vielleicht wußte ich es nicht), daß all dies nichts war als eine Kompensation, bei der das Herz noch sichtlich von der mütterlichen und kindlichen Zärtlichkeit meiner unbefriedigten Wünsche erregt war. Dennoch gelang es mir, mich mit vielen Gleichaltrigen zusammenzutun, zumeist noch Freunden aus der Kinderzeit, und gemeinsam mit ihnen war es mir möglich, in der Fülle einer seit Jahren bekannten Lebensart unschuldige Abenteuer, Bubenstreiche voll rührender Fröhlichkeit zu erleben.

Kalt war jener März, unruhig, auf dem Markt standen ein

Karussell und verschiedene Buden. Es wurde Abend. Bei gewittriger Stimmung wollte ich mit den Freunden und Freundinnen zu einer Besichtigung jener öden Kirmes aufbrechen ... Ich entsinne mich all dessen wegen eines eigentümlichen und krampfhaften Schmerzes (der dann in eine falsche, hysterische Freude umschlug), von dem ich erfaßt wurde, als ich mich von so vielen anmutigen und unachtsamen Jugendlichen umgeben sah – Engeln, die mit mir, dem einzigen Dämon, den Kampf nicht aufnahmen. Ich prüfte ihre Kleidung, ihre unvorsichtige Heiterkeit, das *Besondere* eines jeden, das von den einheimischen Physiognomien, einer mehr oder minder vielversprechenden Sinnlichkeit und einem maliziösen oder unschuldigen Gehabe herrührte.

Den Sonntag in jenem unheilvollen Frühling, an dem ich mich, von meinem Todesspleen getrieben, einige Stunden auf ein Grab im alten Friedhof setzte, habe ich schon erwähnt. Ich könnte, wenn nötig, noch andere ähnliche Episoden aufzählen: doch es lohnt die Mühe nicht.

Im Mai ging ich jeden Abend zum Rosenkranz: es waren überaus sanfte Momente. Die menschenleere Kirche, die vereinzelten Kerzen, der wie von Frühlingsgespenstern feuchte Fußboden und der karge, eindringliche Gesang der Litaneien, der mich nach und nach benommen machte. An die Tür und an den Taufstein gelehnt oder aufrecht stehend sangen rund um mich die, deretwegen ich die Kirche überhaupt betreten hatte ... Das Herauskommen aus dem Rosenkranz ist das süßeste und pathetischste Schauspiel, das ich je gesehen habe. Überdies hatten die Jungen in jenem Jahr ein Spiel erfunden, das geradezu dafür gemacht schien, mich zu quälen: wenn sie ausgelassen und glücklich aus der Kirche kamen, zündeten sie mit ihren geheimnisvollen Streichhölzern Stücke einer wer weiß wo gefundenen Zündschnur an und warfen sie in die Luft, so daß das Dunkel von einem phantastischen, glühenden Fackelregen durchfurcht war. Die Tage um Ostern waren besonders trist; gewöhnlich schüttete ich meinem Freund Cesare B. mein Herz aus, der von mir, wenn ich mich nicht täusche, wahrhaft rührende Tiraden gegen die Langeweile, den Tod etc. zu hören bekam; ich war von so verzweifelter Eloquenz, obgleich sie sich auf jene falschen Ziele richtete (an die ich jedoch mit größter Aufrichtigkeit glaubte), daß ich eines Abends, während ich ihn auf der asphaltierten Straße nach Hause begleitete, fast geweint hätte. Ich muß aber darauf aufmerksam machen, daß in der nun schon lauen Nacht, durch die Ferne verzerrt, Schatten in der Luft erstorbener Fragen, die Klänge einer Ziehharmonika, einer Trompete zu uns heraufdrangen ... Es waren Jacu, Milio, Rosa, die weitab, vielleicht gegen eine Weide gelehnt oder an einem Wegstein sitzend, ihre Instrumente probten.

Doch jeder von uns ist der beneidenswerte Hüter solcher Erinnerungen. Ich komme also auf die Angelegenheit zurück, die ein dünner Faden erneut mit meinen Gesprächen mit Dina und ihrer beunruhigenden Mißbilligung meines Verhaltens Nisiuti gegenüber verknüpft.

Während meiner Streifzüge auf der Suche nach einer Gelegenheit begegnete ich eines Nachmittags auf der Straße, die von Castiglione nach San Lorenzo führt, einem kleinen Jungen, der noch nicht in der Pubertät war. Ich war sehr unerfahren, ich wiederhole es, und mein Herz begann stürmisch zu klopfen, als ich an ihm einen maliziösen, komplizenhaften Ausdruck wahrzunehmen vermeinte, und, mehr noch, als ich in seinem Blick ohne Scham, in seinen markanten Jochbögen und im leichten Grinsen seines Mundes etwas Lasterhaftes zu erkennen glaubte. Es war eines jener mittelmäßigen Gesichter, deren Zauber in einer gewissen vermuteten Gier oder Verschlagenheit liegt, die sich mit einem Hauch reizvoller Ironie mischt. Seine fast blonden Haare schließlich verliehen ihm jene männliche und erfahrene Miene, die mich überwältigt hatte. Er fuhr auf dem Fahrrad in die entgegengesetzte Richtung, nach San Lorenzo; ich machte also unvermittelt kehrt, was – ich bemerkte es – Unverständnis und Verwunderung bei ihm hervorrief. Keine hundert Meter vor uns fuhr, auch auf dem Fahrrad, eine Frau, die ich verfluchte. Doch plötzlich hielt der Junge an, und ich sah ihn am Rande des Grabens, mit seiner kräftigen kleinen Gestalt, sittsam den Feldern zugewandt. Ich näherte mich ihm, und gewiß fast außer mir raunte ich ihm ohne weitere Vorwarnung als einem zitternden Gruß mit wer weiß welch versagender Stimme meine Frage zu ... Mit einem Ruck drehte er sich um, ohne ein Wort zu sagen, betrachtete mich mit einem Ausdruck, in dem Erstaunen, Schüchternheit und Verachtung sich in Form eines bissigen, niederträchtigen Lächelns abzeichneten, und wieder auf sein Fahrrad gestiegen fuhr er rasch davon, bis er die Frau einholte, die sich umgewandt hatte. Ich sah sie miteinander sprechen; doch er gab keine Antwort auf ihre Fragen ... Dieser Vorfall hatte katastrophale Folgen für mich, weil er allmählich im Dorf bekannt wurde und eine fast radikale Veränderung in meinem Leben bewirkte. Es ist sinnlos, jetzt die Angst jener Tage erneut zu beschwören (einmal, als ich durch San Lorenzo kam, hörte ich, wie Kinder mir nachriefen: vergognòus – schäm dich!). Das Gerücht ging unter den Leuten um, und die Erinnerung an diesen Vorfall schmerzt mich bis heute: ich sah, durch unmerkliche, mit krankhaftem Eifer eingeübte Bewegungen, einen nach dem anderen, alle meine Bekannten, die Außenstehenden, bei denen ich durch eine lange und rührende Tradition im Ruf der Güte und moralischen Rechtschaffenheit stand, unaufhaltsam zu einer anderen Meinung übergehen, bei der eine törichte und überhebliche Neugierde überwog. Ich kann wirklich sagen, daß dies die schwärzesten Tage meines Lebens waren. Man denke nur an die Unerträglichkeit von Situationen wie dieser: eines Sonntags, mit all der gebührenden Langeweile und Verzweiflung, die wir kennen, einer Meute von Jungen aus San Lorenzo gegenüberzustehen – darunter auch dem, der Ursprung meiner Verworfenheit war –, die mich mit unverschämter Ironie betrachteten. Jedenfalls wäre das alles fast nichts gewesen, verglichen mit den Schreckensmomenten, die ich durchmachte, als ich mit meiner gewohnten makellosen Verzweiflung eines Heranwachsenden dachte, daß die Angehörigen jenes Jungen mich anzeigen würden und daß ich folglich *festgenommen werden würde.* Stunde um Stunde erwartete ich dieses Ereignis; und wäre ich nicht ursprünglich von so heiterer und leichtlebiger Natur, hätte ich vermutlich unter solchen Umständen auf eine verzweifelte Lösung kommen können. Glücklicherweise mußte ich dann zwei oder drei Tage nach meiner Missetat wegen einiger Prüfungen nach Bologna fahren.

Als ich wieder in den Zug nach Castiglione stieg, war ich so von meiner Angst gepackt, daß ich mich fast wie ein Automat bewegte. Die Stirn ans Zugfenster gelehnt, versuchte ich vergeblich, mich mit der fliehenden Landschaft über meine Einsamkeit hinwegzutrösten. In Portogruaro mußte ich viele Stunden lang auf den Anschluß warten; also ging ich in der kleinen Stadt spazieren. Welche Verzweiflung überkam mich dort! Ich hatte zu jener Zeit unter anderem zwei Manien, sehr poetische

Manien, um die Wahrheit zu sagen, von denen ich aber in eine Art Obsession gedrängt wurde. Die erste bestand darin, in den Söhnen (nehmen wir einmal an: einem blonden Jungen) unbedingt das Lachen der Väter wiedererkennen zu wollen (einem blonden Jungen von vor zwanzig Jahren, den ich *nie* mit Blikken würde liebkosen können). Die zweite war ein bedrückendes Erstaunen, wenn ich einen unbekannten alten Mann vor mir sah (und natürlich sah ich Hunderte davon, besonders während einer Reise!), dessen verlorene Jugend mir einen so grausamen Stich ins Herz versetzte ... In Portogruaro veranstaltete ich an jenem süßen Frühlingsabend (das unbarmherzige Schicksal hatte freigiebigst blasse Lockungen und Lieder und Düfte ausgestreut, und zuletzt einen kleinen Apfelsinenmond ...) eine wahre Orgie der Gefühle und zurückgehaltenen Tränen. Ich weinte, ja, ich gestehe es; und es verwundert mich nicht, wenn ich an die laue, geradezu körperliche Wärme jenes Frühlings zurückdenke, und an den Jungen, der über das Brükkengeländer gebeugt seinen Gefährten rief ...

Ich kam nachts in Castiglione an: fand die Küche – mit ihren blauen Möbeln – ganz in häusliche Ruhe getaucht. Also war ich in Sicherheit, nichts von dem, was ich befürchtete, war während meiner Abwesenheit geschehen. Ich konnte ohne das wahnsinnige Herzklopfen schlafengehen, das mich seit zehn Tagen umtrieb.

Die Ruhe war trügerisch, wenn auch erholsam: sie dauerte nur eine Nacht. Am nächsten Tag begann ich wieder gegen die Schmach anzukämpfen, die mir aus jedem Haus, aus jeder Straße, aus jedem Winkel des in frühem Sommer selbstvergessenen Dorfes drohte. Ich entsinne mich meines Erwachens: mein langer, fester, jugendlicher Schlaf wurde im Halbschlaf von Halluzinationen einer Grausamkeit, die wie Strahlen auf mich niederging, unterbrochen. Eine davon werde ich nie vergessen können, in der die kleine, noch Windeln tragende Tochter meiner Cousine mir, zu glücklicher Jugend herangewachsen, erschien, in eine wundervolle Zeit eingetreten, aus der ich ausgeschlossen war. Von diesen Bildern verletzt konnte ich nicht aufstehen und blieb bis spät im Bett liegen, von demütigender und ungesunder Trägheit erfaßt. Wieviel Feigheit lag in jenem Aufschub im Schweiß des Bettes ... Dann verbrachte ich lange Stunden im Garten mit Lesen oder Schreiben. Am Nachmittag ging ich Fußballspielen: darin bestand mein einziger und unschuldiger Trost!

Auf dem Markt stand noch das Karussell samt den ganzen Buden; ich ging vor allem abends hin, in einem Duft von Glyzinien und Lindenblüten. Das Grammophon spielte in einem fort: »Komm, da ist ein Weg im Wald«, die Soldaten schwärmten auf den Straßen aus mit ihrer südlichen Mundart, lenkten die Jungen ab; und ich litt. Zu den Jungen konnte ich nur Beziehungen zarter Freundschaft herstellen, was sie rührte und mir gegenüber sehr lieb und respektvoll machte. Mit manchen von ihnen unterhielt ich jedoch eine besondere Beziehung – ironisch, herausfordernd ...

Eines Abends, während ich mit einigen meiner Altersgenossen – Bauern freilich – auf dem Mäuerchen am Marktplatz saß, kam eine Horde von kleinen Jungen heran, die so wirr und boshaft zu schreien und zu spielen begannen, wie ich es mir wenige Monate zuvor noch nicht einmal vorstellen konnte. Sie stammten alle aus dem Dorf Secchi. Sie rauchten und fluchten, ganz ohne kindliche Weichheit; sie waren einfach noch impotente Männer. Zu ihnen gehörte Bruno, ein Kind ohne wirkliche Schönheit: er hatte pechschwarze, aber stumpfe Haare, zwei Augen, deren violettes Leuchten mich erst später beeindrucken sollte, ein farbloses und unregelmäßiges, von der Sonne stark verbranntes Gesicht. Die Unterlippe war von einer Narbe durchfurcht. Auch sein halbnackter, nur vom Unterhemd bedeckter Oberkörper war verbrannt und verströmte einen Geruch von Staub und Flußwasser, ich weiß nicht, der mir einen leichten Ekel einflößte, da er sich auch noch mit dem Geruch einer schlechten Zigarette mischte. Alles, was ich über ihn sage, ist nachträglich gesagt; bis zu einem gewissen Punkt hatte ich ihn überhaupt nicht bemerkt. Doch plötzlich kam er und urinierte ohne die geringste Scham vor uns an einen Baum, geizte auch nicht mit ein paar unzüchtigen Gesten. Es war klar, daß ich für ihn nicht zählte; doch ich war trotzdem erregt. Ich weiß nicht mehr, wie jener Abend zu Ende ging (ich glaube, ich habe ihn ein paarmal mit mir Karussell fahren lassen); aber Bruno war dazu bestimmt, eine große Rolle in meiner Jugend zu spielen.

Unzählige Male lauerte ich ihm auf; wenn ich ihn mit seinem – wie soll ich sagen? – etwas tierhaften Gang auftauchen sah (sein rechter Fuß war leicht verstümmelt), fühlte ich, daß mir schier die Sinne schwanden. Es entstand ein ganzes kompliziertes Gebäude von Tricks und Kunstgriffen, das wenigstens einen Blickkontakt zwischen mir und jenem Jungen herstellen sollte. Doch schließlich kam mir das Glück zu Hilfe. Als die glühende Hitze des Sommers die Badesaison zum Leben erweckte, konnte ich Bruno sehen, sooft ich wollte. Man ging in einer Kiesgrube zwischen den Feldern hinter dem Friedhof baden; gleich nach dem Mittagessen überflutete ein Haufen Unruhestifter die Ufer jenes Weihers, zertrat das Gras, das allmählich im Schmutz verkümmerte. Wirklich unglaublich ist die innere Unordnung, die Gewissenlosigkeit, die Schamlosigkeit jener Söhne von Hilfsarbeitern und Tagelöhnern: es gab ständig unkeusches Gelächter, zusammenhanglos sich überstürzende Worte – einer Affenherde würdig. Wenn sie davongingen, glichen die umliegenden Wiesen dem verlassenen Lagerplatz einer Zigeunerfamilie. Die meisten badeten nackt, auch die Heranwachsenden; und oftmals masturbierten sie zusammen, ohne sich auch nur die Mühe zu machen, dazu ins Maisfeld zu gehen. Bruno gehörte zu ihnen; und, obgleich ziemlich ernst und unzugänglich, gewiß nicht zu den weniger Anmaßenden. Seine Familie mußte seit vielen Generationen eine Plebejerfamilie sein, und man spürte in ihm die Dumpfheit des Tieres, nicht aber wilde Urwüchsigkeit.

Er war gewalttätig, unfreundlich. Nie habe ich eine großmütige Regung an ihm gesehen. Liebte ich ihn? Nein, wenn das Wort dasselbe ist, das ich für Nisiuti verwende. Gewiß war ich von einer zügellosen und kindlichen Leidenschaft ergriffen. Kaum hatte ich zu Mittag gegessen, fuhr ich eilends mit dem Fahrrad zum Weiher, meine unnützen Bücher dabei, und legte mich ins schmutzige Gras, wo ich auf ihn wartete, während die anderen Jungen rund um mich tobten. Schweigsam kam er an, rauchte noch die Reste einer Zigarette: geradezu brutal. Ich war von demütigender Zärtlichkeit erfüllt, und er sah mich nicht einmal an (oder tat er nur so, da er meine Schwäche bemerkt hatte?). Er warf den leeren Sack zu Boden, den er später mit Gras für die Kaninchen würde füllen müssen, ließ wirr durcheinander seine armseligen Fetzen auf den Sack fallen und stürzte sich nackt ins Wasser. Im Grunde genommen waren die Jungen für mich bisher geschlechtslose Engel gewesen: ich hatte sie nie gesehen. Damals bemerkte ich es nicht, aber Bruno, sein

Geschlecht, hatte etwas, wie soll ich sagen, Priapeisches an sich ... Eines Tages blieben wir zu dritt am Weiher zurück: ich, Bruno und ein anderer, ihm gleichaltriger Junge. Es war schon spät und sie mußten zum Grasholen gehen; ich begleitete sie und bemerkte sogleich eine Art von Komplizenschaft zwischen ihnen. Es wehte ein starker Wind, und der Himmel war zu drei Vierteln schwarz. Bei einem Wiesenrain angekommen legten sie sich zu meinem großen Erstaunen – vergessen waren die Kaninchen – ins Gras, ohne viel Überzeugung Spiele andeutend; und ich warf mich zwischen die beiden. Brunos Kleider waren offen, doch scherzhaft von seinem Gefährten darauf aufmerksam gemacht, zuckte er nur lachend die Schultern. Es war natürlich, daß ein freundschaftlicher Kampf begann, daß wir nun schrankenlos vertraulich miteinander umgingen, und trotz meiner geringen Unternehmungslust nahmen sie nach und nach Besitz von mir. Doch der Rain war zu ungeschützt; also führten sie mich ins Labyrinth eines Maisfeldes und breiteten auf der feuchten Erde der Furchen ihre Säcke für mich aus.

....

Ich half Bruno und seinem Freund, Gras für die Kaninchen zu rupfen, und als die Säcke voll waren, wollte ich sie nach Hause begleiten. Sie ahnten gewiß nicht, daß sich hinter meinen kontrollierten Gesten und meinen stockenden Worten, in der übermäßigen Freundlichkeit meiner Verhaltensweisen die Emotion, ach, und das Glück der ersten, soeben genossenen Liebesbegegnung verbarg; noch ahnten sie (doch vielleicht erspürten sie es späterhin), daß ich handelte, als sei ich in ihrer Gewalt oder zu ihren Diensten.

Ich sah Bruno einige Tage später wieder, wie immer am Weiher; er war es, der ein Spiel erdachte, bei dem wir beide fliehen sollten und die anderen uns wieder finden mußten. Natürlich waren wir in dem von Bruno ausgewählten Versteck unauffindbar ... Bruno war wie die anderen schon nackt, und mit einem freudigen Schauer sah ich, daß er ungeduldig wartete, daß auch ich den Knoten meiner Badehose löste.

Oft fanden wir uns in jenem Sommer des Jahres '43 zusammen. Der Zauber war gebrochen: auch für mich war das Wunder wahr geworden, das mir für immer verwehrt gewesen schien. Jeden Tag sahen wir uns, nicht mehr in der Kiesgrube, sondern bei der Eisenbahn jenseits von Secchi, am Ufer eines »Sorgive« genannten Weihers. Ich sage nicht, daß ich nicht auch in jener Zeit viel unter meiner Begierde gelitten hätte: Bruno, verschlossen und unfreundlich, ließ mit kindlicher Perversität nie etwas durchsickern von dem, was er dachte, und zu oft zeigte er eine manifeste Gleichgültigkeit mir gegenüber, indem er tagelang verschwand. Ich wurde wahnsinnig vor Eifersucht auf die Orte, die ihn zu Gesicht bekamen, auf das Gras, das von seinem nackten Fuß getreten wurde. Dann tauchte er wieder auf und folgte mir mit kalter und libidinöser Willfährigkeit ins Maisfeld. Man glaube nicht (und ich sage das nicht, um die Schuld von mir abzuwälzen), daß ich es gewesen wäre, der ihn mit Handlungen vertraut machte, die ich überdies gar nicht kannte; nein, er war es, der kalt, ohne die leisesten Skrupel, mein wie sein Verhalten bestimmte.

Der Winter kam (dazwischen lag mein sehr kurzer Militärdienst, der 8. September etc.) und ich fiel, noch immer in Castiglione, zurück in meine verschlossene Jungfräulichkeit. Bruno tauchte von Zeit zu Zeit wieder auf, wenn er aus seinem Dorf mit einem Karren oder einem Sack über den Platz kam; er wuchs heran, und das machte mich eifersüchtig, finster, nicht nur weil ich inzwischen unsere Vereinigungen ohne die mindeste Liebe für belanglos hielt, sondern auch, weil ich sah, wie in ihm das Geheimnis wiedererstand: das Geheimnis der Geschlechtlichkeit als »unberührte Schönheit«, das Geheimnis der Männlichkeit, die abgelenkt und beschäftigt ist mit Idolen, die sie in eine Welt entrückten, die vollkommen anders war als die meiner Liebe. Dieses beklemmende Gefühl empfand ich weniger bei Bruno als bei anderen Jungen, das stimmt; aber dafür überwältigte mich seine männliche Gefühllosigkeit. Ständig war ich auf der Suche nach ihm; man kann sagen, daß das während des ganzen Winters meine einzige wirkliche Beschäftigung war. Doch ich war wieder vom Unglück verfolgt, und die Gelegenheiten wurden systematisch zunichte. Es waren Monate um Monate ungerechter Entbehrung. Auch gab er, wenn er mich bemerkte, keinerlei Gefühlsregung zu erkennen: und dabei hätte ich für einen einzigen Blick des geheimen Einverständnisses von ihm alles gegeben, was ich besaß! Es genügte nicht, daß der Zufall ihn mir im März '44 über den Weg führte (er hatte Schule geschwänzt) und ihn mir widerwillig ins unsichere Bett eines mit Primeln übersäten Grabens folgen ließ; die Umarmung war ungut und schwierig, eine wahre Enttäuschung.

Als die Trostlosigkeit ihren Höhepunkt erreicht hatte, kam

der Fronleichnamstag heran; ich sah ihn gegen Abend mit seinen Altersgenossen – schon zum Jugendlichen geworden – unter meinem Fenster vorbeigehen, während das Unwetter sich zu einem wunderbar wolkenlosen Himmel wandelte, der von den sternförmigen Strahlen der letzten Sonne überglänzt war. Zu jener Zeit war ich sehr mit Dina befreundet; wir waren schon unzertrennlich geworden und zugleich begann sie schon, mir mit ihrer zu offensichtlichen Sorge um mein Innenleben zur Last zu fallen. Schon damals spürte sie hinter meiner körperlichen und moralischen Reife, hinter meiner Verfügbarkeit, hinter meiner Hingabe jenen toten Bereich, den sie vielleicht mit meinem männlichen Geheimnis verwechselte (dem Geheimnis als »unberührte Schönheit«, abgelenkter Eros) und den sie folglich ergründen wollte. Grausam ließ ich zu, daß sie sich mir anbot, und stellte ihr keine ihrer tausend Vermutungen als unwahrscheinlich dar. So hätte sie wahrhaftig zu mir sprechen können wie der Knabe Glaukus zu Saba:

. . . doch warum läßt ohne einen Genuß
du das Leben verstreichen, und scheint es als verberge sich
ein Schmerz oder ein Geheimnis hinter jedem Wort von dir?

aber natürlich viel, viel untröstlicher! An einem Sonntag, vor dem Fußballspiel – das ich nicht versäumen wollte, die Gründe brauche ich wohl nicht zu nennen –, drangen wir, sie und ich, in die in jenem Augenblick wirklich heilige Einsamkeit der Felder vor. Es war ein Fehler, jene pflanzliche und meteorologische Abstraktion herauszufordern, während man im Dorf das regnerische Fest genoß. Und so sah die endlose Lichtung mit den beiden – in dieser Gegend sehr seltenen – einsamen Eichen, die unser Ziel gewesen war, uns auch in tiefstem Leid: ich litt (zumindest an der Oberfläche) vor Langeweile, sie vor Begierde. Meine Schuld – die vergeblich aus den Bereichen eines gestaltlosen Unwohlseins zu mir durchzudringen versuchte – bestand darin, daß ich nur an Bruno dachte und überhaupt nicht an sie, und daß ich außerdem nicht auf mein jungenhaftes Benehmen verzichten konnte, das – es war mir bekannt – sie noch mehr bedrückte. Wir verließen die verhaßte Wiese mit ihren noch verhaßteren Eichen, und obgleich wir eine Blume zwischen die Lippen genommen hatten (ich meine mich zu erinnern, daß sie mich unter den Eichen gekämmt . . . oder mir eine Blume ins Haar gesteckt hat), war unsere Rückkehr unter die Leute nicht mehr herzlich. Es regnete; die Leute auf dem Sportplatz waren von einer Begeisterung erfaßt, die unserer Stimmung so fern war, wie man sich nur vorstellen konnte. Aber der Unterschied zwischen mir und ihr war, daß ich, dort auf dem Platz, zuhause war, perfekt die Komödie des jungen Sportfans spielen konnte, der ich andererseits ja wirklich war, während sich in ihr die Furcht verstärkte, weil sie mich *abgelenkt* sah. In Wirklichkeit suchte und suchte ich verzweifelt mit dem Blick überall Bruno zu entdecken. Schließlich sah ich ihn, hinter den eisigen Regenschnüren, mit seinem eleganten dunkelblauen Festtagsanzug und den weißen Kniestrümpfen.

Eines Tages, mit den üblichen Büchern unter dem Arm (solcherart rechtfertigte ich meine absurden Spaziergänge auf der Suche nach Bruno, die, ganz aus Aufruhr und geheimen Versöhnungen bestehend, mich minderten, mich auf die Komplexe und Ohnmachtsgefühle eines Knaben regredieren ließen), eines Tages, gleich nach der Unterführung, durch die man nach Secchi gelangt, sah ich zu meiner Rechten unterhalb des Bahndamms und am Bewässerungskanal entlang, an dem Ort, den ich jeden Tag mit einem flehenden Blick erkundete, sah ich einige Personen, darunter Bruno, auf dem schmutzigen Gras sitzen. In Herzklopfen ertrinkend überkam mich jene plötzliche Entschiedenheit, für die ich dem Himmel später immer so dankbar bin ... Ich zitterte fast vor Sorge, mich jenen Personen gegenüber rechtfertigen zu müssen, in deren komplexe Intimität ich mich völlig ungefragt hineingewagt hatte: ich weiß nicht mehr, welchen Gesichtsausdruck ich hatte und möchte mich auch nicht daran erinnern! Es ist jedenfalls positiv, daß es mir gelang, die Zensur zu umgehen, den dichten Zaun, der jene vier oder fünf Personen in ein verschworenes, fast klösterliches Schweigen einschloß. Das Gras war schmutzig und naß; abseits weideten zwei Schafe, Brunos Schafe; am spärlichen Rinnsal des Bewässerungskanals saß Giovacchin, ein Mann um die Vierzig, damit beschäftigt, Zweige zusammenzuflechten, um einen kleinen Korb herzustellen; zwei oder drei Kinder beobachteten ihn und daneben, in ein ganz besonderes, aus der Situation entstandenes Gespräch vertieft, das nicht ohne gottlose Ausschweifungen und Unterwürfigkeit war, saßen Bruno und sein Gefährte Cenciuti. Wie ich also jenen Kreis mittäglicher Unzüchtigkeit durchbrechen konnte, indem ich freundlich eine Art stillschweigendes Einverständnis an den Tag legte, ist mir nur erklärlich, wenn ich an das unendliche Mißverhältnis zwischen meiner Schüchternheit und meiner Begierde denke. Ich sah Bruno nicht an; ich mußte so tun, als kennte ich ihn nicht. Stattdessen betrachtete ich Giovacchins Arbeit; der hatte sofort die beiden Jungen sitzenlassen, um ein reges Gespräch mit mir, dem Neuankömmling, zu beginnen, der ich bedingungslos meine Güte und Freundlichkeit verströmte, während ich, aufgewühlt von innerer Scham und zugleich vom Schrecken, daß Bruno und sein Freund weggehen könnten, der Verzweiflung nahe war. So vergingen *zwei Stunden:* ein wahres Martyrium für jenen Neuankömmling, der keinen Augenblick aufhörte, sich vorzusagen: »Meine Würde verlangt, daß ich mich jetzt verabschiede«, und gleichzeitig zu denken: »Jetzt geht Bruno weg«. Das Gespräch drehte sich natürlich um elementare Themen, deren Behandlung erforderte, sich mit der gebührenden Dosis von Ernsthaftigkeit, fast Männlichkeit darauf einzulassen, die dem Jargon eines zu allem fähigen Humors nicht fernlag; ich mußte den Kelch bis zur Neige leeren. Doch als Giovacchin, mit seinen Körbchen fertig, aufstand um zu gehen, gab es da vielleicht einen guten Grund für mich, weiter im Gras sitzenzubleiben? Was konnte mich noch an jenem feuchten und schmutzigen Ort halten? Ein neuerlicher Sieg über meine Vernunft ließ mich dem fragenden Blick des Mannes und seiner instinktiven Verachtung für mein Verhalten trotzen. Er entfernte sich, aber die andern blieben. Ich nahm meinen Kampf mit der Zeit wieder auf; er bestand in dumpfem Beharren auf meinem Willen, einer Reihe von Manövern, von Schweigen zumeist, deren Ziel es war, Bruno von den anderen abzusondern, bis zu einer bestimmten Stunde vor dem Abendessen einen Bereich der Einsamkeit vorzubereiten . . ., wo er und ich uns allein zusammenfinden würden. Und es gelang mir, das Wunder zu verwirklichen; nach und nach machten sich die anderen davon, vielleicht weil sie durch mein und Brunos hartnäckiges Schweigen spürten, daß ihre Anwesenheit indiskret und unerwünscht war. Als wir allein waren, erhob Bruno sich und fing an, die Schafe nach Hause zu treiben! . . . Was war denn nun los? Doch der Himmel wollte, daß er, bevor er mich verließ, für den nächsten Tag um zwei Uhr eine Verabredung mit mir traf, die keine Zweifel offenließ.

Das war mein erstes Liebesrendezvous. Niemand, der ein sogenanntes normales Leben führt, kann sich vorstellen, welch wundertätige Wirkung ich dem zuschrieb, was mir geschah. Es war für mich wirklich das Unglaubliche des Unendlichen, das in zwei verschiedene Zeiten zerfiel. Es war ein herrlicher Spätfrühlingstag; das Gras sog die glühende Sonne in sich ein, die ersten Vögel sangen mit schrillem und selten melodischem Mißklang, und in den Maulbeerbäumen glänzten die schon fast ausgewachsenen Blätter. In dieser Überfülle von Licht, so flüssig und kristallklar, verließ ich das Haus und ging meinem Abenteuer entgegen, an das ich nicht zu glauben wagte; und die ewigen Bücher unter dem Arm drohten der wahre Grund meiner mittäglichen Landpartie zu werden, da ich, je näher ich dem Dorf Secchi kam, immer weniger auf die Realisierung des Unrealisierbaren hoffte. Aus der tropfenden Unterführung heraus glitt ich verstohlen zwischen den Büschen am Bahndamm entlang, ohne mich noch einmal umzusehen, fast als wollte ich die Möglichkeit abwenden, daß mich jemand beobachtet und Vermutungen über mein ungewöhnliches Verhalten angestellt haben könnte. Keine Schafe waren da, kein Bruno war da. In der brutalen und unerschütterlichen Stille schien alles, wie natürlich, vorbereitet für meine Verzweiflung oder eine Bestrafung, ich weiß nicht, jedenfalls für meine Einsamkeit. Zwischen den traurigen Büschen, auf dem schmutzigen Gras war ich nun wirklich, nicht mehr nur in Gedanken, *allein*. Als Symbole eines sich vollziehenden Geschicks, das pünktlich eintraf, vernahm ich die Pfiffe und das Schnaufen einer Lokomotive, die über den Erdwall irrte ... die Stimmen der Eisenbahner ... und sogar den Geruch des Kots, der sich heimtückisch zwischen dem Schutt und den Abfällen auf dem Abhang ausbreitete. Doch jener Tag sollte nicht wie die tausend anderen sein. Seine Schafe vor sich, kam Bruno an, mit nacktem Oberkörper, einer fettigen und dicken Hose und zwei klobigen Holzschuhen an den Füßen. Mit seinem ungleichmäßigen Schritt und seinem verbrannten und unliebenswürdigen Gesicht war er bald bei mir, und er ließ mich seinen Arm drücken, dann seine Hüfte, denn es war wunderbarerweise schon von ihm beschlossen, daß es zwischen uns beiden keine Zurückhaltung mehr geben sollte. Auf dem trockenen, aber noch schlammigen Grund des Bewässerungskanals machten wir uns in köstlich geheimem Einverständnis zu einem verborgenen Ort auf. Bruno war überaus besorgt um größte Geheimhaltung und sehr akkurat bei der Auswahl der Schlupfwinkel, in denen er seinen Begierden freien Lauf lassen wollte. Der Lauf des Bewässerungskanals brachte uns genau zu jenen wilden Orten, die an den Bahndamm angrenzten; an jenem Sonnentag waren die Brombeersträucher, die auf den Kanal herabhingen, schon dunkel von Knospen, und bildeten fast Nester, Schlupfwinkel, auf dem rissigen Ufer. Doch Bruno hatte keine Eile; er kletterte sogar noch gelassen auf eine Pappel, um ein Kohlmeisennest voller Eier herunterzuholen. Dann drehte er sich eine seiner infamen Zigaretten, ließ sich dabei immer streicheln von mir, und zitternd machte ich mir jene absurde Freiheit zunutze. Vielleicht ließ mich diese Taktik soweit den Kopf verlieren, wie es nötig war, damit die Begierde, als wir uns schließlich zwischen zwei dichten Büschen niederlegten, das Bewußtsein ihrer selbst abstreifen und ich dann fast uneingeschränkte Hingabe erfahren konnte. Jene Stunde war jedoch nicht die erste einer Reihe ähnlicher Stunden, wie ich es so gierig gehofft hatte. Bruno, launisch und niederträchtig, wiederholte noch oft seine üblichen Ausweichmanöver; ich durchstreifte Tag für Tag immer wieder sein Dorf, suchte hartnäckig mit dem Blick den Pfad zwischen dem Bahndamm und dem Bewässerungskanal ab, wo als triumphierendes Indiz für seine Anwesenheit seine Schafe hätten weiden müssen; wochenlang, und mehrmals am Tag, ging ich jenen Pfad entlang, um ihn auszukundschaften. Bruno war nicht da. Er war auf sichtbare, provozierende Weise abwesend. Ganze Stunden verbrachte ich in jener Trostlosigkeit, während die Pfiffe der rangierenden Wagen und ein vager, übler Gestank nach Fäkalien meine Eifersucht, meine glühenden Proteste einlullten. Dann wechselte die Szene, in der ich eine so demütigende Rolle hatte: es wurde Sommer. Man ging wieder an die Sorgive zum Schwimmen. Erneut veranstalteten die Jungen ihr unerträgliches, verletzendes Spektakel. Bruno ließ sich oft sehen, aber selten nur gehorchte er einem einverständnisheischenden Blick von mir oder ließ sich von meinem Drängen überzeugen. Meistens wartete ich Stunden um Stunden auf ihn, mit meinem Tommaseo oder meinem Tasso auf einer herrlichen, von einer Reihe Weinreben und einem von Pflanzen überquellenden Graben umschlossenen Wiese sitzend. Der Sommer vollbrachte dort seine stillen Wunder: leuchtende Lichtakzente setzte er oben auf die Baumwipfel, weiche, intensive und kostbare Lichter, während er unten klar umrissene, goldgeringelte Schattenmauern vor die Löcher und das Gestrüpp im Bewässerungskanal gleiten ließ. Tausende von Vögeln sangen in verschiedenen Tonlagen, abwechselnd oder sich überlagernd, und zerrissen einmal mit Klängen wie aus menschlicher Kehle, einmal mit makellos tierischem Trillern und Zwitschern sanft die Stille. All dies lenkte mich ein wenig ab; aber diese Ablenkung befreite mich bei weitem nicht von dem quälenden Zustand des Wartens und dem Neid auf die Wiesen, auf die Bruno seinen nackten Fuß setzte. Oft vermeinte ich eine menschliche Stimme zu hören, die sich einen Weg durch das wirre Netz des Vogelgesangs bahnte, und dann stand ich auf, zitterte bei der absurden Einbildung, es sei Bruno, der mich riefe!

Später, etwa ein Jahr danach, erfuhr ich von Dina selbst, daß sie mich oft in der Nähe der Sorgive suchen kam: diesmal war die Ausrede, daß sie sich selbst von der Schönheit jener Wiese überzeugen wollte, die ich so sehr rühmte, und unter diesem Deckmantel erfuhr ich von jenem kleinen Detail ihrer Liebe. Und ich stelle mir vor, daß der Ruf, den ich über die Felder hin vernahm (ein Ruf, der unmerklich dahinschwand, wie eine Sternschnuppe, so daß es mir schließlich schien, als sei er nirgends anders als in meiner Brust entstanden), Dinas Stimme war. Sicher hatte diese arglose Entdeckung von mir eine gewisse, zumindest poetische Realität; doch für mich zählte, damals, nur eine zügellose Intimität mit Bruno.

4

DER NUTZGARTEN ODER Hof der B., links eingegrenzt von den Ställen für die Hühner und das Schwein, rechts vom Maschendraht, der ihn vom Hof der F. trennt, war in der »Periode Gianni«, d. h. im Herbst '45, Schauplatz meiner Liebesverfolgungen, zumindest solange das schöne Wetter anhielt. Danach kam die Küche der B. ins Spiel, einer der »Orte« meines Lebens.

Gianni steht in seinem Anzug aus grünem Stoff – Skihosen und ein kurzes Bolerojäckchen – aufrecht mitten in jenem Hof, spricht von gleich zu gleich mit den Großen, spart ihnen gegenüber nicht mit Ironie und gelegentlichem Lachen, dessen Anzüglichkeit man hinter den weichen Formen, die es in jenem Gesicht annimmt, nie vermutet hätte. Er ist umgeben vom nassen Grün, das die Weinlaube und die Blumentöpfe der Ilde im grünen Licht eines Oktobermittags in allen Schattierungen leuchtend verströmen. Er hat die Hände in der Tasche, und man weiß nicht, ob sein hüpfendes Lachen eine Art Verwunderung oder eine Art Spott ausdrückt: vielleicht eine geheuchelte und deshalb beleidigende Verwunderung. Er hegt nicht die stillen Sehnsüchte der Knaben, ihre uneingestandenen und doch so liebenswert durchsichtigen Begeisterungen; Giannis Starrsinn und seine Launen beruhen auf ganz eindeutigen, materiellen Ansprüchen, seine Ungehörigkeiten sind grau und eintönig wie die Unverfügbarkeit der Großen. Doch mit wieviel Anmut er sich aufregt, wieviel Weichheit in seiner anschwellenden Stimme schwingt, wenn er sie im Zorn erhebt. So mißt Ilde, die Herrin des ganzen Hauses, ihm schließlich die Bedeutung eines Erwachsenen bei – obwohl sie nie von der Eitelkeit abläßt, aus der heraus sie ihm gegenüber wie ein Wunder an Weisheit erscheinen möchte. Er aber hatte das sehr wohl begriffen, nicht mit Hilfe von Sensibilität oder Klugheit, sondern mit den sehr viel solideren Mitteln einer in seinem Milieu geatmeten Bösartigkeit. Die Gespräche zwischen Gianni und Ilde waren Meisterwerke. Ich habe nicht eines davon verpaßt, weil unser Zimmer, wie schon gesagt, über der Küche lag und der Fußboden so aus den Fugen gegangen war, daß man an mehreren Stellen den ganzen Arm durch die Ritzen stecken konnte. Morgens, während ich noch in der wohligen Wärme meines Bettes vergraben lag und meine Gedankengänge inzwischen bei obsessiven Einzelheiten angekommen waren, betrat Gianni lärmend die Küche. Jeden Morgen hatte er etwas, worüber er mit jener ihm eigenen ungetrübten, aber von Bosheit gedämpften Fröhlichkeit lachen konnte. Zuerst hörte ich seine sprühenden, erregten Worte im lichterfüllten Hof und deshalb noch leise; dann öffnete sich mit einem Ruck die Türe und jene Worte, meinem Ohr schwindelerregend nahe gekommen, prasselten auf mich nieder wie leichter Hagel. Sein Schwatzen, von der falschen Weisheit der Ilde kontrapunktiert, die allerdings nicht lange der Versuchung widerstand, ebenfalls zu kindlichem Ungestüm überzugehen (Ilde war ein Kind), obwohl sie nicht von ihrem belehrenden Tonfall abließ – sein Schwatzen erfüllte die darunterliegende und mir unsichtbare Küche wie ein Regen silbriger Dolden und Blütenblätter. Seine Stimme zeichnete ihn mir in allen Einzelheiten, fast wie in morgendliches Wasser getaucht, in dem seine Gesten die eines Schwimmenden waren. Dann brach die Brise seiner mit Lachen durchsetzten Worte plötzlich ab: er war hinausgegangen. Gleich darauf kam er wieder herein, einen Schrei der Verwunderung vorausschickend, der diesmal vom harten, abgehackten Geräusch eines gegen die Rundung einer Schüssel stoßenden Bestecks oder vom Klappern der Messer in der Schublade, die die Hand des Jungen gewaltsam aufgerissen hatte, begleitet war. Inzwischen drang in unser Zimmer durch die Ritzen im Fußboden der beißende und berüchtigte Rauch des morgendlichen Feuers, das Ilde unter dem Stöhnen der ruppig angestoßenen Ketten der Feuerroste entfachte. Einige unverwechselbare Geräusche zeigten an, daß die Milch gekocht war, und Gianni schwieg nun, damit beschäftigt, sie in seine Schüssel zu gießen, manchmal verhaltene Schreie ausstoßend, wenn er sich aus Versehen die Finger verbrannte. Ich hörte, wie sein Löffel gegen den gezackten Rand des Behälters stieß und der Stuhl sich unter seinen Knien bewegte, während er aß. Ilde war hinausgegangen, um im Schlafzimmer ihren kleinen Sohn zu holen, der seit einer halben Stunde weinte und schrie; nachdem sie ihn dann warm in Wollsachen verpackt hatte (was nun auch nichts mehr nützte, wenn er so lange nackt auf dem Zimmerfußboden gelegen hatte), kehrte sie mit der finsteren Miene derjenigen, die eine notwendige mütterliche Funktion erfüllt, in die Küche zurück, und verzichtete nicht auf einen Blick, der – rasch die noch unaufgeräumte Küche inspizierend – zu verstehen gab, wie schädlich sich eine auch nur kurze Abwesenheit ihrerseits auswirken konnte. Gianni würdigte sie natürlich keines Blickes; oder er nahm völlig zerstreut eine seiner Reden wieder auf, die Ilde, Ivano und ihren gesamten Hausstand aus ihrem Gang ausschloß; falls er aber zufällig auf diese Dinge Bezug nahm, tat er es mit einer falschen, scheinbar unschuldigen Bemerkung, die nie das Zentrum jener großen Zielscheibe verfehlte, die Ildes Mißtrauen bildete. Hatte er die Schüssel von sich geschoben, die eine für mich schmerzhafte und ferne Geräuschspur auf dem Tisch hinterließ, ging Gianni hinaus, vielleicht endgültig. Ein bleierner Vorhang senkte sich über seine ungestümen Reden, seine frühreife Verwunderung, die zusammen mit den Dunstspiralen der Morgenröte in mein Zimmer den Nachhall von man weiß nicht welchen strahlenden, exotischen Tagesanbrüchen hatten eindringen lassen, zu denen Hähne, verloren in von Zyklamenduft erfüllten Hühnerställen, krähten. Jenes zarte und schneidende Aroma verflog jäh, sowie sich die Türe hinter Gianni schloß, dessen nicht minder fröhliche Äußerungen nun in der schon prallen Morgensonne verblaßten. Etwas anderes zog ihn an, und ich hörte, wie er seine Schritte zu einem mir fernen Punkt fast außerhalb meiner Vorstellung lenkte. Zudem hielt es mich nur schwerlich bis zu jenem Augenblick im Bett; meistens erhob ich mich, sowie das sprudelnde Durcheinander von Giannis Stimme die Küche überschwemmte, zog mich eilig an und ging hinunter. Hatte ich dann, in diesem viel häufigeren Fall, die qualvolle Empfindung, ihn so nah bei mir zu haben, beschwichtigt, indem ich Ivano zum Plappern brachte oder mit Ilde diskutierte (wie oft habe ich mich auf jene Stühle gesetzt, mich auf jenen Tisch gestützt, die Hände über dem Eisen jenes Ofens ausgestreckt, lauter Gesten, die kaum das Unglück verhehlen konnten, das mich ins Wanken brachte), hatte ich all diese lästigen Handlungen hinter mich gebracht, gingen wir zusammen in den Hof hinaus. Inzwischen stand dann sein größerer Bruder auf oder trafen die anderen Familienmitglieder ein, die nachts noch in ihren Häusern schliefen; kurz darauf ertönte pünktlich der Alarm in Castiglione, und hier und da hinter den braun glänzenden Feldern, zwischen den marmornen Wolken, durchzogen Risse das zarte Blau des Himmels beim ersten Lärm der Flugzeuge – ein paar Aufklärer zunächst, die bitter dröhnend ihre Kreise zogen, den Bombergeschwadern um weniges voraus: diese würden dann all jene süße Stille verschlucken im finsteren Schlund ihrer Motore, die am verschwommenen Himmel im Gleichklang donnern. Wie silberne Pflüge durchfurchten sie die Wolken in der klaren Weite, ließen Dunststreifen hinter sich zurück, die die folgenden Formationen, deren Dröhnen bösartig, aber noch fern lauerte, zerreißen würden, ohne eine Handbreit von dem Kurs abzuweichen, der ganz genau auf eine Eisenbahnlinie oder einen Industriekomplex im Norden Venetiens oder in Bayern gerichtet war, und von denen schon bei der bloßen Vorstellung ein unerträglicher Geruch von Blut und Verbranntem ausgeht.

Und plötzlich zeigten sich unter jenem großartigen Netz, hart, unvermittelt und pfeilschnell, gewisse Raubvögel, vor verfluchter Gesundheit strotzend, deren Beute direkt dalag, im Friaul, womöglich Castiglione oder Viluta selbst. Kopfüber stürzten sie sich auf die Tagliamento-Brücke oder auf Castiglione, mit betäubendem Gekreische, das sich dann verklingend auf der anderen Seite des Himmels verlor, kaum daß eine kalte und kalkrieselnde Erschütterung mich und die anderen versichert hatte, daß die Bombe noch einmal außerhalb unseres Lebensbereichs niedergegangen war.

Ich, Gianni, dem der Bruder Saìa und Rino C. folgten, und andere Jungen beobachteten von der Straße, vom Hof und der Veranda aus jenes Teufelswerk, während die Frauen, mit der Hausarbeit beschäftigt, uns unausgesetzt nach der Anzahl der Maschinen, ihrer Richtung, ihrer Höhe fragten, beinahe als könne dieses Interesse eine Art Gegenwehr darstellen, oder zumindest eine schwache Ablenkung von der ständigen, unbezähmbaren Angst, die allen das Herz abpreßte.

Die Sonntagvormittage waren, fast wie auf gemeinsamen und stillschweigenden Beschluß, von unvorstellbarem Glück durchdrungen.

Nichts konnte gegen den unschuldigen Wunsch nach Festen ankommen, den Männer wie Jungen hegten. Wenn die erste

Sonne unausgereift auf die Felder, auf die Schwellen der Häuser, deren roter Steinfußboden vom samstagabendlichen Putz glänzte, und auf die sorgsam gekehrten Höfe traf, wo kein einziger Strohhalm und kein fauliges Schilfrohr liegengeblieben war, schien die ganze Landschaft plötzlich in besonderen Farben zu erstrahlen, die intensiver und klarer waren als sonst: die Farben des Sonntags.

Mochten die Sirenen heulen, mochten die Geschwader dröhnen: niemand ließ es sich nehmen, zur Messe bis nach San Pietro zu gehen. Gianni betrat die Küche dann noch ungestümer als gewöhnlich, seine Äußerungen durchliefen alle Nuancen des Staunens: es war, als würde ein Windstoß die Tür aufreißen und einen Schwall noch taunasser Blütenblätter in die rauchige Küche hereinstürmen lassen. Man spürte, daß er festlich gekleidet war, im blauen Anzug mit dem weißen Krägelchen. Ich stand dann hastig, mit vor Unruhe zitternden Händen, auf: wieviel Vergnügen machte es mir, mich elegant herzurichten, meine schönsten und buntesten Pullover anzuziehen. Sorgfältig gekleidet und gekämmt trat ich aus dem Zimmer auf die Veranda, und während ich wartete, bis es Zeit wurde, zur Messe zu gehen, setzte ich mich dort mit einem Buch in der Hand in die weiße, kalte Sonne, um meine Augen an Giannis anmutigem Kommen und Gehen zu weiden.

Einer nach dem anderen kamen alle Jungen Vilutas, und von der Straße aus, wo sie aufrecht, glücklich, sorgsam bedacht, sich nicht mit Kot zu beschmutzen, stehenblieben, riefen sie Gianni, seinen Bruder und Rino; diese zogen sich fertig an, kämmten sich und liefen dann auf die Straße. Ich gesellte mich auch zu ihnen, und gemeinsam brachen wir nach San Pietro auf. Ich betrachtete ihre Kleidung: sie trugen alle kurze Hosen und sehr elegante Jacken; dicke Kniestrümpfe aus weißer Wolle, die die Beine bis zum Knie bedeckten. Ich kannte sie noch nicht, und sie kannten mich nicht; unsere gegenseitige Schüchternheit stellte daher zwischen uns eine Beziehung her, die aufregend, die poetisch war.

Ganz langsam gingen wir dahin, den leichten Biegungen der Straße folgend, die sich weiß durch das unreife, metallische Grün der Landschaft zog. An ihrem Ende ragte der Kirchturm von San Pietro auf.

Dann kamen wieder die Montage, die Dienstage ... und die Festtagsfreude, das Herzklopfen, das in eine glänzende Zinkplatte eingravierte Land schienen zum Bild einer Vergangenheit zu erstarren, die mit dem gegenwärtigen Zeitpunkt nichts mehr zu tun hatte, außer daß sie vielleicht die Fahnen ihrer fernen Vollkommenheit noch wehen ließ. Und ich wartete mit der Sehnsucht der Heranwachsenden auf einen neuen Sonntag.

Seit etwa drei Wochen wohnten meine Mutter und ich nun schon in Viluta. Während alle Nachbarn sich für uns interessierten, und der rege Handel mit Sympathien und Entdeckungen, zwischen mir und den Bauern, zwischen mir und der Umwelt, begann; während in jenem glitzernden Oktober des Jahres 1945 die Reihe frischer Tage begann, die dann sogar meine ganze Vergangenheit in ein neues Licht tauchen sollten, war mein einziges, reales Gefühl der Schmerz, daß ich keine Gelegenheit mehr hatte, Bruno zu treffen.

Es war ein Schmerz, der in gewissen Augenblicken, wie ich schon sagte, sogar die Lebensäußerung unterbrach: und dann spürte ich »brutal, fast theoretisch – d. h. außerhalb der Zeit –, daß mir das zu meiner Existenz Notwendige mangelte«. Ich warf mich aufs Bett, das Gesicht in die leicht eingestaubte rote Seite der Überdecke vergraben: und dort konnte ich mich, in weniger schweren Fällen, wie ein Heranwachsender in meinen Phantastereien verlieren, doch meistens hielt ich mich in der Gegenwart meines fast sichtbar gewordenen Schmerzes.

Bruno war nun verloren.

Doch unversehens kam die Befreiung: wie wir schon gesehen haben, gab es in Viluta zwei Dutzend Jungen, die aufgrund der Gefahren nicht die Schule von San Pietro besuchen konnten. Ich und meine Mutter wurden ihre Lehrer.

Ich unterrichtete in dem einzigen Zimmer, das als Küche und Schlafzimmer diente; und dort pferchten wir uns um den Schreibtisch und zwei kleine Tische zusammen. Es waren neun Schüler; später kam Gianni dazu.

Ich war ihm in den letzten Oktobertagen an einem Spätnachmittag in der Gegend von Viluta begegnet: noch immer war der Himmel wie aus Kristall und die Vegetation lebhaft und leuchtend. Ich hatte ihn mit einem seiner Gefährten etwa hundert Meter vor Viluta den kleinen Pfad am Kanal entlang nach Hause gehen sehen, in Richtung Secchi.

»Wo gehst du hin, Gianni?« hatte ich ihn gefragt, während

ich ihm über die glatten, blonden Haare strich. Aufrecht vor mir stehend in seinem grünen Anzug und den an den Knöcheln eng zulaufenden Hosen, antwortete der Junge gelassen: »Nach Hause«; das befriedigte mich natürlich, und ich fuhr fort, zu plaudern.

»Wann zieht ihr um und wohnt mit uns bei den B.?«

»Morgen oder übermorgen, glaube ich.«

»Und zieht ihr alle um?«

»Ja! aber mein Vater und mein großer Bruder schlafen weiter zu Hause.«

»Den Mut muß man haben ... ihr wohnt doch fast direkt beim Bahnhof am Bahndamm!«

»Naja, sie trauen sich nicht, das Haus nachts alleinzulassen ...«

»Und wer kommt nach Viluta?«

»Meine Mutter, mein Bruder Saía, meine kleine Schwester, und ich ...«

»Ah, du ...«

»Die Weinfässer und den Mais haben wir schon zu den B. geschafft.«

»Ach ja? Und ... hör mal ... wann kommt ihr, hast du gesagt?«

»Vielleicht schon morgen.«

»Na gut, auf Wiedersehen, Gianni.«

»Ade«, machte der Junge und ging mit seinem Schritt einer Tänzerin zwischen den halbkahlen Weidenzweigen davon, wobei er boshaft hinter dem Rücken seines kleinen Gefährten lachte.

Wieviele Stunden verbrachte ich im Hof der Ilde, unter den abgeernteten Weinstöcken; dabei tat ich so, als kämpfte ich, ohne sie jedoch zu fürchten, gegen eine vorgebliche Langeweile, während ich doch in Wirklichkeit mehr als genug zu tun hatte mit jenem Windrad der Gefühle, das die Anwesenheit Giannis wie ein launischer Wind antrieb.

Wie konnte ich diese Augen wenigstens eine Sekunde lang auf mich lenken? Es gab nur eine Art, sich ihm zu nähern: ihn zu unterhalten. Und genau das versuchte ich, ohne daß es mir je gelungen wäre, jedes mal von neuem: denn irgendwie schaffte ich es, mich teilweise sowohl von der Aufregung, die mir schier die Sprache und die Gesten verschlug, als auch von der Scham zu befreien, mich vor den anderen – auch wenn sie sich nicht darum kümmerten – so vom Interesse für diesen kleinen Jungen gepackt zu zeigen.

Wenn die Unterhaltung, die ich ihm anbot oder für ihn ausdachte, einfach nicht genügte, griff ich auf meine Autorität dem Knaben gegenüber zurück. Ich *zwang* ihn, mit mir spazierenzugehen; manchmal schloß sich Rino uns an, und wir gingen hinter dem Haus der C. durch den Nutzgarten hinunter bis zur Vila, zwischen den Feldern, wo die Maulbeerbäume nun schon kahl und schwarz waren.

Wir scherzten und spielten: aber ich war einfach ein Störenfried. Meine arme Würde wurde pausenlos verletzt. Ein paar Tage lang mußte Gianni meine »Manie« ertragen, ihn an einen Maulbeerbaum binden zu wollen, angeblich um Indianer zu spielen. Und zuweilen gelang es mir auch, ihn festzubinden; es ist unmöglich, meinen Gefühlsaufruhr dabei zu beschreiben. Doch meine kleine Freiheit wurde mir über Gebühr vergällt durch das sichtlich unzufriedene Gesicht Giannis. Außerdem kehrte ich, da mir, wenn ich ihn festband, nicht die Gelegenheit mangelte, ihn zu liebkosen, mit leidenschaftlich erregten Sinnen nach Hause zurück, und die Anwesenheit jenes zarten und kreischenden kleinen Abgotts war wie Pech, das das Feuer schürte.

Doch all das geschah *später: zuerst* war das Verlangen nach ihm weniger ungehörig, kaum mehr als Neugierde. An dem Abend, an dem es mir mit einem, um die Wahrheit zu sagen, nicht schwierigen Überfall gelang, die Grenze zu überschreiten, hatten wir schon Anfang November. Kurz vor dem Abendessen (doch es war schon lange dunkel) waren wir alle in Ildes Küche; ich war eingetaucht in den, wie ich es nannte, Wundbrand einer unserer üblichen Zusammenkünfte unter dem flachen Lampenschirm, an dem Tisch, den die Ilde allen Attentaten ihrer jugendlichen Mieter zum Trotz hartnäckig sauberhielt; an dem Tisch, auf dem einmal – einsam neben einem Fleck inzwischen eiskalter Flüssigkeit – eine Schüssel, einmal ein fettiger Löffel, einmal ein Wollknäuel mit Nadeln und dem gerade begonnenen Strumpf als Relikte der täglichen Sturmflut zurückblieben. Ivano, auf einem Stuhl mit durchgesessenem Strohgeflecht am Ofen stehend, deprimierte alle mit seinem endlosen Weinen. An einem gewissen Punkt traten Gianni und ich aus jenem starren Licht ohne Schattierungen heraus und stürzten uns in das frische, erregende Gewirr der Nacht ... Saìa und Rino waren dort draußen vor dem Schuppen mit einer Arbeit beschäftigt, und ich und Gianni standen untätig abseits und sahen zu, froh über diese kleine Ablenkung. Und dort draußen, wo ich mich wie üblich nutzlos und unerwünscht fühlte, konnte ich dann, wie gewöhnlich nicht, der Versuchung widerstehen, den Jungen anzufassen, und forderte ihn zu einer Art scherzhaftem Kampf auf; es war eines der ersten Male, und so etwas interessierte Gianni noch. Ich packte ihn an den Hüften und hob ihn hoch, bis über den Kopf, und während ich ihn langsam wieder heruntergleiten ließ ... Das Spiel gefiel Gianni; und von jenem Augenblick an fiel er über mich her, und ich wiederholte es mehrmals.

Meine Mutter und ich aßen allein zu Abend, an einem kleinen Tischchen, das früher ins Wohnzimmer gehörte, jetzt aber wegen seiner geringen Ausmaße am besten in die Mitte jener Dachstube paßte. Unter unseren Füßen lärmten die Mitmieter beim Abendessen: Dort verliefen die Dinge nach einer ganz anderen Ordnung als bei mir und meiner Mama, wo alles ganz bürgerlich, so still und funktional war. Diese Leute, »in die Dinge vertieft«, priesen sie, schimpften über sie, waren in einem ständigen, ohrenbetäubenden Kampf mit ihnen begriffen. Ihre Abendessen glichen einer Olympiade. Zunächst saßen sie nie gemeinsam am Tisch; und dann kam es nie vor, daß sie das gleiche Essen aßen. Ivano und Teresina, die beiden Kleinsten, fühlten, daß ihr Augenblick gekommen war: sie kletterten auf die Stühle, sie hielten Volksreden. Die Großen waren absolut unfähig, sie zu bändigen. Ilde und Maria, die fettsteißige Mutter von Gianni, dirigierten das Spektakel im vollen Bewußtsein ihrer Matronenwürde (Ilde, im Verhältnis zur andern, noch »junge Mutter«, hierarchisch untergeordnet. Ildes Mann, Mariano, war ein echter Philosoph). Die Suppe, die ausgeteilt wurde, wenn jeder in etwas animalischer Weise, ein jeder des anderen Wolf, einen Napf an sich gerissen hatte, hatte immer einen seltsamen Eindruck auf mich gemacht; es war eine gelbe, fette Brühe, in der spärliche, überlange Nudelstreifen schwammen. Und diese Teller ... diese Teller, die, weiß und plump, schwieligen Händen glichen, dort auf den Knien der Männer, die sich zum Essen auf den steinernen Rand der Feuerstelle setzten.

Das Schönste waren die Erzählungen von Mariano, einem jungen, unebenmäßigen aber blühenden Mann, der ein ganz klein wenig stotterte. Nie würde ich ein Geschichtchen vergessen, das er eines Abends mir, meiner Mutter und Nisiuti erzählte, als wir unter einem ganz mit sommerlichen Sternen übersäten Himmel auf der Veranda saßen: wie war doch die Handlung jener Geschichte? sie war so durchscheinend zart und kaum ausgesprochen, daß es unmöglich ist, sie wiederzugeben ... Eine Zwergohreule, die im Mondschein auf den Feldern »piot-piot« machte ... Mariano, der an wer weiß welchem Abend seiner Jugend auf einem Karren die Straße nach Boreana entlangfuhr, und schließlich ein Vogel (ein Zaunkönig? eine Meise?), der ihn geheimnisvoll verfolgte, einmal um ihn herumflatterte, einmal vor ihm herflog ...

Nach dem Abendessen ging ich wie gewöhnlich mit meinem Stuhl in die Küche hinunter.

Lucia C. kam mit der Garnwinde, und so begann der übliche Abend – der Wundbrand ... Saìa und Rino kamen auf die Idee, früh schlafen zu gehen; ich und Gianni folgten ihnen – natürlich. So gingen wir hinüber in den Stall, der als Schlafzimmer diente, zwischen die großen Fässer voller Wein und Getreide und die aufgetürmten Möbel der T. Saìa und Gianni schliefen in einem großen Doppelbett. Rino blieb, bevor er dann nach Hause ging, noch eine ganze Zeit und spielte mit den Freunden: das Spiel war wild, wirklich wie bei bösen Buben, und meine arme Würde ... Doch wer hätte mich von Gianni losreißen können?

Er war an jenem Abend von einer Schönheit, die greifbar war wie ein Gegenstand: ein goldenes und mineralisches Licht, das im Inneren seines Körpers leuchtete und sein weiches, laues Fleisch mehr entzündete als seine Augen.

Unter der elektrischen Lampe und vor dem Weiß der Laken waren seine Pupillen düsterer geworden, so daß das Blau in ein rosa überhauchtes Indigo hinüberspielte. Und sie glänzten, gierig ... Ich streichelte ihn auch unausgesetzt und spielte mit seinem kleinen, vollkommenen Körper ...

»Wie muskulös du bist!« sagte ich zu ihm und berührte dabei scherzhaft seine kühlen, schmächtigen Arme. Aber Gianni nahm mich beim Wort, und während die andern beiden Jungen mit ihren Angelegenheiten beschäftigt waren, schlüpfte er halbnackt unter die Bettdecke und sagte, meine Hand packend, zu mir: »Aber an den Schenkeln sind meine Muskeln stärker ...«

Nach jenem Abend wurde Gianni meiner bald überdrüssig. Er hatte den Auftrag, in das Zimmer, wo wir Schule hielten, den Tisch und die Stühle zu tragen, die nötig waren und den Rest des Tages im Heuschober standen. Die Schule begann gegen eins und die Jungen versammelten sich gleich nach dem Essen in Ildes Hof und spielten Murmeln oder Bildertauschen. Ich gesellte mich zu ihnen und schwatzte oder sah ihren Spielen zu; das Wetter blieb übrigens schön: die Tage waren azur und weiß, ohne eine Wolke. Es gab um diese Stunde fast immer einen Jagdbomberangriff auf die Tagliamentobrücke; sie erfolgten blitzartig und jedesmal gingen einige Bomben in der Umgebung von Viluta nieder – oft nur ein paar hundert Meter von den Häusern entfernt. Da wurden die Spiele unterbrochen, man lief angstvoll zum Unterschlupf am Ende des Hofes.

Dann erstrahlte der Himmel wieder glühend und kalt, ganz leicht betäubt und bitter.

Gianni wurde etwa zehn Minuten vor den anderen zu mir gerufen; er mußte, wie ich schon sagte, den kleinen Tisch und einige Stühle vom Heuschober in mein Zimmer tragen, die im ersten Stock durch eine die gesamte Fassade von Ildes Haus umlaufende Veranda verbunden waren. Gianni war barfuß, weil Ilde von einer fixen Idee besessen war: die Treppe und die Veranda aus rohen Brettern absolut sauber zu halten.

Die Treppe führte vom Hof – von einer nicht neben der Küchentür, sondern am gegenüberliegenden Ende, neben dem Stall liegenden Tür – erst zum Heuschober, nach rechts, dann trat man auf die Veranda hinaus, über die man zuerst zum Zimmer von Ilda und Mariano gelangte, dann zu einem weiteren Zimmerchen, das schon lange an ein junges Paar aus San Pietro vermietet war, und schließlich, direkt über der Küche, zu meinem Zimmer. Barfuß und widerwillig holte Gianni die Hocker aus dem Heuschober, seine Mappe hatte er umgehängt; und wenn er im Zimmer war, behielt ich ihn fast jeden Tag etwa zehn Minuten dort: für die anderen waren diese zehn Minuten dem Lesen gewidmet, das Gianni üben mußte.

In den Hof der Ilde kamen manchmal, zusammen mit den Kleinen, auch Nisiuti und sein Cousin Berto, die, vierzehn Jahre alt, schon zwei junge Männer waren. Sie verschmähten es jedoch nicht, mit den Kleineren zu spielen und taten es mit großer Schlichtheit. Nisiuti vor allem, der nicht den friedlichen und etwas ironischen Charakter seines Cousins hatte, war zu den jüngeren Gefährten zärtlich und lustig, obgleich er beim Spiel nicht sehr geschickt war und fast immer verlor, halb protestierend, halb lachend. Er hatte pechschwarze Haare, die glänzend und glatt waren, aber mit Seitenscheitel frisiert sich auf der Stirn zu einer anmutigen Welle legten; seine braunen Augen waren aufrichtig, herzlich und voller Wärme. Seine Stimme war, wenn er sie beim Rufen anstrengte, schon ein wenig krächzend, aber überaus freundlich und, wie soll ich sagen, in ländlicher Weise galant, wenn er mit mir oder meiner Mutter sprach. Das kam, um die Wahrheit zu sagen, anfangs selten vor; trotz gelegentlicher unvermittelter Kühnheiten, die reizend waren, war er sehr schüchtern und zurückhaltend, so daß ich während der ersten fünfzehn bis zwanzig Tage fast nicht einmal von seiner Existenz wußte. Nisiuti versprach sich, wie übrigens alle anderen Bauern von Viluta, von den beiden »herrschaftlichen« Gästen eine Bekanntschaft oder, wer weiß, eine Freundschaft voller Beklemmungen; aber er wußte nicht, wie er an uns herankommen sollte; er hielt sich für den unwichtigsten von allen in Viluta, und gewiß für den letzten, dem die Möglichkeit gegeben war, mit uns Kontakt zu haben. So hielt er sich abseits und betrachtete uns von weitem, wenn er mit seinem Karren an Ildes Hof vorbeikam (und Ilde von der Haustüre aus ihn lauthals grüßte), oder wenn er auf seinen Feldern arbeitete, die sich direkt vor dem Haus der B. erstreckten und die man von der Veranda aus bis zum Pappelwäldchen an der Vila mit einem Blick umfangen konnte.

Als meine Mutter und ich begannen, Schule zu halten, begann auch er, in freien Momenten um Ildes Haus herumzustreichen, oder sogar Ilde einen Besuch abzustatten, die damals gerade zum Mittelpunkt des Viluteser Lebens wurde: er unterhielt sich sehr geistreich mit Ilde, machte sich, sehr liebenswürdig und respektvoll, über alles lustig, am meisten aber über sich selbst, denn er schien gar kein Selbstvertrauen zu haben; wenn er über sich selbst lächelte, hatten seine Augen einen besonders zarten und anziehenden Glanz.

Ich hatte ihn manchmal auf der Straße, hinter dem Maschenzaun um Ildes Hof, gesehen, während er mit den Gefährten spielte; und ich hatte gleich begriffen, daß er ein kostbarer Junge war, den man von weitem lieben mußte. Ich fürchtete mich davor, ihn kennenzulernen, und eine Zeitlang mied ich die Gelegenheit, ihm nahezukommen.

Nisiuti hatte sofort eine große Zuneigung zu mir gefaßt, und eine vielleicht noch größere Zuneigung zu meiner Mutter, die er anfangs für meine Verlobte gehalten hatte. Er betrachtete uns von weitem, voller Respekt für unsere Angewohnheiten – die Angewohnheiten wohlhabender Leute –, für jene Atmosphäre, die wir mit jeder Geste und jedem Wort ausstrahlten, die Atmosphäre einer Welt, die vom Zauber heftiger Sehnsucht erfüllt war, bei dem der Junge eine Art Mattigkeit, eine tiefe Befangenheit und Anziehungskraft spürte, vor der er sich mit seinem strahlenden und liebevollen Lächeln über das eigene Elend schützte.

An einem Novembernachmittag hatte Nisiuti schließlich die unermeßliche Freude, daß ich mich ihm näherte; schon vorher grüßten wir uns und lächelten uns zu, das stimmt; aber wir hatten nie miteinander gesprochen. Nun hatte ich mich ihm, kurz bevor der Unterricht begann, genähert, während die Jungen noch spielten, hatte ihm zugelächelt und ihn nach seinem Namen gefragt. Er war eingeschüchtert, aber vor allem glücklich, und so antwortete er mir mit heiterer Miene und ohne Verlegenheit.

»Du bist also der Bruder von Virginio?« fragte ich ihn.

»Und von Piero«, erwiderte der Junge sogleich lächelnd.

»Ach natürlich, auch von Piero: seid ihr drei Brüder?«

»Nein, wir sind fünf: mein kleiner Bruder geht noch in den Kindergarten und meine Schwester ist schon groß.«

»Und was machst du Schönes?«

»Was wollen Sie ... Ich arbeite.«

»So jung wie du bist?«

»Oh, Arbeit gibt's für alle; mehr als genug.«

»Wie alt bist du?«

»Ich bin alt, schon vierzehneinhalb.«

Ich lachte und streichelte ihm über den Haarschopf; auch Nisiuti lachte fröhlich.

»Habt ihr jetzt viel zu tun?«

»Oh, zur Zeit nicht so viel: Bäume und Reben beschneiden, Holz hacken, und was sonst noch so anfällt ... Na, an Arbeit fehlt es ja nie.«

»Arbeitest du denn gern?«

»Nein, ich bin wie ein Esel, ich würde am liebsten immer

faulenzen!« Ich lachte wieder. »Also bist du nicht gern Bauer«, sagte ich.

»Überhaupt nicht!« antwortete Nisiuti, ob seiner Keckheit leicht errötend.

»Was würdest du denn gerne tun?«

»Ach! Ich weiß nicht . . .«

»Du bist gut! Was soll denn das heißen: du weißt es nicht?«

»Ich weiß es nicht«, wiederholte Nisiuti und schämte sich für sein Unvermögen, das wohl wirklich beschämend sein mußte; aber er war es ja gewohnt, sich als Taugenichts zu betrachten und lächelte darüber.

Es war Zeit, mit dem Unterricht zu beginnen; die Jungen gingen alle hinein und ließen vor der Tür an der Treppe einen Haufen Holzschuhe zurück. Nisiuti blieb als einziger draußen auf der Straße zurück, in der Luft, die auf einmal still und leer war. Der wunderbar blaue Himmel tauchte die Höfe in kaltes, gleißendes Licht; hier und da hörte man Schweine grunzen, und die üblichen Frauenstimmen, Ilde und Maria, die hinten im Nutzgarten miteinander sprachen. Nisiuti spürte in sich eine Art Leere, und einen Knoten im Hals: er beneidete die Jungen, die in diesem Augenblick mit mir zu lesen und zu lernen begannen. Langsam ging er nach Hause, stampfte mißmutig durch den hart gewordenen, weißen Schlamm, die Hände in den Taschen: doch nach und nach gewann die Freude wieder die Oberhand, und gewiß betrat er pfeifend die Küche. Wenig später war er draußen auf dem Land, unten beim Pappelwäldchen; vom Fenster der B., auf der Veranda, konnte man ihn zusammen mit seinem Cousin zwischen den nackten Ästen erkennen, in der blauen, flimmernden Luft.

Aber auch nach jenem Tag interessierte ich mich nicht weiter für ihn; ich bevorzugte die Gesellschaft von anderen: von Ginetto, Silvio und auch seinem Cousin Berto. Das schmerzte Nisiuti, allerdings so insgeheim, daß er es nicht einmal sich selbst eingestand; er hielt sich abseits, lächelnd und betrübt. Erst am Sonntag darauf sprachen wir miteinander. Ich ging mit meinen Schülern und den anderen größeren Jungen aus Viluta auf das Dorf zu, zur Messe; aber ich war allein, schweigsam und ein wenig fremd. Auch die Jungen waren ziemlich verlegen und gingen, etwas entfernt von mir, am Straßenrand entlang, ohne so viele Dummheiten zu machen wie gewöhnlich. Vor dem Tor der F. waren die Jungen stehengeblieben, um auf Nisiuti zu warten, der, noch mit dem Kamm in der Hand, aus dem Haus getreten war. Er trug nicht »seine« braunen Hosen (geschnitten wie Turnhosen, unten offengelassen, damit sie ihm bis auf die Knöchel fielen; die staubigen, nach Erde riechenden Hosen, die er jeden Tag trug, zusammen mit einer etwas verblichenen rosa Bluse, die das Goldbraun seiner Haut so deutlich hervorhob): nun trug er einen eleganten grauen Anzug mit kurzen Hosen und Kniestrümpfen, wie seine Gefährten; zusätzlich aber einen dunkelblauen Staubmantel mit wohlgeformten Schultern.

Er war der einzige von seinen Altersgenossen, der es »wagte«, sich mir zu nähern, um mir Gesellschaft zu leisten; da faßten auch die andern Mut, und während des ganzen Weges, hin und zurück, sprachen die Jungen und ich miteinander, erfüllt von einer »jungfräulichen und poetischen Beziehung«.

Am Nachmittag desselben Sonntags stand ich auf der kleinen Brücke über die Vila, als ich meine Schüler im Laufschritt kommen sah: sie wollten mit einem Ball aus Lumpen auf der Wiese vor dem Kirchlein spielen. Wie ein Windstoß stoben sie grüßend vorbei; auch Nisiuti mit seinem rosa Hemd war darunter. Er lief ein wenig ungelenk, mit gebeugtem Rücken, und schüttelte den Kopf dabei; doch die Beine in den etwas zu engen grauen Festtagshosen bewegte er mit der Leichtfüßigkeit einer Gemse. Als er die geländerlose Brücke in voller Geschwindigkeit ganz am Rand überquerte, sah er mich lange an, strahlend und verlegen über sein liederliches Laufen, und grüßte mich, den Arm vielleicht etwas länger als nötig schwenkend. Er verschwand sogleich mit den anderen hinter der Hecke und schrie dabei mit seiner schon ein wenig erwachsenen Stimme.

Die tiefgrüne Wiese vor der rosa Fassade der Kirche war ein anderer Schauplatz meiner Liebe.

Ein Brunnen murmelte jenseits des Sträßchens, das daran vorbeiführte; links begannen die Felder, während auf der Seite des Brunnens die alten, grauen Häuser mit ihren langen Höfen, den Ställen und den Schuppen aufragten.

Über die Wiese flogen immer Vogelschwärme, die übrigens im Frühling ganz Viluta mit ihrem ohrenbetäubenden Zwitschern erfüllten: Raub-Würger, Eisenten oder Drosseln, und jetzt, im Winter, Zaunkönige, Kohlmeisen und Tauben.

Vor der Kirche, auf jenem Laken aus Gras, das auch im Winter seine Farbe behielt, spielten die Jungen ihre stürmischen Fußballspiele. Einige Zeit später, als wir vertrauter miteinander geworden waren, nahm ich auch daran teil und hatte genau so viel Spaß wie sie, war hitzig, sprungbereit und voll mitreißender Glut. Ich war knapp über zwanzig, wirkte aber viel jünger.

Zehn, fünfzehn, zwanzig Sonntage ging ich, wenn das Wetter schön war, dorthin, um mit den Jungen zu laufen und zu spielen; und dort erlebte ich auch die angstvollsten und herzbeklemmendsten Augenblicke meiner Liebe zu Nisiuti. Damals konnte ich dem Jungen nicht länger als eine Minute fern sein, und wenn ich ihn nicht liebkoste, mußte ich ihn wenigstens ansehen oder mit ihm sprechen. Das machte mich wahnsinnig, aber ich konnte mich nicht mehr zurückhalten, den Impuls nicht mehr bezwingen, der mich drängte, wie ein Automat die Augen oder die Hand auf Nisiutis Körper ruhen zu lassen.

Nach und nach hatten die andern Jungen und die Leute meine besondere Sympathie für den Jungen bemerkt, und da er inzwischen begonnen hatte, auch den Unterricht zu besuchen, nannten sie ihn meinen »Sekretär« und machten sich über ihn lustig. Das sollte viele Monate lang eine heimliche und unerträgliche Qual für den Jungen sein.

Die langen Fußballspiele fanden vor allem im Frühling statt, nach der Unterbrechung im Januar und einem Teil des Februars, und Nisiuti wuchs schon heran; erste Veränderungen vollzogen sich an ihm, und sie verwandelten seinen Körper durch Korrekturen, die Nuancen schienen, aber schließlich wesentlich wurden. An einem Sonntag, in den ersten Apriltagen, als die Liebe ihren Beginn sozusagen noch vor sich hatte, fürchtete ich zum ersten Mal, ihn zu verlieren. In den Sonntagshosen und dem dunkelblauen Pullover schien Nisiuti plumper und schwerer geworden zu sein; auf seinen Wangen fehlte der übliche goldene Hauch, der das Rosa mit dem Braun verschmolz ... seine Haare waren leicht in Unordnung ... Er war also schon ein anderer, ein verschiedener Nisiuti. Ich war darüber verzweifelt. Stürmisch und fröhlich wie immer spielte ich Fußball, aber innerlich war ich ganz ausgebrannt und mir blutete das Herz. Auch da jedoch konnte ich nicht anders, als Nisiuti alle Augenblicke zu betrachten oder an mich zu drücken; als sich eine Pause im Spiel ergab (es war schon fast Nacht, der indigoblaue Himmel erglühte über den Bergen,) setzten wir uns ins kalte Gras. Nisiuti keuchte, lau; ich setzte mich zu ihm und umarmte ihn. Obgleich er schon leicht entstellt war, bedeutete der Junge mir immer noch das Liebste und Geliebteste auf der Welt nach meiner Mutter. Ich streichelte ihn mit unendlicher Zuneigung, und vielleicht erregte gerade jenes etwas die Anmut dämpfende Gären in seinem Körper meine Sinne. Aber an jenem Abend erfuhr ich auch, wie Nisiuti darunter litt, daß sich die Leute über ihn lustig machten wegen unserer Freundschaft, die uns unzertrennlich machte; und damals begriff ich zum ersten Mal die Notwendigkeit, mich zu beherrschen.

Ich entfernte mich von dem Jungen, und als wir nach dem Spiel nach Hause gingen und unterwegs zu einem Schwatz mit den Frauen bei Silvio haltmachten oder das Wasser der Vila betrachteten – wie es unsere Gewohnheit war –, betrachtete ich es als großen Sieg über mich selbst, daß es mir gelungen war, fast eine Viertelstunde ein wenig Abstand zu Nisiuti zu halten.

Aber damals, im November, wollte ich noch um jeden Preis der Liebe widerstehen. Da gab es noch Gianni. Und außerdem war ich ganz von gewissen »reinen« Freundschaften mit einigen Jugendlichen aus Castiglione in Anspruch genommen gewesen, unter denen einer war, der Nisiuti in mancher Hinsicht glich, obgleich er zwanzig Jahre alt war. Wie Nisiuti war er liebevoll, fügsam und kühn; aber schon ruhiger und reservierter; und, wie Nisiuti, hegte er im tiefsten Inneren den Wunsch, seine Lage zu verbessern: er hätte sich gern bilden wollen, wenigstens einen Tropfen jenes Meeres besitzen wollen, welches die »Kultur« der Reichen war.

Auch Nisiuti begann nämlich nach einiger Zeit, heftig den Schulbesuch anzustreben; er schämte sich, direkt darum zu bitten, ein wenig, weil er fürchtete, mich zu belästigen, ein wenig, weil er zu groß war, um sich mit den anderen Kleinen zusammenzutun. Eines Tages schließlich faßte er Mut und beauftragte seinen Bruder Virginio, mich um Erlaubnis zu fragen, ob er auch zur Schule kommen dürfe, da auf dem Land zur Zeit kaum etwas zu tun war. Die Erlaubnis von Zuhause hatte er schon erhalten, was keine leichte Sache gewesen war angesichts der schwierigen Familienverhältnisse: insgesamt etwa zwanzig Personen, die drei miteinander verwandten Familien angehörten, bearbeiteten gemeinsam in Halbpacht ungefähr fünfzig Felder.

Zu Anfang gab meine Mutter ihm ein paar Einzelstunden. Er kam in jenen ersten Tagen ab und zu, wenn er Zeit hatte. Dann kam er regelmäßig mit den anderen zum Unterricht, er hatte die Scheu überwunden, mit den Kleineren zusammenzusein. Er kam jeden Tag, pünktlich und ordentlich; wenn er zuweilen wegen einer unvorhergesehenen Arbeit fehlte, fühlte ich mich bitter enttäuscht und beim Unterrichten saß mir das Weinen in der Kehle.

5

ES WAR MÄRZ, der fünfte, mein Geburtstag. Meine Mutter und ich hatten den Tag wie gewöhlich verbracht, als wollten wir fast vergessen, daß es für uns ein Festtag war. Es schien, als sei mir dieser Verzicht völlig gleichgültig: zu sehr war ich damit beschäftigt, jeden Augenblick an Nisiuti zu denken; das meine war ein immerwährendes Fest, ein Fest, das einmal scheiterte, dann wieder wundervoll war, mich aber in jeder Minute unausgesetzt fesselte. Jede Dimension der Existenz war von der Wärme des Jungen besetzt – und zugleich von der schrecklichen Angst, ihn niemals besitzen zu können.

Meine Mama hingegen hatte ein paar traurige Worte über meinen freudlosen Geburtstag verloren; sie dachte an den anderen Sohn in der Ferne, der schon seit einem Monat tot war, obgleich weder sie noch ich das wußten. Der Tag war schön gewesen, herb, in jenes Blau eingemeißelt, das zu versinnbildlichen schien, wie fern die Natur jenen letzten Kriegswochen war.

Meine Mutter und ich schliefen im gleichen Zimmer, auf zwei an gegenüberliegenden Wänden stehenden Feldbetten, die tagsüber das Aussehen von zwei Sofas annahmen, von der roten Tagesdecke bedeckt, die, trocken von Staub, so oft meine trockenen Tränen gespürt hatte. In jener Nacht waren wir weniger bedrückt als sonst zu Bett gegangen: vielleicht war es der Frühling, den man zu spüren begann – vielleicht lag es in der Luft, daß der Krieg zu Ende ging.

Als wir uns gerade hinlegen wollten, hörten wir Ildes Stimme, die uns rief. Ich trat auf die Veranda hinaus. Ilde war ebenfalls auf der Veranda, vor der Tür ihres Zimmers, und sah angestrengt zum Land der F. hinüber, das sich jenseits der im Mondschein zuckenden Straße bis zum Pappelwäldchen erstreckte, bleich, klar umrissen, wie eingraviert, mit den langen

Furchen des schon hoch stehenden Getreides, und in der Mitte das Häuschen mit den beiden Pinien, die schwarz gegen den Himmel abstachen.

»Schauen Sie mal, dort unten«, sagte Ilde und deutete hinüber zum Haus der F., nach rechts. Vom Haus der F. sah man nur den rückwärtigen Teil, den Stall und, unterhalb vom Stall, den Obstgarten mit den Pfirsich-, Mandel- und Apfelbäumen; mitten durch den Obstgarten lief der breite, grasbewachsene Fahrweg, über den die F. mit den Tieren auf die Felder gelangten. Genau auf jenen Weg in der Nähe des nur teilweise sichtbaren Hofes zeigte Ilde, besorgt.

»Was ist denn da?« fragte ich, mich ein wenig über Ildes Angst mokierend.

»Sehen Sie nicht dieses Ding, das glänzt?« fragte die Frau. Ich blickte genauer hin und sah, daß wirklich im zertrampelten Gras zwischen den Radspuren auf dem Weg etwas Metallisches im Mondschein funkelte.

»Was wird das wohl sein?« wiederholte Ilde beunruhigt. Ich begriff sofort, daß sie dachte, es handle sich um irgendein Kriegsgerät oder womöglich um eine nicht explodierte Bombe, die das nächtliche Flugzeug abgeworfen hatte, das im Verlauf des Abends hundert Mal den Himmel über Viluta durchkreuzt hatte.

»Nein, nein, das ist nichts«, sagte ich lächelnd, um die Frau zu beruhigen; doch diese ließ sich keineswegs von meiner etwas ironischen Ruhe überzeugen, und nachdem sie noch eine Weile auf der Veranda gestanden und angestrengt zu erkennen versucht hatte, was zum Teufel dort im Obstgarten der F. blitzen könnte, ging sie ins Zimmer und nahm ihren schwarzen Schal, entschlossen zu gehen, um Klarheit zu schaffen. Sie bat mich, sie zu begleiten, da sie Angst hatte, allein zu gehen. Wir stiegen in den Hof hinunter, wo die Weinlaube Blätter zu treiben begann. Alles war selbstvergessen und still, der filigranartige Schatten der Blätter, hauchzart, auf dem Staub des mondbeschienenen Hofs – das Grunzen der Schweine, die sich im Schlafe regten – der ganz leichte Wind, kalt, aber schon frühlingshaft. Die F. waren noch wach. Sie saßen alle im Stall zusammen, außer dem Familienoberhaupt, das schon schlafen gegangen war.

Ungestüm betrat Ilde den Stall. »Guten Abend, Leute«, sagte sie und begann sogleich zu erzählen, warum sie gekommen

in der wohligen Wärme des Stalles gesehen, mit denselben offenen Augen, die leicht und strahlend unverwandt auf mich gerichtet waren: doch damals war alles vage, war nichts als die ungewisse Sympathie eines Heranwachsenden, und in mir war nur die, unbewußte, Furcht, mich ihr zu überlassen.

Nicht daß sich, im Grunde genommen, jetzt viel geändert hätte: wir kannten uns, wir sprachen miteinander und waren vertraut geworden, das war alles. Kein Wink war von mir ausgegangen, der Nisiuti meine aufkeimende Liebe hätte zu verstehen geben können, gegen die ich mich selbst andererseits wehrte, aus Faulheit. Doch wieviel mehr drückte Nisiuti jetzt durch jenen Blick aus.

Es schien, als sähe er viel deutlicher als ich unsere Zukunft voraus, das, was zwischen uns geschehen sollte, zwei volle Jahre der Freundschaft, in denen kein Tag vergehen sollte, an dem wir uns nicht gesehen und geküßt hätten. Denn mehr noch als Liebe verband uns vielleicht Freundschaft, und mehr als Freundschaft: Leidenschaft. Nisiuti war vollkommen, wie ich ihn vor mir sah, mit seinem Geruch nach Heu und Milch, mit seiner rosigen und intensiven Hautfarbe, die schon leicht gebräunt war von der ersten Frühjahrssonne, mit seinen klaren, reinen Augen.

Alles hatte er, alles, was zur Liebe nötig ist. Und nichts Verschlossenes, Unausgedrücktes, Überschattetes: sein Geheimnis leuchtete so klar wie sein Blick.

Gegen halb elf machten Ilde und ich uns auf, um schlafen zu gehen. Ich fand meine Mutter noch wach, gewiß betete sie für meinen Bruder. Es waren die Tage, an denen man jeden Morgen auf dem kleinen Balkon, der nach Norden, in Richtung Berge, ging (und den wir immer verschlossen hielten), in aller Frühe eine Kohlmeise flattern und zwitschern hörte. Meine Mutter war zu der Überzeugung gekommen, daß die Meise ihr gute Nachricht von Guido bringe. Das Kriegsende konnte nicht mehr fern sein, und so betete sie mehr als sonst, mit ungeduldiger Inbrunst, eigensinnig in ihrer Angst wie ein kleines Mädchen.

Wir hatten uns kaum eine Viertelstunde hingelegt, als wir aus Castiglione die Sirenen heulen hörten: zu so später Stunde war das nie passiert, doch da das Signal schwere Formationen ankündigte – von denen Castiglione noch nie bombardiert worden war –, blieben wir in der Annahme, die Flugzeuge seien auf dem Weg nach Deutschland, lauschend im Bett liegen. In der Tat hörte man wenig später hoch und fern die Motoren dröhnen, die wie gewöhnlich der Tagliamento-Linie entlang vom Meer heraufkamen. Bald jedoch war das Getöse so laut, daß man aufstehen mußte, auch weil nachts die Gefahr der havarierten Maschinen, die ihre Bombenladung ungezielt abwarfen, bedrohlicher war: bei diesem Gedanken konnte man einfach nicht ruhig unter der Decke bleiben. Dann hörte man, mit dem Dröhnen vermischt, plötzlich dumpfe Aufschläge, wie von Luftgewehrschüssen oder von Gummibällen, die gegen eine Holzwand geworfen wurden. Ich rannte zur Verandatür, öffnete sie halb und sah zu meinen Füßen das ganze Land der S. bis zum Pappelwäldchen, die Vila und weit unten die Felder, die sich nach La Salute und San Quirino erstreckten, in gelben und orangefarbenen Dämpfen erglühen.

Vom Himmel fiel, langsam, als sei er aus Watte, ein Feuerregen, während die Motoren der Flugzeuge ohrenbetäubend donnerten, als wären sie nur wenige Meter entfernt. Das Haus erzitterte bei jenem Dröhnen: und im taghell erleuchteten Hof konnte man, aber in einer furchtbaren, geschmacklosen Szenerie, in grauenvoll-blendendem Technicolor, die Stämme der knospenden Maulbeerbäume, das Schilfrohr, den Misthaufen, die Weinlaube in ihrer pflanzlichen Unbeweglichkeit erkennen.

Ilde, die Kinder, die T., die F. im Nebenhaus begannen zu schreien und rannten, halbnackt wie sie waren, aus den Zimmern über die Veranda die Treppe hinunter, im rotglühenden Flackern des Lichts, das sie überflutete.

Wir rannten alle, ohne daß es einen Grund dafür gegeben hätte, in den Stall, wo die T. ihr Lager aufgeschlagen hatten: dort legten wir uns an den Wänden entlang, zwischen den Fässern voller Getreide, auf den Fußboden. Die Frauen schrien, aber auch die Männer waren erschreckt und zitterten, als sie bemerkten, daß Viluta genau im Mittelpunkt jenes entsetzlichen Lichtermeeres zu sein schien. Giannis Mutter war von allen Frauen am meisten entsetzt: ihr Mann und ihr ältester Sohn waren in Castiglione, in ihrem fast direkt neben dem Bahnhof gelegenen Haus. Im Stall herrschte tiefstes Dunkel, aber die Wände wirkten durchsichtig unter der Gewalt des Lichtes draußen. Der Lärm war so groß, daß er die Schreie der Frauen übertönte. Meine Mutter und ich lagen eng umschlungen unter einem Faß. Dann kam das Pfeifen der ersten Bomben, und die erste furchtbare Explosion, die den Stall erzittern ließ wie bei einem Erdbeben.

Der Bahnhof von Castiglione war in Luftlinie nicht mehr als eineinhalb Kilometer entfernt. Der Bombenangriff, in vier aufeinanderfolgenden Wellen, dauerte etwa eine Viertelstunde. Dann entfernten sich die Maschinen, man sah das blendende Licht draußen nach und nach verlöschen, und schließlich, während die letzten Raketen noch rot auf den Feldern schimmerten, entschlossen wir uns, den Stall zu verlassen. Die Welt rundum schien verwüstet. Doch nichts, weder zuvor noch jetzt, war dem Schauspiel vergleichbar, das sich unseren Augen bot, als wir, auf den Heuboden gestiegen, das Fenster öffneten, das nach Norden ging, nach Castiglione.

Eine Flammenmauer in der gesamten Länge des Ortes stand am Horizont.

Der ganze Himmel und die Ebene waren von jenem düsterroten Brand überstrahlt, der wie ein Meer toste.

Giannis Mutter hatte sich durch all jene, die am Fenster standen, einen Weg gebahnt, und wie wahnsinnig geworden rief sie, obgleich ihr der Atem stockte, durch die zwei Kilometer dunkles Land gellend nach ihrem Mann und ihrem Sohn, in dem Brand, der fast den ganzen Horizont umfaßte.

Natürlich konnte niemand sofort schlafengehen. Ganz Viluta versammelte sich im Hof der B., wo wir noch lange wachten. Gegen eins oder zwei jedoch waren dann, trotz der Erschütterung, die uns noch immer ein wenig zittern machte, alle schlafengegangen. Das Nachtflugzeug überflog bedrängend immer wieder unser Dach, aber in jener Nacht beunruhigte es uns weniger, da wir dachten, es würde sich auf Erkundungen beschränken. Gegen fünf Uhr morgens, als wir schon eingeschlafen waren, wurden meine Mutter und ich gleichzeitig von einem durchdringenden Pfeifen geweckt, und ich konnte gerade noch sagen: »Hab keine Angst, das ist der Motor der Maschine beim Tiefflug«, als das Haus mit einem Schlag in den Grundfesten erschüttert wurde und wir uns aus dem Bett geschleudert in einem unbeschreiblichen Durcheinander wiederfanden. Einige Minuten durchlebten wir wie im Traum: dann, als wir uns umblickten, sahen wir das Chaos in unserem Zimmer: alles war umgestürzt, zu Boden gerollt, zertrümmert und unter staubigem Kalkschutt begraben. Der völlig versengte Stamm eines Maulbeerbaumes war auf den Schrank gefallen. Das kleine Fenster nach Norden hin war aufgesprungen, und durch die Öffnung sah man im letzten, schon kalten und verwaschenen Dunkel der Nacht, die lange Feuerbarriere, die Castiglione niederbrannte. Die Bombe des Nachtflugzeugs war wenige Meter vor unserem Haus explodiert. Ilde und ihr Mann und alle T. waren schon im Hof und schrien. Meine Mutter und ich gingen auch hinunter: im ersten Licht des Morgengrauens erschien das Haus total verzerrt: als sei es, mehr als von dem Stoß, von staunendem Entsetzen geschüttelt worden.

Die Dachziegel hatten sich verschoben und die Regenrinnen hingen verbogen herab, gegen den Himmel, der in einem beißenden Todesgeruch erbleichte. Alle Nachbarn waren erschrokken herbeigeeilt, auch Dina und ihre Schwester. Nun konnte man nicht mehr schlafengehen, und wir blieben im Hof stehen, bis es Tag war.

Es war ein klarer und kalter Morgen, der die Berge in den Himmel einschnitt und die ersten Keime gegen den gepflügten Boden abzeichnete. Der Hof der B. quoll von Menschen über wie ein kleiner Hafen. Erste Nachrichten aus Castiglione trafen ein, man begann mit Reparaturarbeiten, um das Haus provisorisch zu richten, alle redeten und kommentierten. So wurde es Mittag.

Nach dem Mittagessen sah ich zwei Karren ankommen, die zwei großen Karren der T., und kurz darauf sah ich, daß die T. begannen, ihre Sachen aufzuladen. Ich hatte schon im Verlauf des Vormittags gehört, daß die T. beschlossen hatten, auch aus Viluta wegzugehen, nach Dograva, das stimmt, aber ich hatte nicht angenommen, daß ihre Abreise so unmittelbar bevorstünde.

So stand ich wie betäubt bei den Arbeiten dabei. Die Karren füllten sich langsam mit Hausrat, mit Säcken. Gianni lief aufgeregt im Hof herum, von den Karren zum Stall, von Ildes Küche zum Schuppen, half den Großen und war ihnen im Weg: seine rosigen Wangen glühten vor Freude über all diese Neuigkeiten, und seine Worte waren leichtfertiger und bissiger denn je. Der dünne Anzug aus grünem Stoff, mit den an den Knöcheln zugebundenen Hosen und dem kurzen Jäckchen, den er den ganzen Winter getragen hatte, kleidete ihn mit einer etwas affektierten Leichtigkeit, die seinen Geheimnissen aufs neue einen frischen, verführerischen Reiz verlieh. Gegen vier Uhr nachmittags fuhren die T. los, und Gianni hätte mir nicht einmal auf Wiedersehen gesagt, wenn ich ihn nicht daran erinnert hätte. Als er mir die Hand gab, errötete er ein wenig, wobei er den blonden Haarschopf aus der Stirn zurückstrich, mit einer nicht mehr kindlichen Geste und einer gewissen ungeduldigen Überheblichkeit mir gegenüber, und vielleicht, so schien es mir zumindest – mit einer unbewußten Verurteilung dessen, was wir getan hatten. Ich versuchte, dem Abschied durch meine Worte einen Hauch von Traurigkeit oder zumindest von unausgesprochenem Einverständnis zu verleihen: doch er ging scheinheilig überhaupt nicht darauf ein. Ich sah ihn oben auf den Säcken auf dem Karren davonfahren, als gäbe es mich nicht, als lebte er schon in Dograva, und Viluta sei aus seinem Gedächtnis getilgt.

Plötzlich überfiel mich eine Krise: Ich mußte hinter den Schuppen laufen, um in einem Winkel des Gartens allein zu sein. Ich weinte, ich rief nach ihm, wie in einem Alptraum von Einsamkeit.

Ich hatte Nisiuti, das ist wahr, dem ich eine viel tiefere Liebe entgegenbrachte als Gianni: aber Nisiuti würde nie mein sein, und mir lag an keiner anderen Liebe als an der des Fleisches.

Alle Jungen von Viluta befanden sich im Hof der B., wo sich so wichtige Ereignisse abspielten. Auch Nisiuti war da, lächelnd, unschuldig, warm: er half den B., schämte sich wie immer ein wenig seines Tuns, was er durch einen reizend impertinenten Ausdruck verbarg. Auf ihn konnte man zählen wie auf einen Erwachsenen: er wußte sich wirklich nützlich zu machen, auch wenn er bei den kleinen Verrichtungen nicht immer eine sehr glückliche Hand hatte, vielleicht weil ihn eben seine Ängste, die Ängste eines noch sehr knabenhaften Heranwachsenden, behinderten.

Gewiß war er vor allem hergekommen, um mich zu sehen, um mit mir über das Geschehene zu diskutieren. Jede Neuigkeit erneuerte unsere Freundschaft. Wir waren einander vertraut, wir mußten nur ein Lächeln tauschen, um ein Gefühl der Offenbarung zu verspüren. Wir sagten uns fast nichts Wichtiges, Verpflichtendes, aber jedes geringste Wort, jeder Ausruf war erfüllt von zitterndem Sinn, durchtränkt von einem tiefen Lächeln, das aus dem reinsten und liebevollsten Teil unseres Körpers aufstieg. Wenn ich ihm die Hand drückte oder über den Kopf streichelte, war er mir dankbar dafür. Wenn ich eine etwas schwierige Bemerkung machte über die alltäglichen Dinge, die geschahen, lauschte er mir, als wolle er sie nie vergessen.

Am Abend von Giannis Abreise, in der Nacht und in den darauffolgenden Tagen wußte ich, in meinem blinden Schmerz, daß mir der tröstliche, aber noch ferne Gedanke an Nisiuti blieb. Doch trennte ich seine Freundschaft, die ein wirklicher Trost war, von dem, was er mir hätte geben können, um Gianni zu ersetzen. Mehr als Schmerz war es eine konfuse Auflehnung gegen die Natur oder gegen das Schicksal, die mich überkommen hatte: mir schien, ich sei eines Gutes beraubt worden, das mir rechtmäßig zustand, und diese Ungerechtigkeit verbitterte mich. Ich war wütend über Giannis Weggang, darüber, daß mir seine Liebkosungen gerade dann entzogen worden waren, als ich sie nicht mehr so nötig hatte, sondern sie mir einfach gebührten. Ich litt blind, wie ein Tier leiden mag, dem man gleich nach der Geburt sein Junges entrissen hat: ich magerte ab und wurde krank durch jene Qual, in die ich mich nicht schicken konnte, die ich nicht einmal begriff. Daher betrachtete ich es fast als mein Recht, zu verlangen, daß Nisiuti mich verstehen und entschädigen sollte. Ich träumte davon, ihn beim Gesang der ersten Frühlingsvögel auf eine Wiese am Ufer der Vila oder bei San Pietro ins frischgewachsene Gras mitzunehmen; und ihm dort mein Unglück kundzutun, mich weinend seiner Umarmung hinzugeben und ihn von der Ungerechtigkeit, die mir das Schicksal angetan hatte, von der Unerträglichkeit meines Zustandes zu überzeugen; Nisiuti würde sich des Mitleids nicht erwehren können, so klug und so zart wie er war, und er würde einwilligen, an Giannis Stelle zu treten, damit ich nur nicht meiner Verzweiflung erläge ... Wieder und wieder träumte ich in jenen Tagen diesen Traum, mit der Beharrlichkeit eines Wahnsinnigen oder eines Kindes. (Und das waren die Tage meiner wahren Reinheit, meiner besten und rührendsten Jugend: nie habe ich wie in jenen Tagen die Welt geliebt und mich lieben lassen.)

Das Haus meiner Mutter in Castiglione war durch den Bombenangriff halb zerstört worden. Unsere Möbel, die wir in einem Keller untergestellt hatten, waren wie durch ein Wunder unversehrt geblieben. Zwei oder drei Tage nach dem Angriff beschlossen wir daher, sie nach Viluta zu bringen. Es war fast wieder Winter geworden: an jenem Morgen war der Himmel fahl, das Land schlammig und, als sei es erneut entblößt worden, ohne eine Knospe, ohne eine Primel oder ein Veilchen an den Rändern der ausgetrockneten Bewässerungskanäle; die schwarzen und vom Wasser fauligen Maulbeerbäume füllten in langen Reihen die Leere der Felder bis nach Castiglione. Nisiuti und sein Vater kamen uns frühmorgens mit dem Karren im Hof der B. abholen: und ganz langsam machten wir uns nach Castiglione auf den Weg, bei drohendem Regen, dafür aber weniger besorgt um die Gefahr eines Angriffs. Der Ort war, unter dem regenschweren Himmel, ein Trümmerfeld, über dem, von der Feuchtigkeit verdichtet, der Geruch des Staubes, der noch heißen Kohle und vielleicht der Toten lastete. Die Straße war übersät mit schlammbedeckten Steinhaufen und Schutt, mit Balken, die von den Heuböden oder den Kornspeichern der Häuser heruntergestürzt waren, welche rundum, niedergerissen und fast noch rauchend, die scharfen Spitzen ihrer Ruinen, die sich wirr kreuzenden Pfähle und Balken dem blassen Himmel entgegenstreckten. Fast niemand hielt sich in diesem Meer von Relikten auf: das Geräusch unseres Karrens, der mühevoll zwischen den riesigen Bombenkratern die zertrampelten Schutt- und Schlammhaufen hinauf- und hinabfuhr, hallte inmitten all jener Einsamkeit wider, als sei es das einzige Lebenszeichen. Hier und da baumelte an einer Stange festgemacht ein rotes, vom Regen durchnäßtes Fähnchen, um das Vorhandensein mancher nicht explodierter Bomben anzuzeigen. Zwei oder drei solcher roter Fetzen hingen im Umkreis unseres Hauses. Wir waren den ganzen Vormittag im Garten mit Möbelaufladen beschäftigt. Nisiuti war gutgelaunt bei dieser Arbeit, und mit ihm machte es auch mir Spaß: seine Bewunderung für gewisse Gegenstände unseres bürgerlichen Mobiliars, die er noch nie gesehen hatte, seine Verwunderung über eine Vase oder ein Kissen, das Geschick, mit dem er arbeitete, ohne die Mühe zu spüren. Wir schwatzten den ganzen Vormittag, glücklich darüber, daß diese Arbeit ihn uns gemeinsam verbringen ließ. Gegen Mittag machten wir uns auf den Rückweg nach Viluta, während der Himmel hier und da silbrig aufglänzte: Die Berge hoben sich nun von den feuchtdunklen Wolken ab, und zum Meer hin wurde das Licht stärker. Schon seit zwei oder drei Wochen waren an den sonnenbeschienenen Rändern der Gräben und Bewässerungskanäle Büschel von Primeln und Veilchen erblüht, und schon seit einiger Zeit roch man in der Luft den Geruch des Frühlings. Nisiuti war ganz verschwitzt von der Arbeit des Vormittags: doch jetzt, während er langsam auf dem schlammigen Sträßchen hinter dem Karren herging, war ihm der Schweiß in den leicht in Unordnung geratenen Kleidern erkaltet, und die rosige Färbung seiner erhitzten Wangen war der Blässe der Anstrengung gewichen.

Wir gingen, er und ich, mit etwas Abstand zum Karren und zu seinen Eltern, scherzten und redeten: ich nahm ihn beim Arm oder faßte ihn um die Taille, und er überließ sich zufrieden meiner liebevollen Geste.

Unser Gespräch war sprunghaft, lustig: ich hätte gewiß keinerlei vernünftige Überlegung zustande gebracht oder zusammenhängend von etwas sprechen können, so stark war die Erregung, die in mir brannte und wühlte, so sehr krümmte sich die Begierde in meinen Eingeweiden. Nisiuti an meiner Seite zu sehen, würgte mich im Hals: noch ein Schritt zum vollkommenen Genuß seiner Schönheit, die sich keusch von den blühenden, erblaßten Wangen auf den Haarschopf, der ihm ein wenig müde in die Stirn fiel, von den dunklen, vor Zuneigung glühenden Augen auf den Schoß im rauhen, staubigen Stoff der Hose, von den im sanft geschwungenen Nacken geschorenen Haaren auf die laue Wärme seiner Hände, die die meinen drückten, ausbreitete – und mir wären die Sinne geschwunden. Ich kämpfte gegen jene Versuchung, die mir den Atem benahm, da sie Nisiutis Keuschheit und die Verführungskraft, die aus jeder Schwellung seiner Kleidung, aus jeder Pore seiner Haut eines Heranwachsenden hervorbrach, zu unerträglicher Süße vermischte. Und die leichte Verwirrung der Müdigkeit, die ihn weniger hinreißend erscheinen ließ als gewöhnlich, die von Schweiß und Regen feuchten Kleider machten meine Begierde, anstatt sie zu lindern, noch rasender.

Auf einmal gab ich ihm, während ich ihm immer noch zulächelte und redete, einen Kuß auf die Wange. Es war unser erster Kuß. Er sah mich lachend an, vor Verwunderung über die Seltsamkeit meiner Geste und vor Freude über die Zuneigung, die ich ihm entgegenbrachte, errötet.

Ich küßte ihn noch mehrmals: ich spürte, daß er sich schämte, daß er sich gern zur Wehr gesetzt hätte und daß er sich nur küssen ließ, um meiner Anwandlung von Sympathie keinen

Abbruch zu tun. Stets lachte er bei meinen Küssen, als handle es sich um ein Übermaß unschuldiger Liebe, und die Röte, die ihn überzog, entsprang vielleicht nur unbewußt dem Gedanken, daß meinen Küssen etwas Schuldhaftes und für seine Unschuld Empörendes anhaften könne.

Um nach Viluta zu gelangen, bog man nach einem Stück Weges von der asphaltierten Straße ab, nach Secchi hinunter, nahm den Weg durch die Eisenbahnunterführung – die von Bruno – und ging dann, an einigen Bauernhöfen vorbei, querfeldein. Es war weniger eine Straße, eher ein grasbewachsener, und jetzt durch den Matsch glitschiger Pfad mit zwei tiefen, von den Karren hinterlassenen Radspuren an den Seiten und einem schon frühlingshaft grasgrünen Buckel in der Mitte. Doch diesseits und jenseits der Wagenspuren, vor dem Graben, verlief ein kleiner Erdwall, der grün war wie die Mitte des Pfades – zumindest auf dem ländlichsten Stück des Feldwegs, auf halbem Weg zwischen Castiglione und Viluta. Jenseits der ausgetrockneten Gräben mit den feuchten Primelbüscheln waren die Felder rundum voller Weinstock-Reihen und Maulbeerbäume, dazwischen manchmal ein kleiner Akazienhain und Erlensträucher, Holunder und Brombeergestrüpp. Gleich hinter den Bauernhäusern von Secchi, die ganzen eineinhalb Kilometer, die uns noch von Viluta trennten, war das Land vollkommen ausgestorben. Die Luft um uns war nun dunkel, obgleich der Himmel in der Ferne hier und da aufklarte. So konnte ich, während wir auf dem Erdwall des Pfades hinter dem Karren hergingen, Nisiuti den ganzen Weg lang weiterküssen.

Als wir weit weg, in den Feldern, waren, und also keine Gefahr bestand, daß uns jemand sehen könnte, änderte Nisiuti unter dem Eindruck meiner Küsse sein Verhalten nicht: es bestand immer noch in einer, nun etwas abgeschwächten Mischung aus Verlegenheit und Begeisterung, aus der heraus er verstört lachte. Er brachte nicht den Mut auf, mich zu fragen, warum ich ihn küßte, und ich sagte ebenfalls nichts: unsere Fröhlichkeit, unsere Verlegenheit erklärten von selbst den fernen, schuldbeladenen, doch bis jetzt noch ganz und einzig und allein erstaunlichen Sinn meiner Küsse: was Nisiuti mehr als alles andere verwundern mußte, war, daß ich ihm auch die Hand küßte, ich ihm – jene arme zarte und gerötete Hand eines kleinen Bauern.

Er lachte auch, wie ein schüchterner Schüler zu den zu ironischen Witzen eines größeren und erfahrenen Kameraden lacht, um sich seinen Worten gewachsen zu zeigen: ein wenig feige, denn in seinem reinen Herzen müßte er sie verdammen; doch ist seine Feigheit nichts als die Frucht einer rührenden Sanftmut des Charakters. Darin war Nisiuti wundervoll jugendlich. In seinem herzlichen Lachen lag im Grunde etwas Dörfliches, etwas Bäuerliches, das es vielleicht ein wenig unangenehm machen konnte: es erinnerte an das Gelächter im Kreise der Familie und der Nachbarn an den Winterabenden in der wohligen Wärme des Stalles, an die sonntäglichen Scherze mit den Gefährten, auf dem Weg zur Kirche nach San Pietro oder auf dem Dorfplatz mit den etwas weniger bekannten Jungen aus den anderen Ortschaften. Doch man spürte in seiner etwas plumpen Einfachheit auch seine absolute Aufrichtigkeit, auf die nicht der Schatten einer Schuld fiel. Nisiuti war sehr religiös, wie alle seine Verwandten: seine Familie war eine der Lieblingsfamilien des Pfarrers. In seinem Leben hatte er noch keine Messe versäumt, keine Vesper, keinen der besonderen Gottesdienste zu Zeiten kirchlicher Feste wie Weihnachten, Ostern, Fastenzeit: und er ging fast jeden Sonntag zur Kommunion: dennoch fand seine Religiosität, obgleich sie nicht in bestimmender oder erbitterter Weise für ihn zählte, in der Unbefangenheit und Freigebigkeit seines Charakters eine Kraft, mit der sie natürlich harmonierte: Nisiuti achtete die religiösen Gewohnheiten seiner Familie, weil die Achtung vor den anderen und vor den Dingen, die die anderen dachten und taten, eine seiner ungetrübtesten Tugenden war, doch trug er nicht den Schatten eines passiven Gehorsams in sich: immer leuchtete in seinen Augen mit demütigem Adel ein keuscher Unabhängigkeitsgeist, der seinem Glauben Licht spendete.

6

DIE ADOLESZENZ HATTE bei Nisiuti nie, außer an seltenen Tagen, jenes Ferment, jene Schwere, die, wie ein unbewußter Schatten der vulgärsten Triebe, wie ein Widerschein der noch ganz ungeformten Fleischlichkeit, die allein mit sich in den unteren Regionen ihren natürlichen Gang geht, auf die Körper der Jungen einen leicht finsteren Schatten wirft. Heranwachsend hatte Nisiuti in all seiner Reinheit die Linie seines Knabenkörpers erhalten. Nur das Fleisch war voller und wärmer geworden, da es die Sprödigkeit der Kindheit verloren hatte. Auf der Oberlippe, von warmem Rot im rosa überhauchten Braun der Haut, erahnte man jedoch einen Schatten, so schwarz wie die Haare, einen leichten, aber kompakten Schatten, keinen Flaum, sondern einen überaus liebenswürdigen, keuschen Schatten. Wenn wir in meinem Zimmer Schule hielten, war Nisiutis Platz am mittleren Tisch, mit dem Rücken zum Fenster. Das Zimmer war voller Jungen; Silvio und Bepino saßen am Schreibtisch: vier weitere rund um den Tisch, den Gianni jedesmal, wenn der Unterricht begann, vom Heuboden hereinzutragen hatte, und die beiden Kleinsten, Gianni und Virginio, an dem Salontischchen, an dem meine Mutter und ich unsere Mahlzeiten einnahmen. Beim Unterrichten ging ich oft von einem Jungen zum anderen: doch meine Augen ruhten immer auf ihm, erregt und vergnügt, mit seinen etwas zerzausten Haaren und seiner etwas unordentlichen, ärmlichen Kleidung. Im Gegenlicht trat der Schatten über den Lippen deutlicher hervor. Oft näherte ich mich ihm und streichelte ihm, wie ich es übrigens auch bei den anderen machte, über Haarschopf und Gesicht: zuweilen aber fuhr ich ihm mit den Fingern über die Oberlippe, berührte leicht den sanften Schatten der Adoleszenz. Er sah auf und lachte. Eines Tages, als wir allein waren, liebkoste ich ihn auf diese Weise und sagte: »Was hast du da, Nisiuti?« Er errötete, ein wenig beklommen von der Scham, die ihm tiefe Angst einflößte, und antwortete nicht. Scherzend drang ich weiter in ihn: »Du bist dabei, zum jungen Mann zu werden«, und Nisiuti lachte. So begriff er von jenem Tag an den Grund jener Liebkosung, und vor den anderen Gefährten schämte er sich, wenn ich ihn so berührte; aber natürlich wehrte er sich nicht, und ich blickte ihn mit einem gewissen Hintergedanken, einer gewissen Ironie an, als wollte ich ihm das Wort »junger Mann« in Erinnerung rufen, dessen Klang in ihm brannte, mit rührend schamhafter Keuschheit.

Ganz allmählich ging ich fast so weit, auf Nisiutis Schultern gestützt zu unterrichten und ihn indessen zu liebkosen.

Wenn er manchmal, an den Tagen, an denen er zu arbeiten hatte, fehlte, konnte ich kaum sprechen: die Schulstunden, sonst für mich und sie so amüsant, zogen sich langweilig hin. Gianni war wundervoll an seinem Tischchen, eine Flamme, wenn er seine abgenagte Feder mit merkwürdigem, aber unechtem und zwecklosem Fleiß über sein armes Heft kratzen ließ: klar wie das Wasser, ohne Unschuld und ohne Perversion sahen seine Augen mich an: doch ich erfand, für ihn, nicht die Reden, die Späße, die Gefühle, die mir so leicht von den Lippen gingen, wenn Nisiuti da war. Während ich Gianni beobachtete und streichelte, tat ich nichts als innerlich gierig an seinen Mund zu denken, der leicht war wie Seide.

Als Gianni wegging, hatte ich also wirklich nur noch Nisiuti, der mein einziger Gedanke wurde. Mein Leben bestand nur aus Warten auf ihn. Er trat nun an Giannis Stelle und trug, kurz bevor die anderen heraufkamen, den Tisch und die Stühle vom Heuboden ins Zimmer. Barfuß kam er mit dem Tisch auf dem Rücken herein, und sowie er ihn abstellte, nahm ich ihn in die Arme, plauderte ein wenig mit ihm, während wir so umarmt dastanden. Mit spöttischer Miene betrachtete ich seine Lippen und zog ihn auf wegen der Sehnsüchte und Erfahrungen, mit denen der neue Lebensabschnitt ihn verlockte, indem er seinen natürlichen, doch mit bestürzenden Momenten und Schamgefühlen übervollen Verlauf nahm. Diese Reden waren nur kurze Einschübe in unserem süßen und edlen Zwiegespräch der Freunde: aber nach unseren ersten Küssen auf dem Heimweg von Castiglione traten sie immer beharrlicher auf. Sie taten jedoch der Achtung, die Nisiuti mir entgegenbrachte, keinerlei Abbruch, sie beeinträchtigten seine Vertraulichkeit und sein

Vertrauen nicht. Er verzieh mir, sogleich und blind, jene Schatten, die das hohe Bild trübten, das er sich von mir gemacht hatte. Eines Tages allerdings sollte es ihm schwerer fallen, zu vergessen, was ich in gewissen Augenblicken zu sein schien.

Der März ging schon dem Ende zu: die Sonne brannte roh auf Hof und Straße herunter, wo die Jungen fröhlich lärmend spielten, mit ihren Taschen, in denen Federhalter und Federkasten lustig herumklapperten. Man konnte inzwischen die Fenster offenlassen, und die Sonne ließ den Staub des Heubodens duften, das Holz der Veranda, die Seide meiner Bettüberdecke ... Nisiuti betrat erhitzt, den Tisch auf dem Rücken, das von Sonne und lauer Luft durchströmte Zimmer, wo ich ihn erwartete, und lud ihn ganz fröhlich in der Mitte ab. Er trug seinen rosa Kittel, aufgeknöpft, und seine Turnhosen aus grobem braunem Stoff, die etwas starr an ihm herabfielen. Meine Indiskretionen über sein süßes Adoleszenzgeheimnis waren nunmehr von der Neugierde auf den Lippenflaum, auf jene erste Schale aus Schamgefühl, die Nisiuti zärtlich umschloß, abgekommen. Jetzt waren es seine Hosen, die meine flammende und rückhaltlose Neugierde erregten. Während ich wie üblich in scherzhaftem Ton über sein Alter sprach – obgleich ich vor Aufregung umkam –, berührte ich mit der Hand seinen Schoß, dort wo eine leichte, überaus keusche Schwellung die Gegenwart seines heranwachsenden Geschlechts verriet.

Ich streifte ihn kaum und fragte, ob das über den Lippen bloß angedeutete Versprechen gehalten worden sei, und er, in seiner gewohnten, gewagten Schamhaftigkeit, antwortete mit ja. Ich wiederholte die Geste, doch diesmal wich er mir aus: ich insistierte, fand ihn aber entschlossen, nicht nachzugeben. Ich versuchte ihn mit Worten zu überzeugen, kämpfte mit ihm, hielt ihn in meinen Armen fest; er wehrte sich verbissen, bis er sich schließlich auf das Bett meiner Mutter warf, die Knie an den Bauch gepreßt und bereit, nach mir zu treten, falls ich mich nähern würde. Er reagierte mit dem Orgasmus eines kleinen Tieres, obgleich das Lächeln unaufhörlich seine Pupillen erhellte, sogar als er sagte: »Sehen Sie sich vor, sonst rufe ich die andern!« Ich tat so, als scherzte ich weiter und hänselte ihn wegen seiner Wildheit: dann trat ich angstvoll auf die Veranda und rief die Jungen.

Am nächsten Tag gingen Nisiuti und ich allein an der Vila entlang. Die Luft war lau, blendend hell. Im großen, trockenen Bett des Bewässerungskanals blinzelten zwischen den vertrockneten Wasserpflanzen und den Rosten Hunderte von Primeln. Vorne, wo die Vila eine Kurve machte, zeichnete das Pappelwäldchen mit seinen knospenden Zweigen Arabesken an den Himmel, und die Felder erbebten vor Grün. Es war Frühling. Hier und da hörte man in der lauen Luft die ersten Kuckucksrufe...

Nisiuti und ich gingen umarmt am Ufer entlang. Nunmehr hatte Nisiuti vielleicht auch seine letzte und schwerste Enttäuschung über mich verwunden und begonnen, mich wieder mit der gleichen Intensität und Jungfräulichkeit zu lieben wie zuvor. Ich aber wagte nicht mehr, ihn in irgendeiner Weise in Versuchung zu führen, nicht einmal mit Küssen, obwohl ich vor Begierde danach umkam. Wir sprachen über die Schule und über Dichtung, weil Nisiuti zu jener Zeit anfing, kleine Verse in seinem Dialekt zu schreiben, in so ungeschliffener und zarter, so karger und unverdorbener Weise, daß ich ganz erstaunt und glücklich darüber war. So unterhielten wir uns eifrig in der Abgeschiedenheit der Vila, am Rand des Landes der S., zuweilen abgelenkt vom Flug eines Vogels, dessen Namen mir Nisiuti nannte, oder von den Rufen und Zeichen der Frauen in den Gehöften der Rosa oder der B., hinter dem Bewässerungskanal und den Nutzgärten.

Es war schon spät, und obgleich die Luft noch funkelte, begann es zu dunkeln. Da machten wir uns auf den Heimweg. Doch unterwegs, jenseits der ausgetrockneten Vila, sahen wir hinten in einem Obstgarten den neuen Unterschlupf, den die B. vor wenigen Tagen gebaut hatten: ich stieg in den Bewässerungsgraben hinunter und ging auf das Häuschen zu, wobei ich Nisiuti zurief, daß ich es von innen anschauen wollte. Er folgte mir, und so betraten wir den Unterschlupf, wo die frisch aufgegrabene, feuchte Erde einen durchdringenden Duft verströmte und das Licht kaum hereindrang. Ich umarmte Nisiuti und küßte ihn auf die Wangen. Er lächelte bei meinem Überschwang und schüttelte fröhlich den Kopf. Ich küßte ihn noch tausendmal. Bis ich seine Lippen suchte. Da wich er erstaunt zurück. »Laß mich deinen Mund küssen«, flehte ich, ihn an mich drückend. »Nur einen Kuß, nur einen Kuß.« Doch er sagte nein, ohne Worte. »Rede«, schrie ich ihn an, »schweig nicht so.«

Aber er antwortete nicht. »Nisiuti«, fing ich wieder an, »ich bitte dich, laß mich nur einmal deine Lippen küssen, laß mich ...« »Warum?« sagte er schließlich mit belegter Stimme. Er lächelte immer noch warm, freundschaftlich. »Weil ich deine Lippen will, Nisiuti.« »Aber ich ...«, sagte er und brach sofort verlegen ab; ich aber legte den Kopf auf seine Schulter, und ihn fest an mich drückend bedeckte ich seinen Hals mit Küssen. »Du bist so schön, Nisiuti«, sagte ich zu ihm, »daß ich sterbe, wenn ich dich nicht küsse.« »Und küssen Sie mich jetzt nicht?« rief Nisiuti aus. Ich sah ihn an. »Nein«, sagte ich, »das sind keine Küsse, laß mich deine Lippen küssen.« »So küßt man sich, wenn man sich liebt«, fuhr ich fort, »hast du mich lieb?« »O ja«, sagte Nisiuti. »Also?« schrie ich und legte erneut meinen Kopf auf seine Schulter, verzweifelt. Er schwieg. Aber ich spürte an seinem Schweigen, daß er beschlossen hatte, mich zufriedenzustellen: es lag mehr Hingabe darin, mehr Wärme. Ganz leise hob ich den Kopf und berührte mit meinen Lippen die seinen. Er sagte nichts. Da küßte ich ihn und drückte stärker: doch während ich ihn küßte, spürte ich, wie seine Lippen sich anspannten. Ich löste mich und sah ihn an, er lächelte.

Die kleine Treppe, die Ilde so eifersüchtig hütete, daß sie sie uns nur barfuß betreten ließ – und die weiß schimmerte und immer nach Bleiche duftete –, führte erst zum Heuboden, dann, durch eine klapprige Tür, auf die Veranda und von hier aus zu den Zimmern im Obergeschoß. Auf dem Heuboden hatten wir, unter dem Fenster ohne Fensterläden, das auf die Berge hinaus ging, die Möbel gestapelt, die in dem Zimmer im Erdgeschoß keinen Platz mehr gefunden hatten. Darunter waren ein Tischchen und zwei kleine, nach so vielen Wechselfällen ausgefranste Korbsessel; dort begannen Nisiuti und ich mit den ersten Lateinstunden, denen er mit Zittern und Zagen und großer Freude entgegensah. In seiner demütigen Bescheidenheit schien es ihm unmöglich, daß er nun wirkliche Studien anfangen sollte: doch noch stärker als die Demut war die Hoffnung, die in ihm steckte und die aus seinen lebhaften und blanken Augen leuchtete, in denen sich mehr denn je seine Sanftmut und seine Ergebenheit spiegelten. Nach den Küssen in dem Unterschlupf brannte in mir noch heftiger der Wunsch, ihn zu besitzen: eine Glut, die mich austrocknete, in meinen Eingeweiden wühlte; nach dem Mittagessen saß mir die ganze Zeit das

Herz im Halse, und die Stimme versagte mir. Ihn bei mir zu haben, sein Knie an dem meinen, seine zarte und plumpe Hand ständig in der meinen zu halten (er ließ sich auch gerne seinen Kopf auf meine Schulter legen: vielleicht spürte er darin einen Schutz, eine Geste weniger unkeuscher Liebe), erzeugte in mir eine heftige, unklare Unruhe. Und eine Freude, eine herzzerreißende Dankbarkeit gegenüber dem Leben. Ich konnte es keine Sekunde aushalten, ohne ihn zu liebkosen oder ihn durch eine Geste oder ein Lächeln die Gewalt meiner Leidenschaft spüren zu lassen. Auf jenen Korbsesseln fing ich, zwei oder drei Tage nach unserem Gang zu dem Unterschlupf, plötzlich wieder an, ihn zu küssen. Da er gedacht hatte, es habe sich um einen einmaligen Fall gehandelt, eine Episode ohne Fortsetzung, die nicht einmal in der Erinnerung bestand, die gänzlich ausgelöscht oder verziehen werden mußte, nicht nur in unserer Beziehung, sondern in der Zeit überhaupt (es gelang dem von seiner Liebe verblendeten Nisiuti nur zu gut, zu vergessen), war er erstaunt. Und auch diesmal wollte er nichts davon wissen. Doch sowie meine liebevolle und lustige Miene in einen bekümmerten Ausdruck umschlug, dessentwegen ich mich jetzt schämen und empören könnte, der aber damals in mir die natürliche Färbung meines Seelenzustandes eines fast Wahnsinnigen war – denn sie standen in keinem Verhältnis: die Reinheit und Aufrichtigkeit, zu der man mich erzogen hatte, und die Schändlichkeit der Taten, die ich vollbrachte – meine Unerfahrenheit in all den Möglichkeiten menschlicher Verhältnisse, und die Erfahrung, die ich machte, jener für mich allerschlimmsten dieser Möglichkeiten –, da ergab er sich sofort. Er fühlte, obgleich er es nicht erfaßte, die Tragweite meines Leids. Die nicht so sehr menschlichen als vielmehr – ich möchte fast sagen – kosmischen Auswirkungen, die seine Weigerung auf mich hatte.

7

»DIE KLAR UMRISSENEN Berge, die Felder, die Wasser, alles *glitzert* dem Tag entgegen ...

In deinem Gehöft, zwischen Pfirsichbäumen, lebst du ...

Unter dem Dach, unbewußt, in liebender Gebärde ...«

Ildes Haus war nach Süden gewandt und den ganzen Tag von der Sonne beschienen: auf dem Balkon flatterte stets zum Trocknen aufgehängte Wäsche, und der Hof mit der Weinlaube und den Blumentöpfen zu unseren Füßen war immer in sanftes, grünes Licht getaucht.

Hinter dem Haus aber, genau unterhalb der schwarzen Mauer aus Natursteinen, begann in Schatten und Feuchte das Land. Die äußersten Enden der Weinstock- und Maulbeerbaumreihen auf dem Feld der B. reichten fast bis unter die Regenrinne, berührten fast den umgedrehten Ziegel, der aus einem in Höhe der Regentonne angebrachten Loch ragte und als Abfluß diente. Unter jenem Ziegel hatte sich zwischen den Scherben und der Asche eine Pfütze schwarzen Wassers gebildet, die das Gras auf dem Feld der B. so grün erscheinen ließ, daß es gläsern wirkte. Folgte man mit dem Auge den Reihen der Weinfelder, umfaßte der Blick schließlich das ganze Land zwischen Viluta und Castiglione, hinauf bis zu den Ebenen hinter Castiglione, den unermeßlichen Ebenen am Fuß der Bergkette, die dürr waren vom Kies der einstigen Flußbetten der Meduna und des Tagliamento. Am Ende dieser Ebenen, die sich im Winter klar und schematisch abzeichneten wie auf einer Radierung, mit den weißen Linien der Dörfer in der Richinvelda und im Spilimbergischen im Hintergrund, ragten die Voralpen auf.

Oft betrachtete ich diese Landschaft vom Balkon des Heubodens aus, der sich als einziger nach Norden öffnete. Kaum trat man auf ihn hinaus, wurde man von einem eisigen Gefühl erfaßt, einem schmerzhaften Unwohlsein, vor allem in der

Übergangszeit, wenn auf der anderen Seite, nach Süden, die Sonne gelb und schon lau in metallisch durchwobener Makellosigkeit triumphierte.

Ein letzter, unangenehmer, winterlicher Schauer überlief den Rücken, während das Auge auf den Bergen – die klar und deutlich hervortraten, wie nur im Hintergrund mancher Bilder von Bellini – mit den tiefblauen, indigofarben geäderten und gefleckten Kämmen ruhte, auf denen man an manchen Tagen die Furchen der Wildbäche, die Geröllhalden, den düsterschwarzen Wald erkennen konnte; an anderen, dunstigeren, gelang es nicht, das zerfressene Weiß des Schnees vom Weiß des Himmels zu unterscheiden; und dann waren die Berge kaum mehr als eine Kruste reizvoller Farben, alle verwischt und nur einen Hauch kompakter als der Himmel.

Diese Gebirgsmauer erstreckte sich über einen weitgespannten Horizont, von Westen, oberhalb von Sacile, durch die gesamte Carnia, nach Nordosten, in Richtung Tarvisio.

Zuweilen geschah es, daß der Himmel morgens bewölkt und genau an der Gebirgskette entlang klar und leergefegt war; und dann stachen die Berge, sie allein, im Licht – einem pflanzlichen Licht, wie von Wurzeln, paradiesisch – von dem grünblauen Streifen klaren Himmels ab wie eine Reihe von Marmoraltären, Geröllfeld für Geröllfeld, Wald für Wald, Abgrund für Abgrund. An solchen Vormittagen *glitzerte* alles: ach, welch tieftraurige und absolute Bedeutung hatte jenes Wort für mich! Von den klar umrissenen Bergen, die oberfriaulischen Ebenen hinunter bis zu dem Land um Castiglione, bis zu den Pappeln an der Vila am Ende der Felder der F., glitzerte alles.

Die Felder der F. erstreckten sich jenseits der kleinen Straße nach San Pietro, direkt vor Ildes Haus. Die Vila, die unter dem Brückchen, links, zur Siedlung von Viluta hinfloß, bog am Ende jener Felder nach der anderen Seite ab, als wolle sie sie umarmen; und mit der Vila umarmte sie der wilde und lichte Wald aus Pappeln, Holunder und Akazien, die ihren Lauf säumten. Von Ildes Balkon aus konnte man rechterhand in einer leichten Biegung der Straße auch das Gehöft der F. liegen sehen, hinter einer Ligusterhecke, die die Leidenschaft von Nisiutis Großvater war; um genau zu sein, man sah nicht das ganze Gehöft, sondern nur den hinteren Teil, d. h. den Stall, die Schweinekoben, die Misthaufen und den Obstgarten.

In jener Jahreszeit stand der Obstgarten voll in Blüte, ein einziger weiß-rosa Schaum, ein erstarrter, samtiger Schmetterlingsschwarm. Auch auf dem Land gab es verstreut Pfirsichbäume und Mandelbäume, die sich vor dem noch unreifen Grün des Getreides und dem etwas dunkleren Grün der aufgehenden Luzernen im fahlen Schein der Sonne ausnahmen als wären sie aus Wachs, aus gelbem und scharlachrotem Wachs.

Vor mir, im Hintergrund, noch bevor man zur Vila gelangte, lag das Häuschen, das bei der Liebe zwischen mir und Nisiuti eine so große Rolle gespielt hatte, mit seinen zwei großen, fast schwarzen Pinien.

Während ich schrieb und las – oft saß ich dabei auf dem Balkon –, war ich, in Gedanken an ihn, ganz dem Gehöft der F. zugeneigt. Meine Liebe erschien mir dann unaussprechlich: grenzenlos und rührend wie die Liebe zu meiner Mutter. Indem ich an Nisiuti dachte, gab ich mich ihm ganz, verlor mich in ihm. Auch der Neid oder die Eifersucht auf sein Leben, auf die Orte, wo er ohne mich lebte, auf die »Pfirsichbäume«, auf sein Fohlen, waren völlig in eine Hingabe und eine Mattigkeit der Sinne gehüllt, in denen ich weiß nicht welche Reinheit erstrahlte. Es gab damals musikalische Motive, nach denen sich meine Liebe zwar noch nicht ausdrückte, aber zumindest zeigte ... Zum Beispiel zitterte ich vor Zärtlichkeit beim Gedanken an Nisiuti »unter seinem Dach«. Sein Haus war der Straße zugewandt, in Richtung San Pietro, und davor lag ein kleiner, von der Hecke umschlossener Hof; in diesem Hof war das Becken mit der Pumpe und daneben grünte ein großer Nußbaum. Hinter dem Haus aber befand sich der Stall, durch einen langen, offenen Säulengang verbunden, in dem unzählige Geräte angesammelt waren, sogar eine kleine Esse, auf der Nisiutis größerer Bruder die Eisen für die Pferde schmiedete. Zu manchen Stunden des Tages erlangte dieser Geräteschuppen einen unsäglichen Zauber; zu bestimmten Stunden des Spätnachmittags, zum Beispiel, zu denen Nisiuti recht selten mit mir zusammen war. Er arbeitete auf dem Feld, das vor dem Geräteschuppen lag, jenseits des Hofs; in einem kupfergrünen Arbeitsanzug bewegte er sich auf dem Karren stehend zwischen den Reihen der Weinstöcke auf und ab und sprühte Sulfat. Auf dem Rücken trug er die sehr schwere Pumpe, und die Sonne umgab ihn mit sprödem und feurigem Glanz, als hielte sie ihn in ihrem Schutz, fern von mir und unerreichbar. Manchmal stieg er vom Karren herunter, begab sich in den Geräteschuppen, wobei er das Steinpflaster unter seinen Holzschuhen erklingen ließ und bückte sich, um die Pumpe zu richten oder irgendeine unvorhergesehene kleine Arbeit zu tun. Ich stellte ihn mir von meinem Balkon aus bei dieser Geste vor, in seinem grünblauen Arbeitsanzug, gebückt.

Zu anderen Stunden wurde der Säulengang noch faszinierender: zum Beispiel gleich nach dem Abendessen, wenn hoch oben am Himmel über San Pietro, an der Bergkette entlang, noch rosa oder orangefarbene Fleischtöne zu sehen waren. Dann stellte ich mir vor, er würde gleich nach dem Abendessen unter den Laubengang treten und dort, an eine Säule gelehnt, in anmutiger und leicht gelangweilter Haltung müßig verweilen, mit seinen Hosen aus braunem Stoff, die im vergehenden Licht der Dämmerung noch geheimnisvollere Schatten umzuckten.

Vermutlich gönnte sich Nisiuti nach dem Abendessen niemals jene Augenblicke des Müßiggangs, um zwischen Licht und Schatten ein göttlich anonymes Bild von sich als Jüngling zu erschaffen; es ist sogar sicher, daß er eiligst aß und die letzten, anfallenden Arbeiten erledigte, um sogleich mit den Büchern zu Ilde zu laufen; dennoch verzehrte ich mich im Warten auf ihn und wurde wahnsinnig vor Ungeduld und Furcht. Er tauchte unten an der Biegung der Straße auf, im letzten, nun schon farblosen, fast weißen Licht.

Er ging schnell, die Bücher fest in der Hand; sein braungebranntes, zart rosig überhauchtes Gesicht war mir endlich nahe: doch ich quälte mich immer noch weiter mit jenem Bild, das ihn mir »in liebender Gebärde« hingegossen im Laubengang zeigte. Ein anonymes Bild, erfüllt von einer Frische und einer Glut, die Nisiuti »unbewußt« waren; dieses Adjektiv nahm mir den Atem.

»Deine Schönheit ist so unendlich, daß nicht nur Stimme und menschliche Rede, nein, auch dich anzusehen – in deinen fernen Formen eines Jünglings – nicht genügt, dich irgendwie auszudrücken.« . . .

Ja, mir schien, als müsse zwischen mir und Nisiuti alles unausgedrückt bleiben. Es vergingen Tage um Tage, an denen ich ganz in ihm war, an denen ich nichts weiter war als ein Lächeln von ihm, ein Ausdruck von ihm. Mir waren nur die Augen geblieben, um ihn zu betrachten, um über sein rosiges Braun, die schwarze Welle seiner Haare, seine liebevolle und feuchte Pupille hinauszugehen.

Eines Tages erschien er unerwartet am Spätnachmittag in Ildes Hof: auf dem Kopf trug er eine graue Mütze, die sehr eigenwillig war, ein Meisterwerk der Anmut. Unter jenem vorstehenden Schirm, der ihm die Stirn einrahmte und ihm ein zugleich erwachseneres und sorgloseres Aussehen verlieh, hatten seine Augen ein neues und anderes Feuer bekommen.

Die Hände in den Taschen, näherte er sich Mariano, der gerade Holz hackte; er setzte sich neben ihm auf eine Kiste und fing an, sich mit ihm zu unterhalten. Er lachte laut, während er dem älteren Freund zuhörte, der sich über seine Frau beklagte; und entgegnete ihm im Dialekt Sätze voll gesunden Menschenverstands und voller Fröhlichkeit; doch leicht verlegen wegen deren konventioneller Förmlichkeit errötete er schließlich. Dann wollte er Mariano beim Holzhacken helfen; er nahm die Axt mit beiden Händen und begann, den Hackklotz mit heftigen Schlägen zu bearbeiten.

Doch in jenem Augenblick kam ich herunter und entführte ihn zu einem Spaziergang über Land, hinter Ildes Haus.

Die Mütze verlieh Nisiuti ein keckes Aussehen, wie eines jungen Arbeiters, der schon seinen Lebensunterhalt verdient. Es schien fast, als ginge er aufrechter, mit einer gewissen reizenden Vulgarität, er, mein zarter Freund ... Er hatte unter jener grauen Mütze, die ihm über ein Ohr fiel und den Haarschopf freiließ, zwei kräftigere Schultern und eine offenere Brust.

»Wie schön du heute bist!« sagte ich zu ihm.

»Du scherzt, wie immer«, antwortete er mir errötend.

»Nein, nein, ich scherze keineswegs, das weißt du, Nisiuti! Du weißt, was ich für dich empfinde ... Du bist für mich so schön wie ein Sohn für seine Mutter. Ich liebe dich mehr als deine Mutter dich liebt, Nisiuti, warum willst du mir nicht glauben? Ich weiß, daß es schwer für dich ist, so etwas zu denken, aber du mußt es schaffen ...«

»Ja, ich glaube dir, und ich habe dich auch lieb, vielleicht lieber als meine Mutter.«

»Ich möchte mein ganzes Leben mir dir verbringen. Sowie der Krieg vorbei ist, werde ich dich mit nach Florenz nehmen; dort kannst du die Schule abschließen und wir werden unser

Leben zusammen verbringen, weißt du? Wie schön du heute bist ... wo hast du diese Mütze her?«

Nisiuti lächelte verlegen: doch ich hielt ihn fest in meinen Armen und verwehrte ihm, zu lachen.

»Sie gehört meinem großen Cousin«, sagte er.

»Wie verwegen du damit aussiehst!« Er lachte wieder, weil er sich schämte. Da sagte ich zum Spaß, damit er sich noch mehr schämen sollte, laut die Koseform seines Nachnamens. Ich wußte, daß Nisiuti »die Milch bis zu den Knien« stehen fühlte, wenn ich ihn in dieser Weise neckte.

»Nenn mich nicht so!« sagte Nisiuti.

»Warum denn nicht?« lachte ich, um ihn noch mehr zu ärgern.

»Weil ich es nicht will und damit Schluß«, sagte Nisiuti und schüttelte den Kopf, wie er es in Augenblicken der Verlegenheit zu tun pflegte.

»Ich werde es nicht mehr sagen«, beruhigte ich ihn, noch immer lachend.

An jener Stelle der Straße standen die Akazien dicht; ich küßte ihn. Danach sprachen wir mit mehr Begeisterung und Ruhe weiter. Nisiuti war mit jener Mütze auf dem Kopf voll väterlicher und heiterer Unschuld.

»Die Morgenröte und dein Körper. O süßer Jüngling, das Leben in deinem Körper ist unermeßlich: ich erhasche davon nur ein wenig Schönheit, die *rot schimmert* wie das Licht der Morgenröte.«

»Wenn ich sein Gesicht betrachte, ertrinken meine Sinne in jenem tödlichen *Rosa* ... Ich will nicht sterben, bevor mir jener Körper wie ein Traum erscheint.« ...

Nisiutis »Rosa« ist ein ganzer Teil meines Lebens, der überaus zart, unaussprechlich ist. Wir setzten uns an meinen Schreibtisch, auf die Truhe, die hinten in der Ecke beim Fenster an der Wand stand. Ich drückte ihn an mich, und wir verbrachten lange Stunden damit, uns zu lieben und zu sprechen. In den Worten meiner Aufzeichnungen von damals (»das Leben ist in deinem Körper unermeßlich«, »Morgenröte«, »tödliches Rosa«) spüre ich die Atmosphäre jener Tage, ihren Frost, die heiseren Stimmen am frühen Abend, den Rauch.

Die Rosenkranzabende ... Die Rosas, und vor allem das Familienoberhaupt, der Alte, der sehr religiös war, hatten den ganzen Januar über jeden Abend einen Rosenkranz organisiert. Keiner meiner Schüler fehlte dabei. Das Kirchlein von Viluta war sehr alt, auch die neuesten Bänke stammten wohl mindestens aus dem achtzehnten Jahrhundert; die Säule mit dem Weihwasserbecken, die einsam auf dem durch die Jahrhunderte abgenutzten Fußboden stand, war dagegen so alt wie die Kirche, also mindestens sechshundert Jahre. Wandmalereien, giottoesk und tolmezzinisch, betrachteten mit ihren deutsch anmutenden Augen die armen Leute von Viluta, die der weinerlichen Stimme des alten Stefano folgend die Litaneien sangen.

Das Scharlachrot des winterlichen Sonnenuntergangs strahlte in der kleinen Kirche zwischen den Flämmchen der Kerzen wider. Dann begannen die Jungen, ohne zu warten, bis die Minute letzter Sammlung verstrich, mit aller Kraft am Strang der Glocke zu ziehen, die vor der Tür hing. Und die Glocke lärmte ohrenbetäubend in der dunklen, aufflammenden Luft, durchdringender als der Frost.

Daraufhin verließ man die Kirche. Langsam erstarb im Westen die riesige, glühende Platte des Sonnenuntergangs, die ein Viertel des Himmels einnahm, während an seinem äußersten Rand Luzifer mit einem anderen kleinen Stern daneben glitzerte. Ich und Nisiuti, unzertrennlich, gingen umarmt über die gefrorene Vila auf Ildes Haus zu. Und dort machten Nisiuti, seine Brüder und sein Cousin oft noch fünf bis zehn Minuten halt, bis es Zeit zum Abendessen war. Ildes Hof wirkte wie aus Pergament: über den Pfählen mit dem nackten Draht glänzten die beiden ersten Sterne, und die Ferkel grunzten im Stall. Ilde arbeitete in ihrer Küche, und die Jungen ringsherum zogen sie auf oder unterhielten sich vertraulich mit ihr.

Ich ging natürlich nicht in mein Zimmer, sondern blieb dort unten bei ihnen, manchmal im Hof, die Ellbogen zwischen den Geranientöpfen auf das Fensterbrett gestützt.

»Was wird dein Mann sagen«, sagte Berto zu Ilde mit seiner ruhigen und ironischen Miene, »wenn er sieht, daß das Essen noch nicht fertig ist?«

»Sakr ...«, erwiderte Ilde, »dann wartet er.«

»Hab dich nicht so, dein Mann hat doch eine Geduld, so groß wie ein Haus!« sagte Virginio mit einer Stimme wie ein Erwachsener, die Hände in den Taschen.

»Geduld, jawohl, das möchte ich sehen, dieser Trottel!«

Die Jungen lachten. Ilde schüttelte den in einem Tuch zusammengepreßten Salat. »Die Geduld habe ich«, fing die Frau lauthals wieder zu schreien an, »er hätte mich ja zu Hause lassen können. Warum hat er mich unbedingt gewollt? Dann soll er jetzt zufrieden sein, und wenn er den Mund aufmacht, bin ich sogar fähig, ihn zu ohrfeigen, den Dummkopf. Wenn ihr wüßtet, was ich mit dem schon durchgemacht habe. Da braucht es mehr als Geduld! Als wir noch verlobt waren, kam er mich jeden Abend besuchen, und er hatte sich angewöhnt, immer, wenn er ging, auf die Geranien zu pinkeln. Ich sah, daß die Geranien am Eingehen waren, vertrockneten: und ich denke und denke, was kann es bloß sein, was kann es bloß sein ... und da sehe ich ihn doch eines Abends, wie er draufpinkelt! Trottel von einem Mann! Weiß nicht, daß mir die Blumen lieber sind als alles andere auf der Welt ... Und wenn jetzt die Polenta noch nicht fertig ist, wenn er heimkommt, dann soll er eben warten.«

Die Jungen hielten zu Mariano, aber sie bemitleideten Ilde und hatten Spaß daran, sie zu necken.

»Warum hast du ihn denn geheiratet?« fragte Nisiuti.

»Du redest, bloß weil du einen Mund hast«, gab ihm Ilde zurück; da sie sich aber nie zufriedengab mit dem, was sie sagte, nicht einmal mit den gelungenen Antworten, fügte sie noch eine lange Reihe von Vorwürfen und Klagen hinzu. Doch plötzlich hielt sie abrupt inne und lief hinaus: sie hatte vergessen, das Schwein zu füttern, und überschüttete die Jungen mit Beschimpfungen, daß sie ihr die Zeit gestohlen hätten. Die nahmen es sich nicht weiter zu Herzen, da sie wußten, daß Ilde nichts lieber hatte, als mit jemandem ein paar Worte zu wechseln, und kältestarr und lärmend machten sie sich im letzten flammenden Lufthauch des Sonnenuntergangs auf den Heimweg.

Ilde kam in die ausgestorbene Küche zurück; ich stand noch am Fensterbrett, und ruhiger und würdevoller nahm sie die Unterhaltung mit mir wieder auf.

»Wer weiß, was Sie dazu meinen«, sagte sie zu mir, »wenn Sie uns diese ganzen Schweinereien reden hören. Wir sind wirklich lauter Taugenichtse.« Und mit großer Bestimmtheit rührte sie die Polenta um.

»Wieso Taugenichtse?« gab ich zurück, »ihr seid doch lieb und gut. Wenn euch manchmal ein Fluch herausrutscht, dann heißt das, jedenfalls für mich, überhaupt nichts.«

»Ah«, erwiderte Ilde, »Sie reden so, weil Sie zu gut sind.«

»Ich gut?« rief ich lachend aus.

»Gewiß! Zwei so gute Menschen wie Sie und Ihre Mutter findet man auf der ganzen Welt nicht noch einmal.«

»Ach, Ilde, Sie scherzen!«

»Nein, nein, Sakrament, ich meine es ernst.«

»Alle haben wir unsere Fehler.«

»Fehler? Na, hören Sie mal, was für Fehler haben Sie denn?«

»Naja, ich habe schon welche, und die sind schlimm genug.«

»Sagen Sie, was Sie wollen, ich glaube Ihnen einfach nicht. Sie sind so gut, wie man es bei uns hier selten findet, und Fehler haben Sie überhaupt keine!«

Ich lachte, aber mein Herz zog sich zusammen; mein Leben lang war ich für »gut« gehalten worden, ein Muster an kindlicher, engelsgleicher Güte.

»Lachen Sie nicht, lachen Sie nicht«, fuhr Ilde fort, »Sie leben wie ein Heiliger. Das sagen alle in Viluta; Sie verlieren nie die Geduld, sagen nie ein häßliches Wort, sind immer bereit, anderen einen Gefallen zu tun, sind immer fröhlich und heiter, alle Jungen haben Sie ins Herz geschlossen. Was wollen Sie mehr?«

»Sie sind es, die gut ist, Ilde«, sagte ich zu ihr, »mit all Ihren ... Sakramenten.«

Sie fing an zu lachen wie verrückt und verbarg das Gesicht hinter der Faust, mit der sie den Kochlöffel umklammerte.

»Ach, Paolo, gleich brennt mir die Polenta an!« schrie sie, immer noch lachend.

Der Rauch aus Ildes Küche, der vom Frost umklammerte Hof, die durchsichtige Luft, die Röte des Sonnenuntergangs – und die rosa Fassade der kleinen Kirche, die zu dieser Stunde in der lichterfüllten Spannung über der dunkelgrünen, fast schwarzen Wiese zu zerspringen schien – das Land ringsum, das wie Schmiedeeisen wirkte – der schwere, beißende Geruch der Streu und der Misthaufen – die Meisen und Zaunkönige, die vor der Hecke der F. hin und her flogen – die gelbliche Glühbirne, die oben auf dem Pfosten anging, wenn das Tageslicht noch nicht geschwunden war – die eisgeschmückte Vila unter den Weidenruten – der mondbleiche Horizont, an dem die Berggipfel noch blaues und rosa Licht verströmten – alles erlangte Sinn und Ausdruck im »Rosa« von Nisiutis goldener Wange, wenn er neben mir auf der Truhe saß und seinen Kopf auf meine Schulter legte, stets zurückhaltend und keusch, während er meinen Worten lauschte . . . So verging von Dezember bis April die längste Zeit meines Lebens; nein, es war eine Art Leben in meinem Leben. Ich habe aus jener Zeit so viele Erinnerungen, daß ich ein Jahrzehnt damit füllen könnte.

Ich erinnere mich, daß im späten Frühling und Sommer Dina abends nach dem Abendessen wie immer mich und meine Mama besuchen kam.

Gewöhnlich gingen wir auf die Straße hinunter und machten ganz langsam einen Spaziergang bis zu den ersten Häusern von San Pietro. Meine Mutter war in einem schrecklichen Zustand; man mußte sie beim Gehen stützen und stets mit äußerstem Zartgefühl mit ihr sprechen; doch oft lösten Dinge, von denen man es am wenigsten vermutet hätte, eine plötzliche und unbezwingbare Angst bei ihr aus. Ich ging neben den beiden Frauen her, oft Arm in Arm mit Nisiuti; ich trug meine Sommerkleidung, kurze Hosen und ein helles, weißes oder gelbliches Hemd, das mein abgezehrtes, aber vor Leidenschaft glühendes und sonnenverbranntes Gesicht in Dinas Augen mit solcher Deutlichkeit hervorhob, daß es sie erzittern machte. Sie sprach stets weise und sanft mit ihrer Freundin, der sie aufrichtig ergeben war und die sie für das liebste, sanftmütigste und unschuldigste Wesen der Welt hielt, ihr Herz jedoch war ganz auf meiner Seite; war in mir, in meinem Körper, den sie zu leben schien.

Seit sie mich an jenem kalten, dunklen Winterabend in der Küche in Castiglione erblickt hatte, hatte sie zu leiden begonnen; und seit damals hatte sie, kann man sagen, nicht einen Augenblick zu leiden aufgehört. Es war eine in ihrer Treue und gegenseitigen Zuneigung stürmische Freundschaft; kurz, es war schon Liebe. Doch an einem Abend im August '44 begann sie zur Leidenschaft zu werden, die nicht mehr nur von Herzen kam und frei von Illusionen war. Vielleicht bemerkte auch ich an jenem Abend zum ersten Mal Dinas Gefühle; gewiß, man mußte schon sehr naiv sein, um sie nicht eher wahrzunehmen. Aber ich war es und glaubte nicht, daß man sich in mich verlieben könnte.

An jenem Abend im August '44 war ich besonders glücklich gewesen: jung, in der Seele und im Körper. Es waren die Tage, an denen ich fast umkam vor Angst und Sehnsucht, während ich an dem Sorgive oder unten am Bahndamm auf Bruno wartete, die Tage, an denen meine Brust eine einzige Wunde war, und das Leben mir wie eine grauenvolle Totenwache erschien, doch meine Jugend deckte alles zu mit ihren Blüten.

Ich, Dina und ein Freund von uns aus Castiglione waren an jenem Abend in Richtung Tagliamento auf der asphaltierten Straße spazierengegangen. Es war noch früh; das letzte Licht des regnerischen Tages, der sich nun aufheiterte, glänzte verschwommen am Himmel und auf den Feldern.

Wir gelangten wie üblich bis zu unserer kleinen Brücke und setzten uns auf das steinerne Geländer. Ich konnte von nichts anderem sprechen als von der Liebe; die anderen hörten mir zu. Beim Sprechen war ich von einer leicht hysterischen Kühnheit, die diejenigen, die zuhörten, zugleich verführte und krankmachte.

Wenig später begann in einem Holunder- oder Akaziengestrüpp unter der Brücke eine Nachtigall zu singen. Nachdem ich eine Weile schweigend gelauscht und die anderen gezwungen hatte, es mir gleichzutun, konnte ich es nicht mehr ertragen; ich erhob mich, ging auf und ab und brach in eine Art Wehgeschrei aus, eine Anklage gegen die Welt, wobei ich meine Verzweiflung auf den wütenden, pathetischen und stockenden Gesang der Nachtigall abstimmte.

Ich hatte die Hände in den Taschen der kurzen Hose vergraben und gab beim Gehen den Steinen Fußtritte. Meine Stimme war tränenverschleiert, ich mußte gegen das Weinen ankämpfen. Dina war verzaubert und hingerissen von jenem Ausbruch, der auch würdelos und kindisch hätte wirken können, für sie aber nur süß und poetisch war.

Unvermittelt setzte, nein legte ich mich auf das Brückengeländer; und mit unter dem Kopf verschränkten Händen begann ich wieder, schweigend dem dummen und irritierenden Gesang zu lauschen.

»Dina«, schrie ich plötzlich, »Sie müssen mir schleunigst das Spielen beibringen. Ich muß mich in Musik ausdrücken. Ich spüre, daß die Musik die mir eigenste Art ist, die Liebe zu empfinden . . .«

Ich setzte mich wieder auf, sah die Freunde etwas überspannt an und sagte: »Denk nur! . . . Eine Sonate für Violinsolo . . . Schon lange denke ich darüber nach . . . Ich würde sie in zwanzig Sätzen schreiben, ganz kurzen Sätzen, versteht sich, aber ich würde die ganze Terminologie verändern. Statt Adagio, Allegretto, Con Brio usw. würde ich neue Ausdrücke erfinden. Zum Beispiel Straziato ... Svenevole ... Con Brutalità ... Zwanzig ganz kurze Sätze mit ganz langen inneren Pausen, genau wie bei der Nachtigall ... Hört ihr?«

Und eine Weile lauschte ich wieder dem Gesang.

»Aber die echte, notwendige Neuerung«, fuhr ich fort, »bestünde in der eigentlichen musikalischen Technik. Verstehen Sie, Dina? Ich würde neue ›falsche‹ Töne einführen, und um sie anzugeben, müßte ich neue Zeichen erfinden. Plötzlich, im aufreibendsten und zärtlichsten Augenblick der Melodie, müßten mit äußerster Rationalität ausgewählte und dosierte Mißklänge einsetzen ... Neben den Dissonanzen natürlich. Ich würde ein phantastisches Pastiche machen: der Tonsatz von Debussy, die Zwölftontechnik, gemischt mit höchst akademischen und formalen Normen. Sie glauben, das gäbe ein Chaos, stimmt's?«

»Vielleicht nicht«, sagte Dina lachend.

»Nein, bestimmt nicht, denn ich würde mich ganz in die Seele der Nachtigall versetzen und ihre pathetische Süße nicht verraten ... ihre irritierende Naivität ... diese Ordnung in der Leidenschaft ...«

Ich legte mich wieder hin. Doch gleich darauf zwang ich die anderen mit dem Ausruf, ich könne den rührenden Gesang dort im Holunder nicht mehr ertragen, zum Weitergehen.

Auf dem Rückweg, nach kaum einer halben Stunde (denn die Ausgangssperre begann um neun), ging der Mond auf.

»Er sieht aus wie ein blutgetränkter Wattebausch«, sagte ich. Dina überlief ein Schauer, als sie jenen Mond betrachtete.

»Das«, fuhr ich fort, »ist derselbe Mond, der auf Sapphos Schultern herabschien.« Es lagen in meiner Stimme die Rhetorik und die Tränen von vorher; aber auch ein tiefes, unberührbares Geheimnis: mein Geschlecht.

Die Hände in den Taschen und das unter den gewellten Haaren gebräunte Gesicht auf die Brust geneigt, hauchte ich, wie zum Scherz, seltsame Worte.

»Was sagen Sie da?« fragte Dina.

»Tethnakai d'adolos thelo«, sagte ich, mit halb lachendem, halb verletzendem Ausdruck jede Silbe betonend.

»Und was heißt das?«

»Ich möchte wirklich tot sein.«

Diese Worte trafen Dina zutiefst, denn sie spürte darin eine kranke und tiefe Wahrheit. Doch jener Abend des 23. August war auch aus anderen Gründen dazu bestimmt, sich mit allen Einzelheiten dem Gedächtnis einzuprägen, aus Gründen, die ihm das Siegel einer Notwendigkeit aufzudrücken schienen.

Wir waren gerade ins Dorf zurückgekommen; und schon zögerten wir, wie gewöhnlich, bevor wir uns verabschiedeten, noch an meinem Gartentor, das direkt am Platz lag, als wir kurz hintereinander zwei Raketen aufblitzen sahen. Meine Mama und Olga standen bei der Apotheke, und beunruhigt von der ungewöhnlichen Nähe der Raketen überquerten sie den Platz, um zu uns zu gelangen.

Da kam plötzlich von der Kirche und dem Rathaus her eine Freundin von uns gelaufen, die anfing zu schreien: »Lauft davon, da kommen zwei Lastwagen voller Deutscher!« Doch wir hörten nicht auf sie und blieben, unvorsichtig wie immer, am Tor stehen. Tatsächlich fuhr ein Lastwagen mit voller Geschwindigkeit an uns vorbei. Kurz darauf vernahm man vom Rathaus her Schüsse und auf einmal hielt ein junger Mann auf einem Fahrrad, der auch aus jener Richtung kam, vor uns an, schrie: »Rettet mich, ich flehe euch an, sie haben mich verwundet«, und fiel uns in die Arme.

Wir dachten, er sei ein Partisan. Ich packte sofort sein Fahrrad, das auf den Gehsteig gefallen war, und versteckte es im Schweinestall hinten im Gemüsegarten. Mit vom Blut, das auf den Sattel geflossen war, beschmutzten Händen betrat ich die Küche und sah ihn wie tot auf dem Boden liegen, das eine Bein über und über rot.

Meine Verwandten, Onkel, Tante und eine Cousine, schrien vor Schreck; Dina machte sich entsetzt auf die Suche nach ihrer Schwester, die zusammen mit meiner Mutter nicht mehr rechtzeitig das Haus erreicht hatte. Ich und mein Freund versuchten, den Verwundeten zu behandeln. Wir besorgten uns Verbandszeug, schnitten ihm mit der Schere die kurzen Hosen auf und verbanden ihn, so gut wir konnten. Er war am Schenkel verletzt, nah an der Leiste; er litt gräßlich. Auf einmal reichte er uns wortlos eine Pistole, und mein Freund rannte hinaus, um sie im Garten zu vergraben.

Alle warteten darauf, daß jeden Moment die Deutschen hereingestürmt kämen; das wäre für alle katastrophal gewesen; denn ich und mein Freund hatten uns dem Militärdienst entzogen, wir arbeiteten weder für die Organisation Todt noch für die Guardia civile, und außerdem war es verboten, Partisanen zu helfen.

Jedenfalls banden wir dem Verwundeten den Schenkel fest ab, um das Blut aufzuhalten; in der Küche hatte sich schon eine Lache gebildet. Doch kurz darauf kam meine Mutter; in Gedanken an ihren anderen Sohn, der bei den Partisanen war, wischte sie mit unglaublicher, heiterer Ruhe das Blut in der Küche auf, nahm Kissen, breitete sie in der Kammer hinter dem Herd aus, und dort legten wir den Jungen hinein. Inzwischen war Dina mit einer Tante von mir den Arzt rufen gegangen, und alle warteten im Hof auf der anderen Seite des Hauses und beteten.

In der Küche blieben nur ich und meine Mutter bei dem Verwundeten, der ab und zu das Bewußtsein verlor. Wir warteten ständig darauf, daß auf der Straße ein Kampf ausbrechen würde und die Deutschen ins Haus kämen. Das Gartentor war sperrangelweit offengeblieben, und dahinter sah man den beängstigend menschenleeren Platz.

....

Nach jener schrecklichen Nacht begehrte Dina mich mit der gleichen Heftigkeit und dem gleichen Schmerz, mit denen ich um Bruno litt. Sie konnte es keinen Tag aushalten, ohne mich wenigstens zu sehen; sie begnügte sich nicht mit unseren Abenden, sie hätte auch an jenen Nachmittagen mit mir zusammensein wollen, an denen ich wer weiß wo verschwand, und von denen ich zurückkam wie aus einem fernen Land voller zauberhafter Dinge, voller unerforschter Landschaften, voller Vögel, die wunderschön sangen.

Fast ein Jahr war nun vergangen, und in Viluta hatte sich gar nichts geändert. Nur ihre Leidenschaft war größer und verheerender geworden.

Als wir auf dem Feldweg vom Haus der F. zur Vilabrücke spazierengingen, sagte ich ihr die üblichen Dinge: Bach, die Dichtung, die Sinne ... Doch der Sonnenuntergang war von seltener Schönheit. San Pietro zugewandt hatten Dina, ich und meine Mama einen ungeheuer weiten Himmel vor uns, ganz mit feuerroten Zirruswölkchen übersät, die sich über den Bergen zu glühenden, steingewordenen Zungen langstreckten wie Fossilien. Nach Westen hin tat sich – im Norden in etwa fünfzig Kilometer Entfernung von den Bergrücken der Voralpen begrenzt – die ganze Ebene auf, die das durch blutrote Wolken gefilterte Licht klar hervorzuheben und näherzurücken schien: sie waren berührbar, wie Spiegel, und deutlich floß ihr Indigoblau unter dem grünlich azurnen Streifen Himmel dahin, den die Wolken genau an der Wellenlinie der Berge entlang unbedeckt ließen.

Wir hatten keine Worte, gingen dahin, bezaubert von jenem Meisterwerk, das etwas Belebendes hatte.

»Wir sind im Tal von Josaphato«, murmelte ich.

In diesem Augenblick hörten wir hinter uns Schritte auf dem Matsch. Es war Nisiuti. Er lief schnell vorbei und grüßte uns mit seinem üblichen Gehabe voller wagemutiger und höflicher Schüchternheit. Er wagte nicht stehenzubleiben, doch ich, ich fühlte mir die Sinne schwinden bei der zarten, braunen Blässe des Jugendlichen, bei dem ruhigen Feuer seiner Pupillen, und konnte nicht umhin, etwas zu ihm zu sagen.

»Nisiuti, merkst du nichts?« sagte ich.

Nisiuti, der schon vorbei war, blieb überrascht stehen und fragte ein wenig beschämt: »Was denn?«

»Blind bist du!« sagte ich mit geheuchelter Empörung, »blind! Am Himmel geschehen solche Wunder und du bemerkst es nicht einmal. Siehst du nicht, was für ein Sonnenuntergang?«

»Ich sehe es«, sagte Nisiuti lächelnd, »aber was wollen Sie, wir Bauern können nicht auf diese Dinge achten.«

»Aber du«, sagte ich, meine Beschämung, mein Herzklopfen, meinen ungestümen Wunsch, ihn zu küssen, verbergend, »du müßtest es bemerken. Schäm dich!« Aber mein Vorwurf war scherzhaft und liebevoll.

»Ich?« erwiderte der Junge, »ich bin der größte Taugenichts von allen.« Und kopfschüttelnd eilte er weiter.

Ich, meine Mama und Dina setzten unseren Spaziergang fort, unterhielten uns und beobachteten die Veränderungen am Himmel. Das Rot verblaßte nun. Die innere Glut, die den Bergen jene blutrot leuchtende Farbe verlieh, erreichte eine Art Paroxysmus, bevor sie erstarb.

Inzwischen waren wir langsam gehend beim Haus der F. angelangt; es war ein weitläufiges, altes Haus; davor stand ein großer Nußbaum. An der Mauer zur Straße hin war die Besenkammer angebaut, die sich hinter dem Herd befand; ihr schwarzes und bemoostes Dach stieß genau unter einem kleinen Fensterchen an die Hauswand.

Auf jenem Dach stand Nisiuti, dem Sonnenuntergang zugewandt. Mir schien, als stocke mir der Atem vor Freude, vor Überraschung, vor Dankbarkeit.

»Was tust du, Nisiuti«, rief ich ihm von der Straße her zu.

»Ich schaue!« antwortete der Junge laut lachend und sehr verlegen darüber, daß man ihn bei seinem arglosen Tun überrascht hatte.

Ich zeigte niemandem meine Freude; ich schwieg, berauscht.

8

1947

ICH BIN FÜNFUNDZWANZIG Jahre alt, das Alter, in dem Gozzano der Jugend Lebewohl sagte. Vor zwei Jahren habe ich Nisiuti zum ersten Mal auf der Vilabrücke gesehen, vor zweieinhalb Jahren hat er, in jenem schrecklichen Häuschen, meinem Drängen nachgegeben, vor mehr als einem Jahr habe ich zum ersten Mal zu denken gewagt, daß meine Liebe versiegt sei. Dennoch habe ich nichts unternommen, um meine Lage irgendwie zu klären, und lasse, im Gegenteil, zu, daß die Zeit verstreicht, ohne das geringste Mitleid – es sei denn ein rein geistiges und sogleich zum Schweigen gebrachtes – für jenen Jungen, der die ganze Last meiner Verzweiflung hat ertragen müssen.

Es ist Sonntag. Ich warte auf ihn und die anderen Jungen aus Viluta, wir wollen gemeinsam nach Castiglione tanzen gehen. Das Wetter ist kalt und rein. Die Stille des Sonntags auf der Veranda, dem Hof, den Ställen, dem Misthaufen der Rosa: eine goldene Stille, eine Schläfrigkeit, in der die Vögel umherfliegen, fast als wären sie des Ortes unkundig, und die ersten Blätter an den Bäumen sich selbst überlassen glitzern.

Man spürt schon den Abend. Ganz Viluta ist leer. Meine Mutter ist auf den Friedhof gegangen.

Daß ich hier bin, in der Kammer der Rosas, ist Zufall. Ich betrachte wie im Traum die weißgekalkte Decke mit den schwarzen Balken, das windschiefe kleine Fenster, das auf den langgestreckten Hof der B. hinausgeht, meinen Tisch voller Bücher und Papier, den Metallrahmen mit der Matratze und der roten Überdecke, wo Nisiuti und ich uns so oft ausgestreckt haben. Ich warte mit einer Art krankhaften Angst, daß Silvio, Nisiuti und die anderen in den Hof der Rosas kommen, mich rufen oder die kleine, nach Bleiche und Säcken riechende Holztreppe heraufsteigen. Es herrscht jetzt eine große Vertraulichkeit zwischen ihnen und mir, sie sind meine Gefährten geworden. Wir verbringen die Festtage gemeinsam in dem einen oder anderen Dorf auf dem rechten Ufer des Tagliamento, wo gerade eine Kirchweih oder ein Dorftanz stattfindet. In der ersten Zeit nach dem Krieg gingen sie allein tanzen: als dann die härtesten Monate der Trauer verstrichen waren, begann ich, mich ihnen anzuschließen.

Ich erinnere mich, wie sie im Frühjahr '45 abends, erregt und geheimnisvoll, nach Marsure aufbrachen, wo man in einem großen Raum tanzte: die größten meiner Schüler waren in jenen Monaten schon junge Männer, und ihr Abenteuer begann. Silvio und Berto lernten als erste tanzen. Jetzt schneiden sie alle ganz gut ab. Im Grunde ist Nisiuti sich am meisten gleichgeblieben: er ist bloß etwas größer und robuster geworden. Er ist immer noch wundervoll, doch wenn ich ihn jetzt im Kino von San Pietro zwischen all den anderen Jungen sähe, könnte ich vielleicht nicht mehr mit der Sicherheit von vor zwei Jahren sagen, daß er der schönste ist. Damals war er es wirklich, mit seinem hellen und gewagten Haarschopf auf der dunklen Stirn, den vor Sanftmut strahlenden Augen und einem Seidenblouson in einem lebhaften, flammenden Braun, den ich ihm geschenkt hatte. Wieviele andere Jungen gibt es jetzt, durch die Nachkriegszeit, in Castiglione, in San Pietro, in Marsure, in Malafiesta, in Cordovado, in Fiume. Ihre Schönheit ist allerdings, so sehr sie einen erschüttern kann, keine innere Schönheit wie bei Nisiuti. Schwerlich findet man ein Herz wie das seine.

Noch immer trunken stehe ich auf. Der Morgen ist wundervoll, zu leben ist wundervoll. Das Glück schwingt zerbrechlich in mir, vermischt mit dem Zittern vom sonntäglichen Alkohol: ein Hauch und es würde zerstieben. Keine Pore meines Fleisches, in der nicht diese Dankbarkeit dem Leben gegenüber zittert, diese Sehnsucht, die noch zu frisch ist, als daß sie schmerzen könnte. (Ich liebe Viluta, ich liebe meine Gefährten, ich liebe die ganze Jugend dieser Dörfer.)

In einer der Kasernenhallen voller obdachloser Familien, die hier ihr Lager aufgeschlagen haben, haben die Jungen von Castiglione einen großen Ballsaal eingerichtet. Am Ende des Raumes haben sie eine kleine Bühne für die Kapelle gebaut und ganz mit Papierfahnen beklebt. Alle Wände sind gestrichen worden, und das Deckengewölbe mit seinen vielen Balken wurde hinter bunten Papierstreifen verborgen, an denen Lampions aufgehängt sind. Am Sonntagabend kommen die jungen Leute aus allen Dörfern der Umgebung hierher zum Tanzen. Die Dunklen aus Valvasone, groß und schlacksig, voll unebener Weichheit; die Dunklen aus der Alta, leicht exotisch, mit ihrer älteren Mundart, von der Frische eines noch ländlichen Lebens erfüllt – eines Lebens von vor zwanzig Jahren, aus der Zeit, als man gerade die Eisenbahnen gebaut hatte; die Blonden aus San Pietro, besonders die aus Sorgive, wo das Blond so körnig und golden ausfällt, wendig und plump wie Pferde oder wie Pappeln; die Eleganten aus San Quirino, der Bezirksstadt, mit ihrer bürgerlichen, venetischen Mundart, ironisch, impertinent; die Allerjüngsten aus der Bassa, ungeschliffener und bodenständiger als die anderen, mit dem Schal um den Hals, den etwas zu engen Sonntagsjacken und den großen, halb aus den Taschen hervorstehenden Händen. Man tanzt Boogie-Woogie, langsamen Walzer. Der Raum wirkt wie ein riesiger Wartesaal. Die Mädchen sitzen an den Wänden entlang auf den Bänken. Ganz am Ende, hinter einer Einfriedung, ist eine Bar, wo sich die lustigsten der jungen Leute zusammenfinden, vor allem die aus Castiglione, die sich wie die Hausherren fühlen. Die Jungen aus Viluta sind ein wenig scheu hier drinnen: wir tanzen unter uns, ich und Silvio vor allem. Wir begegnen zu Dutzenden anderen, befreundeten Jungen, von denen die Jüngsten uns freudig begrüßen, wollen, daß wir zusammen mit ihnen trinken – die Größeren dagegen sind scheuer, vielleicht weil sie die Freundschaft gern ganz für sich allein hätten. Die jungen Männer aus Viluta betrachten mit Wohlwollen ihre kleineren Brüder und Cousins: die vorwiegend mit denen aus Sorgive befreundet sind, den gewalttätigsten und verletzlichsten, den lustigsten und schüchternsten.

Nachts in Castiglione. Leere Straßen, Windstöße, unterhalb der Kirche. Klingende Luft: winterliche, und frühlingshafte Klangfülle. Die Heranwachsenden und die Jungen, die in großen Gruppen mit dem Fahrrad heimkehren, singend, betrunken. Kreuzen sie sich, grüßen sie einander mit fröhlichem Geschrei. Die aus Castiglione gehen zu Fuß nach Hause, ohne Mantel, Arm in Arm, auf dem Gehsteig; ein paar Boogie-Woogie-Schritte andeutend, singen sie: »Wenn der Hahn krähen wird ...« Die Landstraße nach San Pietro ist voll mit dieser Jugend, die heimgeht. Die Sterne glänzen roh am Himmel, in den letzten Stunden der Nacht. Alle singen.

Wir sind nicht gleich nach Viluta zurückgekehrt. In Sorgive sind wir zu Manuti nach Hause gegangen, einem Freund von Silvio und den anderen Jungen. Er hat uns zum Trinken in seinen Keller geholt. Dann hat er eine Salami angeschnitten, die wir mit kalter Polenta gegessen haben. Wir waren betrunken. Die anderen Jungen aus Sorgive wollten uns auf der aufgeweichten Straße zu Fuß nach Viluta begleiten. Wir sangen aus vollem Hals und hielten uns umarmt. Manuti hatte mich an der Hand gefaßt, und mit der anderen umarmte ich Silvio. Nisiuti sang in unserer Nähe. Es war fast Morgen.

Vielleicht bemerkte ich, als ich nach dem Abendessen das Haus verließ (aber fühlte ich mich denn nicht völlig im Einklang mit meiner innersten Vorstellung, mit dem weißen Kragen, dem dunklen Mantel und den kurzgeschnittenen Haaren?), die laue Frühlingsluft nicht. Denn morgen fahre ich nach Rom, vielleicht war ich zerstreut: doch ich begriff, daß dem Abend etwas Nachgiebiges, Uneindeutiges anhaftete.

Als ich aus dem Haus ging, wußte ich noch nicht, wohin ich wollte, ob ins Kino nach Castiglione, nach San Pietro oder sonstwohin. Ich hatte nicht auf Nisiuti gewartet und meiner Mutter eingeschärft, ihm zu sagen, daß er morgen früh kommen solle, um mir auf Wiedersehen zu sagen und seine Aufgaben abzuholen. Dann hatte ich nicht mehr an ihn gedacht. Der Nacht fehlte etwas, ich wußte nicht was: nicht Kälte, nicht Lauheit, nicht Stille, nicht Stimmen. Wie hätte ich nicht bemerken sollen, daß es die erbarmungslose Schwermut des Frühlings war? Ich fühlte nur – vor meinem Fahrrad – die Leere, und ich dachte nur an Severino ... Er war es, dem ich heute abend begegnen wollte – die Unwahrscheinlichkeit, der Mangel meiner langen Nacht. Sein Körper, seine Kleidung, seine Art sich zu verhalten und zu lachen. Ich verscheuchte die Versuchung aus Angst vor einer Enttäuschung, falls ich ihn an diesem Abend nicht einmal hätte sehen können. Ich blieb im Kino von Castiglione: gegen zehn Uhr dann machte ich mich, ohne Hoffnung, aber wild entschlossen, die Ruhe zu bewahren, nach San Pietro auf den Weg, und dachte an die absurde Wahrscheinlichkeit, Severino am Ausgang des Kinos zu treffen.

Am Ende der Landstraße sah ich Lichter, die mich jedoch, obgleich ungewohnt, nicht beeindruckten; als ich näherkam sah ich, daß es sich um einen Zirkus handelte.

Es war einer der zauberhaftesten Augenblicke meines Lebens.

Unter dem weichen Licht der Lampen drängte sich eine Menge von Leuten, darunter viele Jugendliche, in fast absolutem Schweigen.

Vielleicht war gerade eine kurze Pause der Aufführung: in der Manege war niemand. Aber die Jungen verharrten selbstvergessen und träge, in ganz ungekünstelten Stellungen: manche hatten den Kopf in die Hand gestützt, manche lehnten sich an des Gefährten Seite, manche rauchten bedächtig eine Zigarette. Die Frauen flüsterten ganz leise, und auch viele Männer, außerhalb der Umzäunung auf ihren Fahrrädern sitzend, warteten neugierig und ruhig. Ich suchte natürlich unter den zart beleuchteten Gesichtern der Jungen, ihren feinsäuberlichen Jacken und den Hosen wie sie Heranwachsende tragen, Severino: einige Minuten lang vergebens ...: dann, plötzlich, sah ich ihn. Er saß direkt vor mir, auf der anderen Seite der Manege, auf einer Bank in der ersten Reihe.

Dann glitten zwischen uns beiden die Clowns in den Lichterkreis und vollführten, rot und grün, vor der schweigenden Versammlung einen wundervollen Reigen.

Vor einer Woche und vor vierzehn Tagen wurden in San Pietro Einkehrtage abgehalten. Nisiuti ist jeden Abend hingegangen. Am Schluß ist er zu mir zurückgekehrt mit dem Entschluß, nicht mehr rückfällig zu werden ... Sogleich erwachte meine Liebe zu neuem Leben: Nisiuti ist wieder zum Engel geworden – zum Jüngling, den sein Geheimnis umschließt, das ich um alles in der Welt wiederentdecken mußte. Und ich verfiel wieder in meine Verzweiflungen. Während wir auf meinem Bett lagen und ich ihn seit über einer halben Stunde zu überreden versuchte, hat er, das Gesicht in meine Schulter vergraben, stumme und schwere Tränen geweint. Das hat mich nicht gerührt (einst wäre ich mit ihm zusammen in Tränen ausgebrochen), sondern erbarmungslos habe ich ihn, ohne ihm wie sonst gut zuzureden, weiter fest im Arm gehalten.

Außerdem war ich sicher, daß er früher oder später seine Einkehrtage vergessen würde, der arme Junge. In der Tat sind nicht mehr als drei, vier Tage verstrichen, bis er sich aufs neue ergeben hat. Dieser Zwischenfall hat mir vielleicht gezeigt, wie sehr ich ihn brauche, wenn nicht, wie sehr ich ihn liebe ... Und doch muß ich ihn sehr lieben, da er ja der einzige Grund ist, dessentwegen ich auf alles verzichte und meine Jugend weiterhin in diesem Dorf mit zehn Häusern zubringe.

Ich habe kein echtes Gefühl der Reue, der Schuld, der Erlösung: ich habe einzig und allein ein Gefühl des Schicksals, das aber immer unsicherer und verworrener wird. Nicht umsonst traktieren mich diese Erinnerungen in den einsamsten Stunden, wenn in der ganzen Gegend nur noch meine Glühlampe brennt. Und auch das gehört schon fest zu meiner Adoleszenz.

Meine Liebe zu Nisiuti stirbt weiter dahin. Ich habe nicht mehr den Wunsch, ihn ständig um mich zu haben, ich empfinde ihn nicht mehr als lebenswichtigen Teil meines Körpers oder als unerschöpflichen Vorwand für Träume und Hingabe. Sein Gesicht verändert sich, wird, vor allem um den Mund herum, dem seiner Mutter immer ähnlicher; die ersten Schatten der Männlichkeit machen ihn überdies nicht anmutiger, wie zuvor, sondern schaden ihm. Recht oft hat er jedoch Momente, in denen seine unterwürfige und lachende Verführungskraft wieder lebendig wird, in denen der braune Haarschopf von subtiler Anmut ist und seine Augen still und verschwiegen glühen. In jenen Augenblicken finde ich in mir wieder Spuren einer lebendigen Liebe; doch es sind eher Erinnerungen ... Auch sein Charakter weist Anzeichen einer Reifung zu einem graueren, unpersönlicheren Zustand auf; er hat unerklärliche und unangenehme Regungen von Schwermut und ist zuweilen von auffälliger Falschheit ... Doch wie eine natürliche Weiterentwicklung zu einer konventionellen und allgemeinen Form von einer rückläufigen Entwicklung unterscheiden, die von jener Erfahrung verursacht wurde, an der ich die Schuld trage? Noch verstehe ich nicht recht und weiß nicht, was ich mir zu erwarten habe. Gewiß ist, daß sein Wesen im Grunde genommen anbetungswürdig bleibt: das bezeugt das Briefchen, das er aus Tarvisio an meine Mutter gesandt hat (die ihm Französisch beibringt); ich sage mir oft voller Zuneigung und ein wenig wohliger Verlegenheit die Worte vor, mit denen jenes Briefchen schließt: »Je vous pense avec tendresse.«

Als ich gegen zehn Uhr abends auf dem Fahrrad aus San Pietro zurückkam, habe ich die Hunde im Hof der F. bellen hören, und dann einen Pfiff, der sie zurückrief. Ich vermutete sogleich, daß das Nisiuti sein müsse, und trat fester in die Pedale, um ihn zu erreichen, bevor er wieder ins Haus ginge. Er war es tatsächlich; ich sah seinen Schatten in der Toröffnung, neben dem knurrenden Hund. Er blieb stehen, ohne den Mund aufzumachen. Ich sagte zwei oder drei unserer alten Koseworte, ohne daß er die Waffen streckte. Ich rief den Hund und streichelte ihn; dann packte ich, obgleich von dem Fahrrad in meiner Bewegungsfreiheit eingeschränkt, Nisiuti an einer Hand, zog ihn zu mir heran (er war widerwillig, unzufrieden) und küßte ihn.

Ich kam aus Boscat, einem Gehöft einen Kilometer außerhalb von San Pietro; hier das Wie und Warum ich dort hingeraten war.

Im Kino von San Pietro wurde die zweite Folge von *Les misérables* gezeigt, und ich war hingestürzt in der heimlichen Hoffnung, Donnino dort zu treffen. Ich sah ihn auch gleich am Eingang (vielleicht wartete er auf mich) und er empfing mich lachend, liebevoll. Gemeinsam gingen wir hinein, und gemeinsam, uns an der Hand haltend, sahen wir uns den alten Film an (Donnino erwidert alle Liebkosungen, die ich ihm ohne sein Wissen zukommen lasse ...). Am Abend zuvor, als wir, ebenfalls im Kino, zu meiner großen Freude zufällig nebeneinander saßen, hatte ich ihm versprochen, ihn nach Hause zu begleiten – zu seinem abgelegenen Haus hinter den Feldern und den Bewässerungskanälen. Doch dann verloren wir uns durch eine List von mir, deren Gründe ich gleich nennen werde, am Ausgang aus den Augen. Er hatte mich also erwartet, damit ich mein Versprechen halte. Und ich hielt es, glücklich darüber, wenngleich entschlossen, sein unschuldiges, liebevolles Vertrauen gewissenhaft zu respektieren. So gingen wir in der mondlosen Nacht nach Boscat, im Schlamm versinkend und auf poetischen, schmalen Holzstegen die Kanäle überquerend. Fest bei mir eingehängt sprach er über tausend Dinge, und ich lauschte ihm, von rührender Dankbarkeit erfüllt ... Er ist übrigens ein schöner, fünfzehnjähriger Junge, schon so groß wie ich, mit wohlgeformtem Oberkörper, anmutigen Hüften und anmutigem Schoß, leicht wulstigen Lippen, blonden kurzen Haaren ... Und einem keuschen, aufrichtigen Blick, der nicht einer gewissen, liebenswerten Unvorsichtigkeit entbehrt. Wir erreichten Boscat, und da es dort kein elektrisches Licht gibt, war der Stall von einer alten Petroleumlampe erhellt; und mit einer Petroleumlampe geleitete er mich (durch den Säulengang, vorbei an einem uralten und primitiven Fresko mit einer Muttergottes) in den Keller, wo er mich einen ausgezeichneten »Weißen« versuchen ließ. Im Stall, mit seinen Angehörigen schwatzend, fühlte ich mich glücklich durch seine Gegenwart: er stand neben mir, ohne Mantel, mit seinen Turnhosen und einem Wollpullover, und ein heftiger und friedsamer Liebeshauch ging von ihm aus. Auch auf dem Heimweg, allein, in der Düsternis der aufgeweichten Felder, die hier und da von kaum verborgenem Wasserglitzern durchbrochen wurde, unter einem von lauen Wolken überzogenen Himmel, fühlte ich mich immer noch glücklich.

Doch nun, warum all dies nicht gestern geschehen ist: beim Verlassen des Kinosaals war ich Ellbogen bei Ellbogen an Seve geraten, der seit mehreren Monaten Gegenstand meiner zwielichtigsten Träume war. Jener Junge, nicht schön wie Donnino, mit dem mittelmäßigen, sommersprossigen Gesicht, zwischen aschblond und kupferrot schwankenden glatten Haaren, dem trüben (aber so schmeichelnden, fast süßlichen) Blick war die Hauptperson gewesen. Im Grunde war er es, von dem ich mir vor allem wünschte, ihn im Kino oder auf dem Sportplatz zu sehen, und die unbewußte milde Wärme seiner Kleider in meiner Nähe zu haben. Nach und nach offenbarte sich mir seine geheime Verführungskraft, die in der einfachen Schönheit des goldenen Körpers seiner Gefährten aus Runcis nur schwerlich zu finden war. Sein Körper (ich sah ihn eines Tages auf dem Sportplatz) war kräftig, mit breiten Schultern und einer vielversprechenden Sinnlichkeit, die die unbeschreiblichen Linien seiner Figur und der zauberhafte Ablauf seiner Gesten ausstrahlten. Eine plebejische und empfindsame, männliche und verspielte Sinnlichkeit. Vor einigen Tagen hatte ich ihn abends mit einer in den Nacken geschobenen englischen Mütze gesehen; und so hatte seine Gestalt meiner verwundeten Brust den entscheidenden Stoß versetzt. Man füge noch hinzu, daß ich ihn sah, wie er sich eine Zigarette anzündete ... und hörte, wie er mit den Gefährten über irgendwelche Liebeshändel lachte, die sie auf der Leinwand verfolgten. Wieviele Pläne hatte ich ausgeheckt, um allein mit ihm zusammenzutreffen! Vieles war schon vorbereitet, er hatte mir schon gesagt, wo er wohnte, und mir schon zu verstehen gegeben, daß er mich gern dort in der Gegend gesehen hätte. Es war mir eine unbändige, schier überwältigende Freude, ihn gestern Abend neben mir zu sehen, seinen Körper fast an den meinen gedrängt, zu bemerken, daß die Dinge sich günstig entwickelten ... Zwischen Hoffnung und Angst konnte ich mir kein Herz fassen. Doch seine Gefährten blieben zurück (von Donnino hatte ich mich schon entfernt), und er und ich befanden uns allein in Runcis. Vor seinem Haus angelangt bat ich ihn, mich seinerseits ein wenig in Richtung Bahnübergang zu begleiten; und dann von dort aus noch zum Friedhof hin, auf der menschenleeren Straße. Er stimmte bereitwillig zu, als habe er meine Bitten erwartet; wir schwatzten freundschaftlich miteinander, er mit seiner heiseren und schwankenden Stimme (und jener entzückenden Mütze). Er ließ sich mit äußerster Natürlichkeit nehmen, mit einer Mischung aus schüchterner Zärtlichkeit und weihvoller Geilheit. Eine Stunde verbrachte ich mit ihm, im Dunkel der Felder, unter einem hauchdünnen Nieselregen, auf meiner über die durchnäßten Blätter geworfenen Joppe sitzend. Als wir dann auf dem Rückweg zu ihm waren, sagte ich, denn ich glaubte, er hätte es verstanden, daß ich ihn schon lange begehrt hätte. Und er erwiderte mir, o Wunder, »daß er mich nicht begriffen hatte, doch daß er, hätte ich nur gesprochen ...«

Die ganze Nacht verfolgte mich ein ständiger, zärtlicher Alptraum: mir schien, sein Gesicht sei dem meinen ganz nahe, und dieser Umstand erfüllte mich mit unsäglicher Verwunderung. So daß es mir heute morgen (endlich ein strahlend heiterer Tag), während in der kleinen Kirche von Viluta eine Gedenkmesse zum Todestag meines Bruders gelesen wurde, nicht gelang, dieses Gesicht von mir zu entfernen, das mich mit zermürbender Süße umfing. Ich lebte ganz in meiner zu frischen Erinnerung, im noch körperlichen Kontakt mit jenem mir bis gestern fremden Jungen, der mir näher gewesen war als je meine Mutter. Das ist vielleicht abscheulich; doch kann ich nicht umhin, davon zu schreiben. Nisiuti verschwamm undeutlich zwischen den anderen auf den Kirchenbänken.

Donnerstag, 21. November

Ich bin fünfundzwanzig Jahre alt. Und noch immer bin ich in Viluta, Tag für Tag, immer mehr darüber »entsetzt, an meinem Fall die allgemeine Regel sich erfüllen zu sehen«. Es ist Herbst, schon kommt der Regen, der im schlammigen Hof seufzt, einige Käuzchen, die im Flug undeutliche Lockrufe ausstoßen.

Heute war Fest in San Pietro: ein düsteres und mißratenes Fest. Und jetzt, nachts, bin ich wieder in meinem Zimmer, verzweifelt, habe nicht mehr die Kraft, an mich selbst zu denken, mich zu rühren und zu weinen, denn ich bin in meiner Verzweiflung nicht mehr rein, nicht mehr naiv. Zu oft habe ich mich in dieser Lage befunden, stets eine winzige Hoffnung bewahrt, und sei es auch nur, indem ich mich rückhaltlos dem Kummer ergab. Ich entsinne mich eines Sonntagabends in Castiglione im Jahre 1943, als ich einundzwanzig Jahre alt war; die Langeweile hatte mich zermürbt. Es regnete, war dunkel, die ganze Mittagszeit hindurch war ich von meinen unrealisierbaren Wünschen überwältigt worden; um fünf Uhr verließ ich zitternd das Haus, doch die Verzweiflung ließ mich aufrecht gehen, wild entschlossen, als schritte ich einem sicheren Ausgang entgegen. Ich wandte mich zum Bahnhof hin und folgte auf einer matschigen Straße den Bahngleisen: so näherte ich mich absichtlich dem Bereich eines möglichen Todes, dem dramatischen Spiel: mein Körper würde von einem Zug zermalmt. Ich überquerte den Bahnübergang und gelangte zu dem alten Friedhof; ohne Zögern kletterte ich über die verfallene Einfriedungsmauer, und nachdem ich mit traumwandlerischer Sicherheit weiter vorgedrungen war, setzte ich mich auf ein Grab und gab mich dort aufs neue hemmungslos meinen Wahnbildern hin.

Die Verzweiflung heute nacht gleicht genau der Verzweiflung jenes Sonntags; es sind dieselben Gründe, die sie hervorrufen. Doch '43, noch jungfräulich im Körper, nicht gänzlich meiner selbst bewußt, hatte ich ein Schauspiel inszenieren können, mich nach etwas außerhalb oder in mir auf die Suche machen können. Nun bin ich eine ganz erforschte Wüste, bin ganz Bewußtsein: es gibt kein Mittel mehr, mich zu retten.

Meine Liebe zu Nisiuti hat eine weitere Verwandlung durchgemacht. Es stimmte nicht, daß sie aufgehört hätte, wie ich es im

Mai bei meiner Rückkehr aus Rom angenommen hatte, als ich ihn leicht verändert, abgezehrt sah. Nein, ich liebe ihn weiter; aber die Liebe zu ihm erfüllt nicht mehr gänzlich alle Fugen meiner Existenz. Mir bleiben an einem Tag mehrere Stunden, in denen er mir überhaupt nicht präsent ist. Im Frühling '45 gab es keinen Augenblick, der nicht von ihm, von seinem Bild oder seinem Körper, durchdrungen gewesen wäre; auch in den seltenen Momenten, in denen ich abgelenkt war oder nicht direkt an ihn dachte, lebte ich in einem Zustand der Verwunderung, der bloßen Erwartung. Doch damals hätte ich nie über meine Liebe zu sprechen oder zu schreiben gewagt: ich hielt sie für unbeweglich und grenzenlos. Jetzt, da ich sie erniedrige, indem ich darüber spreche, sehe ich, wie menschlich, irdisch, sogar vorhersehbar sie war, obgleich sie in der Vergangenheit, in meinem Rücken, wie eine Insel des Lichts bestehen bleibt. Noch schöpfe ich nicht mit der notwendigen Objektivität Verdacht beim Gedanken, daß es sich um eine Sünde handeln könne: in gewissen Augenblicken habe ich Furcht empfunden, niemals Reue. Zwar Mitleid mit ihm, seiner Zukunft wegen, aber nie Grauen vor dem, was ich getan hatte. Gewissensbisse würden den Zusammenbruch meines ganzen gelebten Lebens bedeuten, eine endgültige Krise. Ich schiebe sie auf von Tag zu Tag; und wirklich legt sich eine Art willkürliche und hartnäckige Umnachtung über meinen Verstand, wenn ich meine Gedanken auf dieses Thema lenke.

Ich liebe ihn: wie oft habe ich ihn seit diesem Mai noch an mich gedrückt, wieviele Küsse habe ich seinen zarten, willigen Lippen aufgedrückt! Zuweilen scheint der bezaubernde Hauch jener Liebe zu entschwinden: Nisiutis Körper kommt mir, mit erdrückender Klarheit, gering und geheimnislos vor. Doch nach diesen Pausen tritt der Zauber in ihm verstärkt, gewissermaßen weicher und edler, hervor; seine Augen erlangen wieder jenes zärtliche, innere Leuchten ...

Gewiß, ihn nun ganz zu kennen, zu wissen, daß er der meine ist, nimmt der Liebe die wahnsinnige Begierde der ersten Monate, und verleiht ihr einen eher liebevollen und brüderlichen Ton.

Freitag, 22. November

Mir scheint unmöglich, daß es zulässig sei, in diesem Augenblick des so unglimpflich gegenwärtigen, greifbaren Herbstes die sagenumwobenen Frühlingsabende des Jahres '45 wieder aufleben zu lassen, als ich mit Nisiuti nach San Pietro spazierenging. Obgleich ich nun schon seit langer Zeit meine Zukunft (ich sage mir: wissenschaftlich) vorhersehen kann, scheint es mir dennoch absurd und vorläufig, daß ich mich jetzt ausgerechnet in jener Zukunft befinde, die ich vorhergesehen hatte, der ich aber eine, wenn auch ganz allgemeine Vollkommenheit zugeschrieben hatte. Ist es jetzt, aus diesem Herbstgefängnis heraus (der Himmel trieft, ist finster; ich habe soeben gegessen, es geht mir nicht gut, ich vernehme vom Hof herauf das ersterbende Ächzen einer Säge, eine im Kies knirschende Schaufel. Ich schreibe auf dem unaufgeräumten Tisch), nicht unzulässig und ungeheuerlich, zurückzudenken an meine Liebesunternehmungen, die von mir selbst losgelöst und in den duftenden Landschaften eines gealterten Frühlings verloren sind? Aber ich habe beschlossen, heute zu schreiben, und zwar über die glücklichste Zeit meines Lebens; sie verfließt, in meiner willkürlichen Erinnerung, mit dem unschuldigen Mondschein, der die Felder zwischen San Pietro und Viluta tränkte. Diese Erinnerung ist die verzerrteste aus meiner ganzen Geschichte mit Nisiuti; ich könnte nicht sagen, ob jene Spaziergänge vor dem Mai stattfanden (soviel Glück stehen logischerweise die Schrecken des Krieges entgegen, der seinen Höhepunkt erreicht hatte), oder nach dem Mai (jenes Glück wäre unvereinbar mit dem Tod meines Bruders). Ich weiß nicht mehr, ob wir sehr oft gingen oder nur drei-, viermal; ebensowenig ist mir klar, ob Nisiuti schon mein geworden war oder noch nicht ... Jene Spaziergänge bis zu den ersten Häusern von San Pietro – wir aneinandergeschmiegt: Nisiuti legte seinen Kopf auf meine Schulter – sind das Symbol eines Glücksgefühls, das noch grundlos, aber eben deshalb um so hinreißender war. Wir waren beide unserer gegenseitigen Liebe ausgeliefert: rasend, bewußt, unkeusch die meine, die seine zwar keusch und rein, doch nicht weniger ausschließlich. Sicher überwog in ihm eine leidenschaftliche Zuneigung, die ihn mir vielleicht eher nahebrachte als meine Begierde mich ihm nahegebracht hatte. So daß es sein Verdienst ist, daß auch meine Leidenschaft geläutert wurde. Ich fühlte wirklich den Körper eines Engels an meiner Seite, den ein unerklärliches und verwunderliches Geschick zu mir geführt hatte, welches – und das erschütterte mich am meisten – bewirkte, daß er seinen Kopf an meine Schulter lehnte. O jene süßeste Last!

Nachdem er den ganzen Tag auf dem Feld gearbeitet hatte, kam er abends mit seinen Heften zu mir; ich gab ihm ein wenig Unterricht, dann gingen wir hinaus ... Erst jetzt kann ich glauben, daß zwischen uns beiden und dem Rest der Welt eine Beziehung bestand; ich erinnere die unterdrückten Schauer, die Stimmen der Sterne, die einander über das ganze, der langen Sonnenuntergänge entwöhnte Land hinweg antworteten. Und im letzten Licht, in der schon fühlbaren, lauen Wärme verweilten Kinder und Frauen draußen; ihre Gebärden, ihre Stimmen hatten alle Trägheit abgeschüttelt, und nicht selten vernahm man hinter den mit Trieben übersäten Hecken, hinter den Stangen, die die ersten Rebschößlinge stützten, schmeichelnde Akkorde von einer mit ungeübten Fingern angerührten Ziehharmonika ... Doch in meiner Erinnerung gibt es nur uns beide, mit unserem endlosen Dialog, unseren eng verbundenen Körpern. Man ging gemächlich, zwischen den Rufen der Zwergohreulen, die von himmlischem Licht getränkte Straße entlang; wir sprachen von unserer gemeinsamen Zukunft, von seinen Studien, von unserer Liebe, aber mit solchem Überschwang, daß die einfachsten Sätze uns verzaubern konnten. Ganz hingegeben lauschte er meinen Worten, ohne den geringsten Vorbehalt, von grenzenloser Freude erfüllt, obwohl er sein Schamgefühl und sein lächelndes Mißtrauen in sich selbst nie vergaß. Es war ein endloses, überraschendes Gespräch! Eine solche Gemeinsamkeit stellte sich ein, daß – die Kehle schnürte sich zu und wir weinten fast vor Freude – unsere Worte jeden Sinn verloren, reiner Gesang, reines Versprechen wurden. Wir umschmeichelten unsere Zukunft im Freudenrausch des lebendigen und konkreten Glückgefühls. Den Sätzen, die dabei entstanden, widmeten wir, fast unfreiwillig, eine nur zerstreute Aufmerksamkeit und waren glücklich, wenn sie in einer zärtlichen Umarmung endeten. So kam man allmählich zu den ersten Häusern von San Pietro, zu einer Brücke, wo ein paar Jungen aufgeregt spielten und die Gespräche der Frauen und der jungen Männer unter den Laubengängen deutlich widerhallten, durchsetzt mit ekstatischen Anklängen und, o weh, sanft grausamen Vorahnungen. Sogleich flohen wir jene bevölkerten Orte und machten uns auf den Rückweg nach Viluta. (Doch jene Leute aus jenem Dorf, das mir wenig vertraut war, obgleich ich es von Geburt kannte, wie regten sie meine Phantasie an ... und jene so ahnungslosen, wilden Jungen ...)

Wir gingen zurück durch die lichterfüllten Felder, in einen verblichenen Wollpullover gewickelt; und obwohl wir ab und zu stehenblieben, um uns im Schatten der Akazien ungestört küssen zu können, gingen wir rasch, völlig versunken in unserer jungfräulichen, göttlichen Vertraulichkeit.

Was Nisiuti in jenen Augenblicken empfand, ist mir ganz klar, obgleich es mir unmöglich ist, es auszudrücken. Sein zu Zärtlichkeit und Vertrauen neigendes Wesen, das aber nicht selten von Schauern kühner Auflehnung geschüttelt wurde, und seine so religiöse familiäre Erziehung traten in jenen Augenblicken leidenschaftlicher Übereinstimmung restlos zutage, die, so sie ein wenig künstlich war, doch durch ein naives Bedürfnis nach Reinheit notwendig wurde. Es war eine äußerst unbewußte Katharsis, in der wir das Drama vergaßen, dessen Hauptpersonen wir waren, und das mit seinem Opfer enden sollte. Aus jener Realität, in der ich ihm teuflisch erschien (er selbst hat mir später gestanden, daß er mich manchmal für Augenblicke vom Teufel besessen glaubte), aus jener grausamen Realität ließ er sich daher nur zu gern befreien durch mein unvermitteltes Bedürfnis, wieder eine engelhafte, mütterliche Beziehung zwischen uns herzustellen; überglücklich ergab er sich jeden Abend der Illusion meiner Befreiung von der Sünde, meiner endgültigen Erlösung – die stets die leidvolle Süßigkeit des soeben bezwungenen Bösen einschlösse. So versetzten wir uns in eine Welt der Hypothesen, der Illusionen, die als solche gültig waren, wegen der vollkommenen Sanftmut, die sie der Gegenwart verliehen, und nicht so sehr wegen ihrer zukünftigen Verwirklichung. Die Zukunft war es, die mir im allgemeinen Angst machte: die Zukunft jenes Jungen. An jenen Abenden hingegen blieb mir nur die Gegenwart: *jener* Körper, der neben mir ging, *jene* lichtüberfluteten Felder, *jener* gewaltsame und ferne Mond. Da brach unsere Liebe rückhaltlos hervor, im Schutz jener totalen Gegenwart, jener süßesten Bangigkeit und jener Tränen (des Glücks?), die nach dem nutzlosen Sieg über die Sünde noch in den Augen standen. Es ist wahr, ich verfolgte weiterhin mein Ziel bei Nisiuti, und zwar um so heimtückischer, als er es nicht bemerkte; doch konnte ich mir selbst nicht eine Art Vergebung versagen, eine rührende, aber nicht gänzlich verachtenswerte Rechtfertigung. Ich wurde von einem Verhängnis *überwältigt*, das aus meinem gesamten vorherigen Leben herrührte ... Und außerdem spürte ich, daß meine leidenschaftliche Hinwendung zu Nisiuti in ihrem Verlauf bereichert worden war durch die Liebe, die Nisiuti mir entgegenbrachte: so betonte ich, nicht ohne Heuchelei, die brüderliche Seite meiner Leidenschaft, fand Trost in jener Art Altruismus, die ich darin erblickte; während ich sehr wohl wußte, daß ihre Grundlage einzig in dem Egoismus der Liebe eines Heranwachsenden bestand. Jener *Altruismus* von mir war vielleicht nur Dankbarkeit gegenüber Nisiuti. Denn er, es war unglaublich, er liebte mich: wenn es keine bewußte, sinnliche Liebe war, war es doch ein von allen anderen verschiedenes Gefühl, das ihn in eine geheime und besondere Beziehung zu mir setzte und im Lächeln seiner Augen ein Licht entzündete, das nur ich erkennen konnte. Sympathie, Bewunderung, Befangenheit (und nun auch eine sinnliche Zärtlichkeit) gaben seiner Freundschaft zu mir ganz den Anschein – und viel von der Substanz – der Liebe. Als ich ihn die ersten Male in Versuchung führte, war er darüber so erstaunt, daß es mir erst jetzt ganz klar wird. Es war für ihn die unvollständige Enthüllung einer unvorstellbaren Welt. Und gewiß war es ein verzweifelter Schmerz. Im Frühjahr '45 hatten wir den Höhepunkt unserer Angst erreicht; Februar, März, April hatten uns dem Delirium nahe gesehen, der eine der Begierde, der andere der Angst wegen, zu sündigen. Ich fand seinen Widerstand unmenschlich, er meine Lust. Und gerade in dieser katastrophalen Zeit sind diese wundervollen Abende wahr geworden, die sich so unverändert und rein meinem Gedächtnis eingeprägt haben: Zeichen ihres menschlichen Wertes. Gerade in jenen Tagen hatte ich, um sie nie mehr zu vergessen, zwei Stellen von Foscolo gelesen: »Die Schuld wird geläutert durch die Glut der Leidenschaft, und die Sittsamkeit verschönt das Eingeständnis der Begierde ...«, »Kaum beginnt die Leidenschaft, die Allgewalt des Schicksals anzunehmen, und wirkt, als sei sie die einzige Gottheit des Lebens, verfliegt jeder Anstrich von Unkeuschheit, Schande und Schuld.« Und dieser abstrakte, ewige Augenblick der Läuterung der Begierde wurde für uns greifbar: in der Zeit jener Abende, jenes Mondes, der kalt und unbeachtet über die Felder zwischen San Pietro und Viluta wachte.

Amado mio

Erstes Kapitel

... das blaue Hemd und das wunderbare Band über der Brust.
J. R. Jiménez

DAS SCHÖNSTE HEMD von ganz Marzins erschien gegen Abend. Es hatte sicher schon sechs geschlagen, und der Nachmittagstanz war noch bescheiden, fast familiär. Man sah wenige Leute rundherum, und wenige Leute auf der Tanzfläche; die auswärtigen Jugendlichen erforschten die Gegend, an der Umzäunung der Tanzfläche entlang; dabei riefen sie sich von einer Seite des Wäldchens zur anderen zu und wagten gelegentlich auch einen abenteuerlichen Abstecher auf den »Rost« hoch über dem Fluß, der hinter Büschen und Weinbergen verborgen war.

Das »Hemd« erschien, zwischen zwei auf die Tanzfläche herabhängenden Erlen, auf einer Zementwalze, einer von der Sorte, wie man sie zum Ebnen der Bocciabahn braucht. Desiderio tanzte um die Zeit gerade mit einem Mädchen aus San Vito, die einen kurzen blauen Umhang mit einem Rosensträußchen auf der Schulter trug und von den Jungen aus Marzins mit stiller und besonderer Bewunderung beäugt wurde, als handle es sich um eine »Dame«. Desiderio dagegen kümmerte sich gar nicht um sie, und wenn er überhaupt etwas für sie empfand, war es höchstens ein Stich ins Herz wegen ihres kurzen Umhangs und ihres Rosensträußchens; er warf vielmehr unruhig forschende Blicke über die Umzäunung der Tanzfläche, hinter der manche »Hemden«, die ihm am Nachmittag aufgefallen waren, in der Menge auftauchten und wieder verschwanden. Dieses Hemd auf der Walze hätte im ersten Augenblick als eine nur unwichtige Variante erscheinen können; gleich daneben sah man nämlich ein ebensolches, grau mit einem roten Streifen über der Brust, und dessen Besitzer war ein Rothaariger mit – wie Desiderio sogleich definierte – dem jugendlichen Gesicht »einer angelsächsischen Kokotte, die in einem gewissen Alter, aber noch wundervoll frisch war«; und vielleicht wegen der schreienden Farbe seiner Haare war er es, der beim ersten langsamen Vorbeitanzen Desiderios Blick einfing.

Chini, der rothaarige Junge, wurde mit jenem ersten Blick sofort eingeordnet; gleichwohl ... trotz Desiderios abgebrühter Sachkenntnis umgab ihn weiterhin eine ziemlich dichte Barriere anfänglichen Geheimnisses, die vor allem väterlichen Ursprungs war (Alkoholismus? teilweise Impotenz?) und dem Jungen ein korruptes Aussehen verlieh, das Aussehen einer alten, wie durch ein Wunder verjüngten Kupplerin, die ein wenig vom Widerschein des roten Haarschopfes in der prallen Sonne geblendet ist. Welche inneren Reichtümer dem Jüngling mit jenem geringfügigen Geheimnis zu Gebote stehen mochten (Alkoholismus, angelsächsische Verderbtheit, organische Schwäche, Blüte der Jahre plus wiederverkörperte frühere Blüte des Vaters etc. etc.), weiß Gott allein. Sicher ist, daß bei der nächsten Runde, die im Sambaschritt getanzt wurde, so daß Ines' kurzer Umhang aufflatternd den Eindruck erweckte, als wolle das Mädchen, Abbild sonntäglichen Glücks, jeden Augenblick im Flug abheben, Desiderio nicht der Versuchung widerstehen konnte, den Roten mit hitziger Eindringlichkeit zu betrachten.

Unter den grünlichen Katzenaugen und den langgezogenen, ruhigen Lippen triumphierte das Hemd mit seinem Streifen auf dem Brustkorb. Aber ... Himmel ... dieses andere Hemd ... Ines mußte bei einer plötzlichen Laune ihres Tänzers, dem schwindelig geworden war (zuviel Bier? die Hitze? man mußte jedenfalls einmal aussetzen um auszuruhen), lächeln und ihm mit einer möglichst städtischen Miene, nicht ohne einen Anflug graziöser Langeweile, zum Zaun hin folgen: der Tatsache, daß ihr Freund, um sich von dem, wenn auch nur ganz leichten, Unwohlsein zu erholen, ausgerechnet die Seite des Zauns gewählt hatte, die am meisten der höllischen Augustsonne ausgesetzt war, maß sie offenbar keine große Bedeutung bei. Auf jener Seite ging – über der Zementwalze – gerade der Stern von Iasìs auf.

Doch unversehens sprang der Junge ins Gras und verschwand. Schlagartig vom Schwindel genesen und (Geheimnis – nicht nur für Ines – der menschlichen Natur) verrückt vor Freude, wollte Desiderio daraufhin den unterbrochenen Tanz wieder aufnehmen: es war ein Boogie-Woogie, der die naiven Augen des Publikums auf Ines zog, die sich in der Mitte des

Tanzbodens mit ihrem unglaublichen Umhang im Kreise drehte.

Iasìs war gegangen mit seinem noch unbekannten Namen, war weder Benito, noch Iasìs, noch Sardanapalo ... und auch nicht Giuseppe oder Bepi, wie sein Hemd es nahelegte; er war gegangen, fast als würde die Mittagsstunde, die ihn ausgeschieden hatte, ihn nun wieder in ihren Schlund zurückjagen: einen Schlund aus Blättern, Himmel, Kies ... Und einen Stein davorwälzen. Nun rächte Desiderio sich für jenes Verschwinden: doch wer darunter zu leiden hatte war unglücklicherweise die arme Ines, das lammfromme, in seiner Bewunderung rührende Publikum, der rote Chini, der, allein auf der Walze, ein echtes Waste Land (bitterste Analogie für Desiderio: angelsächsische Verderbtheit – Eliot) ohne Palmbaum geworden war. Und der Palmbaum? Unter welchem verdammten Kreuz des Südens reiften seine zaghaften Datteln? An welchen anderen Ort und in welche andere Gesellschaft war das Hemd der Brust seines Besitzers gefolgt, oder seinem Herzen, falls Desiderios Sehnsüchte schon bis ins Herz drangen? Es gab ein Fleckchen Erde, ach, so nah und doch so unendlich fern, an dem der N.N., Schoßkind der Liebe, etwas mehr als ein Mensch, etwas weniger als eine Statue, dem Verlauf seines Festes folgte, und seine Anwesenheit war mehr als genug, um Sonne und Landschaft viel, viel lieblicher und lichter werden zu lassen.

Atemlos, in der Stimmung, sich selbst zu vernichten, versuchte Desiderio, während er tanzte, sich die Wege jener Karte vorzustellen, die er ausschließlich um der Liebe willen entworfen hatte. In ihm dröhnte der Vers von Kavafis:

Und dann erblickte ich den herrlichen Körper ...

Doch der Junge war reine Ferne, der Unbekannte schlechthin.

Da erschien er plötzlich wieder. Desiderios Beunruhigung war also grundlos gewesen, eine Täuschung wie in einem Kriminalroman mit kafkaesken Seiten, denn mit aller Wahrscheinlichkeit hatte sich der zukünftige Iasìs ja nur abgesondert, um gewisse – wundervolle, sicherlich –, aber leibliche Geschäfte zu verrichten ... Zugleich mit dem Hemd kam auch das Kopfweh wieder.

Zum zweiten Mal mußte Ines erfahren, von welcher Raffinesse die große Welt lebt, und schon standen sie wieder unter der sengenden Sonne auf jener bekannten Seite des Tanzbodens. Aber Desiderios Beklemmung hatte neuen Auftrieb bekommen: jetzt hatte sich jenes mysteriöse Fleckchen Erde teilweise offenbart ... Es handelte sich wohl um einen abgeschiedenen Ort, bestimmt unter dem Rost zwischen Holunder und Mohrenhirse, wo Er, in Anbetracht der großen Vertrautheit mit sich selbst und mit der Natur, nicht gezögert haben dürfte, gewisse Geheimnisse von sich preiszugeben: und Desiderio war rasend eifersüchtig auf das Gehölz.

Auf der Walze drängte er nun, lebendiges Abbild des Widerrufes, sein dem Gras gemachtes Geständnis so weit wie irgend möglich in sicheren Schatten zurück, und die Knöpfe an seiner blauen Hose waren mit einem Faden unübertrefflicher Keuschheit festgenäht.

Und er ließ sich dort oben bewundern bis zur Stunde des Abendessens. Als dann der Nachmittagstanz mit dem letzten Walzer zu Ende ging, bestand das Leben für Desiderio nur noch aus seiner ausgedörrten Kehle. Denn es gab nichts auf der Welt außer einer Wolke, aus der es niemals regnete. Die Wolke war jetzt vermutlich beim Abendessen, und erneut begann die kafkaeske Kasuistik: die Mutter wurde rekonstruiert, eine Figur mit engelsgleicher Funktion, mit positiven Einflüssen: hatte etwa nicht sie in San Vito oder Morsano das Hemd für ihn gekauft? Auch wäre Desiderio bereitwillig jede Wette eingegangen, daß Haut und Lippen direkt von der Mutter ererbt waren. Was die blauen Augen betraf, hätte wohl niemand bei der Wette eingeschlagen, denn es gab keinen Zweifel. Bei den schwarzen Haaren dagegen hatte der Teufel die Hand im Spiel: bei solcher Haut und solchen Lippen, bei allen Heiligen, da ist die Frau blond. Und dieser Ruß also: Dieser Haarschopf, nervös gewellt, gestriegelt mit dem allerschwärzesten Brill? Im ganzen Körper sonst pulsierte die Mann gewordene Mutter; jene süße Übersetzung – dem verliebten Vater zu verdanken – des männlichen Namens ins Weibliche (Erinnerung an einen mexikanischen Film: sie, Juana, er, das Knäblein – das schon als Rivale des Vaters betrachtet werden kann – Juanito). Und je kraftvoller und trockener sich der Körper in den durch Ausrufung und magische Formel männlichen Kleidern gebärdete, umso dichter und fließender war seine Weichheit.

Desiderio ging mit dem Freund Gilberto zum Abendessen: doch er aß fast nichts: dem Schwertschlucker war ein Schwert im Halse steckengeblieben.

»Wirklich beneidenswert, deine Tänzerin«, rief ihm der Freund zu, der sich vor Lachen hätte ausschütten mögen beim Gedanken an den kurzen Umhang. »Ihr Aufzug hätte besser zu Chopin gepaßt. Sag mal, warum hat sie sich denn beim Boogie-Tanzen regelmäßig mit der Faust auf die rechte Brust geschlagen?«

»Vielleicht um sich dafür zu bestrafen, daß sie mich nicht interessierte. Eine Art Mucius Scaevola.«

»Hast du dir etwa in den Kopf gesetzt, ihre unverkennbaren athletischen Eigenschaften zu fördern? Willst du eine Olympionikin aus ihr machen? Die Jungen aus Marzins haben sie angeschaut, als wären sie zum ersten Mal bei einem Hahnenkampf dabei.«

»Ich bin wahnsinnig verliebt«, schloß Desiderio.

»Ach ja?« machte Gilberto gelangweilt: Desiderio war ständig verliebt und sprach gerne davon: aber diesmal fügte er nichts hinzu – was Gilbertos schlummerndes Interesse wieder weckte.

Das Essen der kleinen Wirtschaft von Marzins, die voller betrunkener Stammkunden war, übte indessen, als es in einen Magen gelangte, in dem alle erdenklichen Säfte gärten außer solchen, die der Verdauung förderlich waren, eine seltsame Wirkung auf Desiderios Stimmung aus. Vielleicht weil er, als er sich umsah, die von Nievo beschriebenen Orte wiederfand – die Bassa, direkt vor der Tür des Wirtshauses, die vom Meer ausgezehrte Ebene – rechts im Rücken, wenige Kilometer entfernt, Teglio und Fratta, und dann Portogruaro, den Brunnen von Venchiaredo, einer Madame de Sevigné würdig ... und eine holde Stimmung wie aus dem neunzehnten Jahrhundert überkam ihn beim Untergehen der Sonne. Er gedachte einer bestimmten Stelle aus den *Confessioni* (... die sinnliche Freiheit, die es den Kindern verwehrt, unschuldig zu sein, noch bevor sie schuldig werden können ... Die Kämpfe der Seele erwachten in mir vor denen des Fleisches, und zum Glück lernte ich zuerst lieben, dann begehren. Doch das Verdienst war nicht meines, wie es nicht Schuld der Pisana war ...), und fühlte sich der Verzweiflung nahe. Und unterdessen eilte er, wie der Erfinder eines Romans voller Begebenheiten, stiller Opfer und heroischer Entscheidungen, im Geiste in Seine Küche, wo gerade mit einem Haufen entzückender kleinerer Geschwister (?), einer verbündeten Schwester (?) und einem betrunken vom Bocciaspiel heimgekehrten Vater (?) zu Abend gegessen wurde. Dort hinten der Herd, schwarz, grau, älter als eine Kirche; hier die Anrichte, an deren Scheiben zwei Dutzend Photographien steckten: Tote mit Schnurrbart und aufgeputzte Lebende, Freundinnen der Schwester mit geschwollenem Busen und unsäglichen Hütchen, der Cousin, der Soldat bei den Gebirgsjägern war, und eine Gruppe Rekruten. Herrscht beim Abendessen Ordnung oder Durcheinander? Die zweite Hypothese ist wahrscheinlicher: die Schwester, sie, die sich von Luft ernährt, ist in ihrem Zimmer und kramt, mit gewissen, ganz besonderen Ideen im Kopf, die kleinen Geschwister essen mit der Schüssel auf den Knien, eines auf der Türschwelle, ein andres sogar im Hof; ein Zwölfjähriger (Himmel!) ißt neben Ihm am langen Tisch ohne Tischtuch, mit der obligaten Salatschüssel in der Mitte und dem Krug Rotwein, nach dem die Kleinen die Hand ausstrecken, denn da auch sie ihren Teil im Weinberg gearbeitet haben, haben sie auch ein Recht darauf. Er, ältester Bruder (?), ißt ein wenig zu ernst: er hat eine Würde, die er verteidigen muß. In einem Zug leert er sein Glas Wein, und los geht's auf die Straße, wo die Gefährten schon versammelt sind mit ihren Hemden, ohne sich noch einmal nach dem Sinn ihres Glücklichseins zu fragen, mit ganzer Seele der Kirmes zugewandt, wie Libellen über dem Wasser.

Acht Uhr abends im August am Tagliamento! Der Abend ist ein einziger Duft nach Heu und Wiesenblumen. Die Vögel des Tages sind verschwunden und die Zwergohreule beginnt, die seidig-laue Luft mit ihrem Kopfgesang zu bedrängen.

Der soeben wieder eröffnete Tanz im Freien machte schwermütig, so zwischen Tag und Abend, fast wie ein Ausbruch zu ruhiger Freude.

Desiderio rächte sich weiter ... Er hatte Gil im Wirtshaus sitzenlassen, um sich, fern von der Kirmes, in Quarantäne zu begeben. Nachdem er den Damm hinauf- und wieder hinuntergestiegen war, war er zwischen den Wäldchen aus Mohrenhirse und Pappeln weitergegangen, hatte die Saatfelder überquert und war schließlich ans Flußufer gelangt.

Wie sehr lud diese Einsamkeit zum Weinen ein: ein abgeschiedenes und unbekanntes Weinen inszenieren können, einen ungehörigen Protest, jetzt, da die Kulissen so geeignet und so heiter waren. Die goldenen Staubwolken über der Carnia geronnen zu glühender Asche, die sich im Gegenlicht auf die Bergkette niedersenkte und nach und nach in der tundragleichen Stille verlöschte. Und dort nahm das Wasser des Tagliamento, sich selbst überlassen, seine Reise über die klar umrissenen Kiesel am Grund des Flusses wieder auf – die nächtliche Reise, flüsternd, im Zusammenklang mit dem hysterischen und leichten Schütteln der Blätter. Beim sehnsüchtigen Klang des Eulenschreis nahm Desiderios Protest eine seltsame Wendung: bis obenhin standen ihm die Tränen, ausgestreckt lag er auf dem verbrannten, zertretenen Gras, aber weinen, nein, das war wirklich unmöglich: so sehr, daß eine Träne, eine einzige, zwischen den Wimpern durchgesickerte Träne, eine unverhoffte Quelle des Trostes war. War es nicht die eigene Würde, die er opferte, damit die Sippschaft der Menschen sich ihrer selbst schämen sollte?

Doch der Gesang der Nachtigall war eine Explosion.

Seinem kindlichen Groll, seiner Verwirrung entrissen, hatte Desiderio seinen klaren Kopf Ihm gegenüber wiedergewonnen. Und er konnte, wirklich, er konnte ihn einfach nicht aushalten, den Gesang jener kleinen, von Akazien umschlossenen, hoffnungslos und ahnungslos verliebten Nachtigall, der ihn zu sehr an Ihn erinnerte ... Von den Tönen verfolgt, die mit zu aufrichtiger, zu ungebührlicher Hingabe das Bild des unbekannten Jungen heraufbeschworen, fast versuchten, ihn zu zärtlichen Vertraulichkeiten und Kapitulationen zu bewegen, die man nicht einmal mit der Phantasie streifen durfte, kehrte er fast im Laufschritt zwischen den Baumreihen zurück, kam zu dem Wäldchen und sah vom Damm aus zu seinen Füßen das Fest, das seinen strahlenden Höhepunkt erreicht hatte.

Zweites Kapitel

ZU DESIDERIOS FÜSSEN, unter dem »Rost«, ergötzte sich die Jugend mit neuerwachter Freude an der Kirmes. Rund um den Eisverkäufer auf seinem weißen Thron und um den Zuckermandelverkäufer, der schreiend in der Menge herumspazierte, wurden die Kinder angezogen wie Nachtfalter. Die Jugendlichen dagegen drängten sich um den Tanz, manche, noch bartlos oder schüchtern, standen bei den Gefährtinnen der Kindheit und den Cousinen, manche, inzwischen schon erfahren, waren ganz im Tanzfieber: so daß die Tanzfläche überquoll unter den schwankenden Glühbirnen. Von jenem sturmgepeitschten kleinen Meer aber drangen die Wogen bis zum Damm herauf, wo sie manchmal bezauberndes Strandgut anschwemmten. Es waren zwei oder drei junge Mädchen, die – lachend, als wären sie verrückt – auf das Unterholz zwischen den schon tropfenden Weiden zuliefen; oder Gruppen von kleinen Jungen, die dort in der Kühle der Nacht in Frieden ihr Eis lecken wollten. Zwischen diesen gewahrte Desiderio Franco und Evelino, die er wenige Stunden zuvor am Tagliamento kennengelernt hatte. Das waren die ersten beiden Glückstreffer: so begann Desiderios große Nacht.

»Guten Abend, Jungs«, rief er ausgelassen, schon Sieger: und sie sahen ihn still und lächelnd an.

»Ich habe Lust auf ein Eis, und ihr?« fuhr er fröhlich fort. »Kommt, ich lade euch ein.« Nichts war den beiden Jungen lieber und bester Laune schlossen sie sich ihm an. Er kaufte das Eis und reichte es ihnen.

»Und du?« fragte ihn Evelino.

»Ach ja, ich«, machte Desiderio: er kaufte noch eins, schaute es einen Augenblick an und warf es über eine Hecke. Auf diese Geste und die Verwunderung von Franco und Evelino hin näherten sich andere Jungen und betrachteten ihn; unter ihnen war auch Chini, Arm in Arm mit einem anderen sehr hübschen Typen, einem gewissen Delchi. »Wollt ihr auch ein Eis?« fragte er die anderen, die er vom Baden kannte, aber nur vom Sehen. Einige erröteten und gingen davon. Andere, darunter Chini, Delchi und der kleine Leonilo, blieben, um das unverhoffte Sorbett mitzunehmen. »Tanzt du nicht?« fragte Desiderio Chini.

»Ich finde keine Tänzerin«, sagte der sogleich treuherzig und überraschend.

»Such dir eine«, schlug Desiderio ihm scherzhaft vor. »Schau nur, wieviele hübsche Mädchen.«

»Sie wollen mich nicht ...«, sagte Chini lachend. Doch in diesem Moment wurde er von ein paar Freunden gerufen, und um Erlaubnis bittend entfernte er sich; sowohl Delchi als auch Leonilo folgten ihm.

Franco und Evelino sahen ihn mit einer Miene an, die besagte, sie hätten ja nun Freundschaft geschlossen und wollten zusammenbleiben. »Gehen wir ein paar Schritte?« fragte Desiderio also, doch ohne große Hoffnung, daß sie darauf eingehen würden.

»Gehen wir«, sagte Franco. Sie stiegen zum Rost hinauf und nahmen von dort aus den Pfad in Richtung San Gaetano hinunter. Die Nacht war kühl, klar und ganz leicht vom Mond vergoldet.

Schwatzend gingen sie den Damm entlang; Desiderio, der in der Mitte ging, nahm sie beim Arm.

»Wie alt bist du?« fragte er Evelino.

»Fast dreizehn«, antwortete der Junge.

»Und du, Franco?«

»Fünfzehn.« Da scherzte Desiderio ein wenig über ihr Alter; und seine Anspielungen amüsierten die beiden Jungen sehr, denn sie fanden sie, um die Wahrheit zu sagen, keineswegs zu gewagt.

Evelinos frische und blasse Wange zu streicheln war eine echte Versuchung. Und bei den Liebkosungen hatten seine Augen einen dunklen Schimmer, wie Wasser.

Drei- oder vierhundert Meter vom Tanz entfernt führte ein kleiner Pfad vom Damm hinunter über ein paar Felder bis zur Straße. In jenen Pfad bogen sie ein, und als sie im Schatten der Maulbeerbäume und der Ligusterhecken angelangt waren, ließ Desiderio sie neben sich im Gras sitzen. Evelinos kleine

Küsse schmeckten nach Zigaretten und sonnenverbrannter Haut ... Doch es war, das ist klar, eine unschuldige Liebe.

Auf der Straße kehrten sie zum Tanz zurück und fanden das Fest unverändert lärmend wieder. Als Chini und die anderen sie erblickten, kamen sie ihnen entgegen, und etwas abseits von der Tanzfläche blieben sie eine Weile zusammen und unterhielten sich mit dem Eifer der noch ganz frischen Freundschaft ... Plötzlich fragte Desiderio Chini, ob er mit ihm tanzen wolle.

»Gehen wir!« erwiderte Chini mit seinen über dem roten Pullover leuchtenden Katzenaugen. Das Rot seiner Haare war fast orange.

Beim Tanz bewegte Chini sich aufrecht und gewandt. Desiderio, der Schlimmeres befürchtet hatte, war glücklich darüber. »Wie gut du tanzt«, sagte er zu ihm. Der Junge lächelte etwas verschämt über das Kompliment. »Ein echter Tänzer«, fuhr Desiderio fort, und während eine Samba gespielt wurde, nahm er seinen ganzen Mut zusammen: »Und außerdem bist du so schön ...«, sagte er zu ihm, »so anmutig ... Wie dumm die Mädchen sind, daß sie nicht mit dir tanzen wollen ... Ich, ich würde den ganzen Abend mit dir tanzen ... Ich bin gerne mit dir zusammen, weißt du.«

Chini senkte den Kopf: aber es war eine zärtliche Schüchternheit voller Hingabe.

»Jawohl, ich würde dich den ganzen Abend an mich drükken ...«, fuhr Desiderio fort und betrachtete auf dem Gesicht des Jungen die Wirkung jener seltsamen Worte: Chini lächelte, ein wenig schmachtend, maliziös.

»Du riechst so gut ... Wo kaufst du deine Brillantine?«

»Im Kurzwarenladen ... in Morsano ...«, sagte der Junge.

»Und welche Sorte ist es?«

»Wie? ... Ich weiß nicht ... ich nehme ein Fläschchen mit und kaufe jedes mal für zwanzig Lire ...«

Es war ein Geruch nach Pfirsich und Fleisch: er erinnerte an die Zimmer der Prostituierten ... Desiderio näherte seine Wange der Stirn des Jungen; und dieser näherte sich ihm.

»Wie schön es ist, nah bei dir zu sein«, beharrte Desiderio. »Du bist besser als ein Mädchen.« Chini lächelte verwirrt.

»Hast du noch Geschwister?«

»Ja, einen kleineren Bruder, er ist dreizehn. Hast du ihn nicht gesehen? Es ist der Junge, der den Fahrradstand bewacht.«

»Ah, jetzt weiß ich ... Er sieht dir ähnlich, hat aber glattere und blondere Haare als du ... Und außerdem hat er zwei Augen wie ein Gauner ... Er muß durchtriebener sein als du.«

»Er ist ein Dummkopf, weiter nichts.«

»Versteht ihr euch nicht?«

»Manchmal könnte ich ihn umbringen. Er will alles tun, was ich tue, und gibt nicht nach, auch wenn ich ihm den Schädel einschlage ...«

»Wo wohnt ihr?«

»Oh, hier in der Nähe. Hinter dem Wäldchen sind ein paar Gärten, und am Ende ist unser Haus. Man kann auch von hier aus hingehen, über den Pfad am Rost.«

»Was für ein schönes Dorf Marzins ist!«

»Schön? Ich finde es so häßlich ...«

»Du bist ja auch dort geboren.«

»Und woher bist du?«

»Aus einem fernen Ort, den du nicht einmal dem Namen nach kennst ... Er liegt an einem See, rundherum sind hohe Berge voller Schnee, und große Wälder ...«

»Das würde ich gerne sehen. Ich bin nie aus Marzins herausgekommen, seit meiner Geburt ...«

»Findest du, daß dein Leben jetzt schöner ist als früher, wie du noch ein Kind warst?«

»Oh, damals war es besser! Was waren wir für Gauner, sogar der Lehrer hatte Angst vor uns.«

»Angst?«

»Jawohl, Angst. Einmal hat Delchi ihm den Stock aus der Hand genommen und war drauf und dran, ihn zu verprügeln: da hat der Lehrer es ins Lächerliche gewendet ... aber er hatte Angst! Wir waren eine Bande und waren uns alle einig. Eines Tages, als wir auf den Feldern Nester aushoben und dabei so taten, als wären wir Indianer, sind wir zufällig Mauro, dem Sohn des Käsers, begegnet, haben ihn an einen Maulbeerbaum gebunden, einen Todestanz um ihn herum aufgeführt und ihn von oben bis unten zerkratzt ... Den ganzen Abend haben wir ihn da angebunden gelassen, und ich weiß noch, er weinte ...«

»Habt ihr ihn nur zerkratzt?«

»Nein ...«

»Was habt ihr denn noch mit ihm angestellt?« fragte Desi lächelnd, um ihn zum Sprechen zu bewegen.

»Wir haben ihm die Hosen runtergezogen und ihn zum Gefreiten gemacht!« antwortete der Junge dreist.

»Wir gingen immer zum Fischen«, fuhr er fort, »an den Bewässerungskanal und an den Tagliamento; aber am schönsten war es bei Sommeranfang, wenn mit Harpune und Lampe Frösche gefangen wurden. Ich entsinne mich, daß ich und Benito immer zusammen gingen; er hielt die Lampe und ich tötete sie mit der Harpune ... Manchmal fingen wir bis zu neunzig oder hundert an einem Abend, und er spießte sie auf Draht auf.«

»Du hättest also gern, daß es wieder wäre wie damals ...«

»O ja! Und wie wir immer vor der Kirche Fußball spielten ... Wenn du wüßtest, was wir nicht alles gemacht haben, um uns den Fußball zu kaufen: man brauchte, glaube ich, vier- oder fünfhundert Lire, und die Eier kosteten damals zwei Lire das Stück: man brauchte also zweihundert oder mehr, aber nach und nach haben wir sie unseren Müttern aus dem Hühnerstall oder dem Heuschober weggeklaut, indem wir die Hennen belauerten: in einer Woche hatten wir genug Geld zusammengekriegt, um den Fußball zu kaufen. Es war Delchi, der die Eier in San Vito verkaufen ging. Aber einmal habe ich ein Huhn beobachtet und gesehen, daß es hinten im Gemüsegarten auf etwas Stroh ein Ei legte, da bin ich hintenherum gerannt, damit mich keiner sieht, habe den Arm durch den Lattenzaun gesteckt und wollte gerade das Ei nehmen, aber, verdammt, da habe ich mich am Handgelenk gepackt gefühlt. Es war meine Mutter. An dem Abend hat es Prügel gesetzt!«

»Und warum bist du jetzt nicht so glücklich wie damals?«

»Oh, jetzt muß man arbeiten.«

»Und das gefällt dir nicht?«

»Ich könnte ohne auskommen. Und dann gibt's in den großen Familien immer irgend ein Unglück, nie verstehen sich alle ...«

»Und diese schönen Augen und die feurigen Haare, hast du die von deiner Mutter?«

»Ich weiß nicht, alle sagen, ich sehe meinem Vater ähnlich.«

»Ah«, fing Desiderio nach einer Pause wieder an, »du bist wirklich besser als ein Mädchen.«

»Ich habe Lust, dich zu küssen«, rief er plötzlich.

Sie tanzten noch ein wenig; das Gedränge auf der Tanzfläche war so groß, daß keiner sie beachtete.

»Hast du schon mal geküßt?« fragte er ihn jäh noch einmal.

»Ja.«

»Ach ja? Und wen?«

»Wir haben es unter uns ausprobiert ...«

»Gehen wir hinaus«, schlug Desiderio daraufhin vor. »Ich habe Lust, dich zu küssen.«

Sie gingen am Damm entlang, zum gleichen Ort wie vorher, aber weiter hinein in den Schatten der Hecken.

Bei der Rückkehr machten sie in der Schenke halt; und dort tauchte der unbekannte Junge von nachmittags wieder auf. Er war ein Freund von Chini und grüßte ihn, aber durch den Fremden eingeschüchtert näherte er sich ihm nicht, und kurz darauf verschwand er mit den drei Zigaretten, die er an der Theke gekauft hatte.

Desiderio stürzte seinen Wein hinunter und rief Chini zu, daß er Lust zum Tanzen hätte ... Fast im Laufschritt gingen sie wieder zur Tanzfläche; aber statt zu tanzen schleppte Desiderio Chini verzweifelt durch die Menge, auf und ab ... »Er« war jedoch verschwunden ...

Die anderen Freunde warteten auf sie und hatten sich ihnen bei der Suche angeschlossen, in dem Glauben, man ginge einfach spazieren. Mehr als eine Stunde verstrich, doch Desiderio verstand es, gerade weil er litt, seine Gefährten bei bester Laune zu halten.

Jetzt beäugte er Leonilo: er hätte ihn mit Evelino vergleichen wollen. Er richtete es so ein, daß er mit ihm und Franco in Richtung Tagliamento ging ... Aber es wurde nun schon spät ... Die Nacht näherte sich dem Höhepunkt mit leisem Windhauch, mit gedämpftem und betäubendem Grillengezirpe ... Als sie wieder beim Wäldchen der Kirmes angekommen waren, standen Chini und »Er«, die Arme umeinandergelegt, auf der Walze und sahen der Jugend beim Tanzen zu, geradeso wie am Nachmittag.

»Jungs«, machte Desiderio, heiser vor Erregung. Er schlug seine ausdruckslosen Augen nieder. »Ist das ein Freund von dir, Chini?« fragte Desiderio.

»Ja«, antwortete Chini.

»Und wie heißt er?«

»Benito.«

»Amüsierst du dich gut?« fragte Desiderio darauf den Jungen, der unbeweglich dieses ganze Interesse an seiner Person mitangehört hatte.

»Es geht«, antwortete er. Chini blickte ihn leicht ironisch an, als kennte er seine Schüchternheit.

»Es geht?« fing Desi besorgt wieder an. »Dann komm, gehen

wir etwas trinken, ich, du und Chini. Magst du? So bringen wir ein bißchen Zeit herum.«

Es war das vierte oder fünfte Mal an jenem Abend, daß er einen solchen Vorschlag machte. Und er war am Ende: trotzdem mußte es mit »ihm« unbedingt etwas werden.

»Komm schon!« ermutigte ihn Chini. Einen Augenblick später sprang Benito von der Walze herunter mit einer Geste als wolle er sagen: gehen wir?

Sie tranken ein Gläschen Cognac in der Schenke; dann traten sie hinaus, und anstatt zum Tanz zurückzukehren, wandten sie sich zum Land hin, in Richtung jenes Pfades, der weiter vorne zum Damm führte. Desiderio hängte sich bei Benito ein, der nun doch viel weniger schüchtern und viel lustiger war, als erwartet.

Seine schwarzen Haare rochen genauso wie die von Chini. Und Desiderio schwanden fast die Sinne bei diesem Duft von Glyzinien und Gewürzen ... bei diesem fleischfarbenen Geruch, der an Bordelle erinnerte ...

»Und du, kannst du küssen?« fragte er Benito unvermittelt, als sie mitten in den Feldern waren.

»Nein, ich hab's noch nie probiert ... ich bin noch ein Junge, ich ...«, stotterte der verwirrt.

»Chini schon«, rief Desiderio, »schau!«

Er küßte Chini, der ihn gewähren ließ; dann drehten sich beide lachend zu Benito um; und küßten sich noch einmal. Benito, der einen Weidenzweig in der Hand hielt, begann damit auf die Hecke einzuschlagen, als sie weitergingen, und tat so, als sei er überhaupt nicht erstaunt über diese Küsse. Oder vielleicht war er es wirklich nicht.

»Gib du mir auch einen Kuß ...«, bat ihn Desiderio.

»Ich bin doch kein Mädchen«, murmelte der Junge mit einem schwachen Lächeln.

»Aber Chini doch auch nicht ...«

Benito zog die Augenbrauen hoch als wollte er sagen: »Seine Sache«, und schaute ganz leicht ironisch.

»Er schämt sich«, sagte Chini.

»Nein«, protestierte Benito empört.

Lachend umarmte Desiderio ihn. Sie waren im Akaziendickicht; etwas weiter vorn glänzte das Gras im Mondschein.

»Vielleicht ... schämt er sich vor dir ... du bist doch sein Gefährte«, bemerkte Desiderio.

»Ach was«, sagte Chini.

Doch Desiderio tat so, als habe er nichts gehört, und nach einer Pause, als sie ein paar Schritte gegangen waren, fuhr er fort: »Geh voraus, Chini, und laß uns einen Augenblick allein ... das will ich jetzt genau wissen ...« Chini lief lachend davon, bis zum Damm hinauf, im weißen Licht des Mondes.

Als sie allein waren, zog Desiderio Benito an sich und küßte ihn. Er war so glücklich, daß der Junge sich ihm überlassen hatte, daß er ihn anstatt ihn noch einmal zu küssen, an der Hand nahm und ihn im Laufschritt zum Damm hinauf führte, wo er Chini zurief:

»Nichts, weißt du ... es ist nichts zu machen ...«

Benito schwieg lächelnd, und als Desiderio, während er Chini diese Lüge auftischte, um sein Schamgefühl zu retten, ihm die Hand drückte, gab er, wenn auch nur schwach, den Druck zurück ... Es war schon Mitternacht vorbei und der Mond war schon am Untergehen.

Beim Tanz war Gilberto mit Delchi zusammen, mit dem er den Abend verbracht hatte; sie warteten auf Desiderio, um trinken zu gehen. So bildete sich eine lustige Gesellschaft, der sich kurz darauf noch zwei junge Männer anschlossen, Chinis größerer Bruder und dessen Freund. Sie gingen in die Schenke und fingen an zu trinken und zu reden. Die beiden Neuankömmlinge und Delchi, die um die zwanzig waren, gaben vor den Jungen ein wenig an und wollten die Aufmerksamkeit der beiden auswärtigen Freunde ganz für sich beanspruchen. So entstand eine wunderschöne, lichte Freundschaft, eine jener Freundschaften des Herzens, die einen mit den Banden bittersüßer Sympathie an einen Ort, an gewisse Leute binden. Desi und Gil spürten schon die ersten Bindungen und waren so gerührt und glücklich darüber, daß es sie nicht zu sehr schmerzte, daß ihre wirklichen Freunde etwas im Schatten standen. Im übrigen fühlten diese sich wohl, im Schatten – und lauschten lustig und rücksichtsvoll den Reden der Erwachseneren.

Als der Wein seine Wirkung zu tun begann, hörten sie auf, sich zu unterhalten, und sangen. Sie saßen an einem kleinen Tisch hinten im Garten, unter einem Rebstock. Vom Wein beflügelt gingen sie alle Lieder durch, die sie liebten; inzwischen waren rundherum noch andere Freunde ihrer Freunde hinzugekommen, die diese beiden sympathischen und abenteuerlustigen Fremden kennenlernen wollten. Aber Leonilo und

Gianfranco waren auch da ... und ein anderer, nie gesehener Blonder ... Diese Neuen wagten nicht, sich einzumischen, und lauschten amüsiert den Verrücktheiten der lustigen Bande. Gegen eins, als die kleineren schon nach Hause gegangen waren, lud der Bruder sie dann alle zu »seinem« Wein in den Keller ein. So betraten sie, schon völlig betrunken, spät in der Nacht eine große, rot-weiße Pächterküche mit einem riesigen Herd im Halbschatten, unter dem einsam eine Grille zirpte. Die Jungen verwöhnten die beiden Fremden liebevollst; sie machten sich schön vor ihren Augen, sie rühmten sich, erzählten alles, auch Familienangelegenheiten, hänselten sich gegenseitig. Nie mehr würde Desi jene große Küche, jene Grille vergessen: es war vielleicht die schönste Nacht seines Lebens.

Am Montag darauf kehrten Desi und Gil zum Baden nach Marzins zurück. Hatte man den Damm passiert, betrat man eine Art weite Niederung, an deren Ende das riesige Kiesbett des Tagliamento anfing. Die Niederung war mit Mais, Luzernen und Reben bebautes Ackerland; hier und da stach das kräftigere Grün eines Pappel- oder Akazienwäldchens heraus.

Der »Strand« von Marzins lag am Ende jener Felder, eben in einem Akazienwäldchen, unterhalb dessen der einzige Arm des Tagliamento vorbeifloß, etwa dreißig Meter breit, grün, klar und tief. Hinter jenem Kanal tat sich das endlose, hitzeflimmernde Flußbett auf, und jenseits davon verlief die grünblaue Linie des linken Ufers, mit dem gerade noch sichtbaren Kirchtürmchen von Straccis.

Desi und Gil waren in der Hoffnung hergekommen, dort ihren Freunden zu begegnen. Tatsächlich waren sie fast alle da, zusammen mit andern Jungen aus den umliegenden Dörfern; manche tobten auf dem Sand auf der andern Seite des Flusses, andere saßen im vertrockneten Gras im Schatten der Baumgruppe, wieder andere waren auf die großen Zementblöcke, die einen massiven Schutz gegen die Flußerosion bildeten, gestiegen, um sich zu sonnen oder zu fischen ...

Aber Benito war nicht da. Desiderio fragte die anderen nach ihm, doch die kümmerten sich nicht um seine Beklommenheit, bemerkten nicht, daß er dem Weinen nahe war, und konnten ihm nur wenig sagen: es war jedenfalls der Vater, der ihn wegen irgendeiner Arbeit zwang, zu Hause zu bleiben. Zum Baden kam Benito, wie Gianfranco sich ausdrückte, »nur manchmal«.

Von da an kamen Desi und Gil Tag für Tag zu jenem Strand; jeden Tag jedoch dasselbe Mißgeschick: kaum erschienen Desi und Gil am Rande des Abhangs, begrüßten die Jungen sie vom Sandstrand oder vom Wäldchen her schreiend; sowie sie ankamen, baten sie sie um Zigaretten; dann wurde gebadet, gespielt, geredet ... Jeden Tag begann Desiderio, sobald sie aus den Reihen von Maulbeerbäumen und Rebstöcken heraustraten, und sobald die Jungen am Fluß ihr Geschrei erhoben, verzweifelt zu schauen ... Hatte Gianfranco vielleicht nicht gesagt, daß er »manchmal« komme? War es denn möglich, daß dieser Junge den ganzen Sommer lang nicht eine Stunde Zeit hatte, um zum Baden zu gehen? Fünfzehn, zwanzig Tage lang ließ ein perfides, dummes und hartnäckiges Pech Desi einen verlassenen, leblosen Strand vorfinden.

Doch eines Tages tauchte Benito wieder auf: es war das erste Mal, daß er und Desiderio sich nach der Kirmes wiedertrafen. Der Junge kam ihm mit ausgestreckter Hand, freundlich, aufrecht, entgegen: für ihn hatte die Freundschaft, die für die anderen schon vertrauliche Gewohnheit geworden war, noch die Jungfräulichkeit jenes ersten Sonntags ...

»Wie geht es dir, Benito!« rief Desi ihm mit freudigem Überschwang entgegen.

»Mir geht es gut, und Ihnen?« erwiderte der Junge, wie überrollt von jener Gefühlswallung – und ganz strahlend. »Schlecht, weil ich dich so lange nicht gesehen habe ...« Der Junge lachte bei dieser scherzhaften Bemerkung und setzte sich neben Desi ins Gras. Nach einer Weile gingen die anderen wieder baden oder spielen. Am Ufer unter den Akazien blieben nur Desi, Gil und Benito zurück. Um irgendeinen Vorwand zu haben, seine Erregung und seine Hingabe eindämmen zu können, fragte Desi den Jungen, ob er sich malen lassen würde. Ein wenig verwundert, errötend, willigte Benito ein. Also nahm Desi Papier und Bleistift und begann, ihn zu zeichnen.

Gilberto las *Le Sabbat*, auf den Knien liegend, die Ellbogen in den Sand gestützt und das Gesicht in den Händen vergraben. Er las knurrend, mit lebhafter Anteilnahme.

»Nein, ich bin nicht wie Sachs«, sagte er plötzlich.

»Das bezweifle ich nicht«, brummte Desiderio, bleich vor Erregung.

»Du bist aber auch nicht wie Gide.«

»Umso besser.«

»Weißt du, warum ich dich zeichne?« fügte er dann zu dem Jungen gewandt hinzu.

»Nein«, antwortete Benito (aber warum war er dann so beflissen und glücklich?).

»Weil ich dich nicht küssen kann.«

Doch nach einem kurzen Schweigen fing er wieder an: »Die Augen und die Lippen, die ich gerade zeichne ... ich würde sie gern küssen.«

»Erst mal sehen, ob ich das zulassen würde«, rief der Junge aus, wobei er wie ein junges Mädchen errötete und sich hoch aufrichtete – aber jenes nette Lächeln eines »Offiziersburschen« stand noch immer in seinen Augen.

»Ach, ich weiß, daß du es nicht zulassen würdest«, sagte Desiderio, »deshalb muß ich mich ja damit begnügen, dich abzuzeichnen.«

Das Lächeln, das vorher reglos gewesen war, begann im Blau der Augen umherzuirren, eine eigenständige Sache zu werden: eine goldene Essenz in dem Gesicht, das am wundervollsten war, wo seine Linien am kompliziertesten waren; im Schatten der Augenlider sogar einer Venus würdig. Seltsam waren seine Lider geschnitten, um die mandelförmigen Augen, ihr Schnitt war prachtvoll geschwungen, doch klar. Und dort verweilte das Lächeln länger, als fände es keinen Ausweg ... Von dort her strahlte es blau nach allen Seiten: nun leicht unentschlossen und verstört. Ein Wölkchen verhüllte es, doch sein Licht quoll überall hervor und war noch glücklicher geworden.

»Benito, wenn du ein Mädchen liebst, dann sag es mir, ich ertränke sie im Tagliamento«, sagte Desiderio, wobei er versuchte, nicht auf sein laut klopfendes Herz zu achten.

»Warum denn?« fragte der Junge.

»Still, rühr dich nicht! Wie soll ich dich denn zeichnen, wenn du dich ständig bewegst? Weil ich eifersüchtig wäre.«

Benito senkte die Lider, und als er die Augen wieder aufschlug ... »Dein Auge ist wie die Sonne – und dein Auge ist wie der Mond ...«, trällerte Desiderio, übersetzte Tommaseos Verse aber in Dialekt, so daß man es für einen etwas verrückten Ausbruch von guter Laune halten konnte: und Benito ging lachend auf den Scherz ein.

»Ihr habt nur die Wahrheit gesagt: also habt ihr gelogen«,

schrie Gil auf einmal. »Sind das nicht die Worte einer Gestalt aus dem *Idioten*? Man müßte sie diesem Buch als Motto voranstellen, es hat sowieso alle zwei Seiten ein Motto.«

»Nimm's dir nicht so sehr zu Herzen«, lächelte Desiderio.

»Fertig?« fragte Benito.

Nein, noch nicht, halt still.«

Die anderen Jungen spielten hinter dem Flußarm auf dem Sand Fußball und schrien. Benito war ungeduldig und sah starr vor sich hin, durch die Akazien ... Desiderio zeichnete zitternd ...

»Noch einen Kuß«, sagte er mit einem Lächeln – diesmal jedoch etwas unsicher, und in der Tat blieb Benito ernst, auch er unsicher.

»Arme Albertine«, rief Gil aus und sprang auf dem schmutzigen Gras herum, um sich die Beine zu vertreten.

»Weißt du, Desi«, fuhr er fort, »diese Schweine aus S.: eines Tages bei ihnen zu Hause zerrissen sie sich gerade das Maul über mich. Ich höre vom Flur aus alles ... und ... weißt du, sie redeten über einen gewissen Vorgang. Aber mir, Freunde, mir steht der Sinn nicht nach dem Loch, sagte ich, indem ich zum allgemeinen Entsetzen in den Raum trat, ihr irrt euch. Ich war unheimlich verlegen, kam schier um vor Scheu; dafür muß ich aber gewirkt haben wie ein Hippolytos. Ich lachte: mir steht der Sinn nicht nach dem Loch, mit drei Jahren fing der berühmte Traumzyklus an, bei dem ich mich in einem in einen Berg gegrabenen Stollen befand: es war entsetzlich. Mit dreizehn (aber es handelte sich leider nur um Tagesreste) fing ich an, von Frauen zu träumen, aber die hatten kein Loch: ihr Bauch war aus Stein.«

Benito lachte.

»Freunde«, fuhr Gilberto voll in Fahrt fort, »stellt euch vor, ich stehe da mit einem Türflügel in der Hand, die Angeln gut sichtbar, und genauso die an der Mauerkante: was würdet ihr tun? Ihr würdet den S ... der Tür in die F ... der Angeln stecken; ich dagegen keineswegs, ich würde mit dem Türflügel in der Hand stehenbleiben und ihn mir womöglich noch auf die Füße fallen lassen.«

»Hast du eine Schwester, Benito?« fragte Desiderio.

»Nein«, antwortete der Junge.

»Schade.«

»Warum?«

»Weil ich sonst kommen würde, um mit ihr Liebe zu machen ...«

»Aber wenn es sie doch gar nicht gibt.«

»Naja, ich denke, eine Schwester würde dir ähnlich sehen, wenigstens ein bißchen: und du bist so hübsch ...«

Benito wußte nicht, ob er lachen oder langsam beleidigt sein sollte. Doch Desiderio sah so sympathisch und sicher drein, daß er es für gut hielt, noch einmal zu lachen. Aber er fühlte ein Schmachten, eine Zärtlichkeit an sich, die ein wenig abstoßend waren.

»Hast du dich noch nie richtig im Spiegel betrachtet?« fuhr Desiderio indessen fort.

»Manchmal«, gab Benito errötend zu ...

»Und hast du nicht bemerkt, daß du ein Engel bist?«

»Ich habe nur einmal geliebt«, rief Gilberto mit dumpfer, aber dennoch sehr lustiger Stimme, »aber es handelte sich nicht um eine Frau: mir steht der Sinn nicht nach Loch, das Loch ist tabu, da hält Gott die Hand davor. Ich habe geliebt, aber keine Frau ...«

»Wen denn dann?« machte Benito, glühend vor Unschuld und Arglist.

»Ein Fohlen«, rief Gil und sprang ins Wasser.

Nun waren sie allein. Und Benito, dem Himmel sei Dank, gab keine Anzeichen von Ungeduld oder Unsicherheit: er wirkte sogar ruhiger und zutraulicher. Hinter den letzten Halbschatten des Lachens war ihm ein maliziöser Schimmer geblieben.

»Gleich ist es fertig«, sagte Desi, nur um etwas zu sagen; doch ohne Gils Unterstützung fühlte er sich ein wenig bestürzt ... Benito war halbnackt – um nicht zu sagen ganz nackt: er hatte eine graue Unterhose an, vorne offen und sittsam von einer Sicherheitsnadel zusammengehalten. Sie war keineswegs anliegend, aber hauchdünn und naß klebte sie ihm so am Körper, daß sie dessen Geheimnis fast gänzlich preisgab (ah, die blaue Hose des ersten Sonntags, lebendes Abbild der Keuschheit ...); so richtete sich der Kampf, zu dem Desi gerade rüstete, weniger gegen Benitos Lippen, Brust und Schoß, als vielmehr gegen seine Seele ... Er sah ihm unausgesetzt in die Augen: in den Augen, da nagelte er ihn auf sein Zittern fest. Und der Knabe überließ sie ihm, lieferte sie ihm aus, ohne zu wissen, was er tat (oder vielleicht wußte er es doch): jene

Augen, die durch das lange Hineinsehen immer riesiger wurden, sich mit einer Deutlichkeit einprägten, die sogar die rosafarbenen Äderchen hervorhob, die in der Nacktheit des Blaus schmerzten – das nun farblos war.

»Also hast du dich schon manchmal im Spiegel angeschaut ...«, bedrängte ihn Desiderio erneut, mit zitternder Stimme.

»Aber ja«, wiederholte der Junge.

»Und hast du nicht bemerkt, daß du ein wundervolles Fohlen bist?« flüsterte Desi in einem Atemzug; vor Aufregung über seine Dreistigkeit warf er das Blatt weit von sich. Hatte er nun kapiert oder nicht? Denn seine Augen sagten nichts: eine Sekunde lang war sein Blick beunruhigt, das stimmt, aber im Grunde war er vollkommen ausdruckslos gewesen. Dann hatte er sich auf das Blatt gestürzt und betrachtete nun graziös die Zeichnung. Desiderio war aufgestanden und begann auf und ab zu gehen; er ging sogar zum Rand vor, als wollte er ins Wasser springen und sich zu den andern gesellen. Ganz allmählich erkannte Benito sich in der Zeichnung wieder (denn Desi hatte Van Gogh oder Scipio verraten, um eine klassizistische Zeichnung zu machen, die einen Hermes oder einen Ganymed darstellen sollte: die Liebe ist listig ...), und seine Augen leuchteten in heiterer Überraschung auf; vom Felsvorsprung über dem Wasser her beobachtete Desi ihn aus den Augenwinkeln; dann kehrte er ganz langsam zu ihm zurück, um ihn hinter seinem Rücken zu belauern.

»Wie schön!« rief der Junge aus. »Zeigen wir es den anderen.«

»Nein, nein«, murmelte Desiderio, »ruf sie nicht, wir zeigen es ihnen nachher ... Gehen wir lieber ein paar Schritte, magst du?«

»Warum nicht?« antwortete Benito.

Den Widerhall jenes so hell klingenden, so wundervoll unerwarteten »Warum nicht?« – zurückhaltend und herausfordernd – eines jener Dinge, deren das Leben sich bedient, um die Vergangenheit göttlich werden zu lassen – im Herzen, steckte Desiderio die Zeichnung zwischen die Seiten seines Tommaseo, und mit einer Ruhe, die ihn fieberhafte Anstrengung kostete, strebte er mit Benito den Feldern zu.

Als sie ein Weilchen gegangen waren, entschloß er sich, ihm die rechte Hand auf die Schulter zu legen: mit freundschaftlicher, vertrauenerweckender Gebärde, so daß der Junge, *sich fast gezwungen fühlend, jenes Zeichen der Zuneigung zu erwidern, ihm seinerseits den Arm um die Hüfte legte.* Umschlungen wie zwei, die von Kindesbeinen an Gefährten sind, gingen sie so an den Maisfeldern entlang, die eine Pappelreihe vom Kiesbett des Flusses trennte ... Doch wie in einem Alptraum hatte Desiderio den Eindruck, als seien seine Füße zu Blei geworden ... Sogar Benitos Umarmung entzückte ihn nicht, sondern quälte ihn, denn ihm war, als würden die zwei- oder dreihundert Meter, die noch nötig waren, um an einen verborgenen Ort zu gelangen, nie mehr überwunden werden.

Und Benito? Desi wollte sich keine Illusionen machen, andrerseits konnte jede Vergewisserung gefährlich sein ... Das war der Nachteil: er kannte Benito nicht. Wer war Benito bloß, hinter seinem Körper? (Die geistigen Schlachten hatten noch längst nicht begonnen, als die fleischlichen Schlachten schon ...)

»Man hätte ihn zuerst *lieben* müssen«, schrie Desi innerlich, »denn jetzt über Wehrlose herzufallen ist sinnlos, und außerdem war es nicht Schuld der Pisana ...«

»Nehmen wir mal an, Benito sei frei von gewissen Vorbehalten. Aber wie komme ich denn darauf? Und genügt es überhaupt, ohne Vorbehalte zu sein? Er könnte es einfach nur aus Leichtfertigkeit tun, und dann ... Womöglich ist er schon so abgebrüht – à la Croquignole? Aber in dem Fall, wer weiß, welch massive Leidenschaft er dann für das andere Geschlecht hegt ...«

»Alles in allem ist er keusch; allerdings ist er auch maliziös – er ist kein unbeschriebenes Blatt, sozusagen. Und falls ein gewisses Ehrgefühl in ihm lebendig ist, ist er dafür auch sehr unvorsichtig ... Aber mein Gott, warum umarmt er mich so fest? Armer Junge, er hat mich ins Herz geschlossen ... Wer weiß, was ich für ihn bedeute: eine außergewöhnliche Begebenheit, da ich der erste in seinem Leben bin, der zu ihm sagt ... daß er ihn küssen will, und seine Mutter hat ihm in zehn Jahren vielleicht zwei Küsse gegeben, wenn überhaupt ... Ein Kuß ist, für ihn, ein Beweis mütterlicher Liebe ... oder ein freundschaftlicher Gefühlsausbruch ... Ein Reicher kann sich erlauben, einen armen Jungen zu küssen, um ihm seine besondere Sympathie zu zeigen: daß es vielleicht ein bißchen unerklärlich ist, macht dann nichts ...«

Die Gedanken, die – wie eine wahnhafte Stenographie –

Desiderios Gehirn durchzuckten, hinderten ihn jedoch nicht, sich mit dem Jungen zu unterhalten, der sich, ganz vollkommen, in seinen Antworten genau auf halbem Weg zwischen Furcht und Vertraulichkeit hielt. Sie sprachen von sinnlosen Dingen wie der Fischerei, oder der Entfernung vom Strand von Caorle zum Strand von Lignano ... wer weiß, vielleicht würden sie mal zusammen hinfahren ... an einem Sonntag ... Nein, bei dieser Mulde mußte man haltmachen: es war notwendig, dem Jungen nicht zu viele Illusionen über eine uneigennützige Freundschaft zu lassen. War der Junge also, wie der Sohn in Goethes Ballade, »unverdorben, aber ohne viele Vorbehalte«, »natürlich aber ohne Religion«, »einfältig aber voller zärtlichen Vertrauens«, so mußte man es erst im Guten mit ihm versuchen:

Du liebes Kind, komm, geh mit mir!
Gar schöne Spiele spiel' ich mit dir ...*

»Warum hast du gesagt, du würdest nicht zulassen, daß ich dich küsse?« fragte Desiderio etwas unverschämt.

»Du bist gut, ich bin doch kein Mädchen«, antwortete der Junge und warf ihm einen furchtsamen und heiteren Blick zu.

»Was hat das damit zu tun: bist du nicht ein Engel? Die Engel sind weder männlich noch weiblich«, gab Desiderio mit zitternder Stimme zurück und räusperte sich hustend und lachend.

»Engel bin ich auch keiner.«

»Du begehst also Sünden?«

»Natürlich, wie alle.«

»Sünden der Liebe?«

»Naja, dafür bin ich noch zu jung.«

»Lügner.«

»Wieso?«

»Ah, dein Beichtvater möchte ich sein.«

»Dann müßten Sie bis Ostern warten«, und damit löste sich der Junge aus der Umarmung und rannte zum Fluß hin, in das Gebüsch ... Desiderio lief lachend hinter ihm her, und bei ihm angekommen, packte er ihn am Handgelenk. Benito sagte: »Kehren wir um ...«

Wie? brach nun alles zusammen? War die Katastrophe da?

* Deutsch im Original (A. d. Ü.)

Desiderio wollte nichts davon wissen, und obgleich sich die Finsternis auf ihn herabgesenkt hatte, versuchte er, dem Unglück die Stirn zu bieten.

»Einmal im Jahr beichtest du nur?« fragte er beharrlich, als sei nichts gewesen, »wer weiß, wie viel du dem Priester zu erzählen hast.«

»Wie alle.«

»Also auch Sünden der Liebe. Alle begehen solche Sünden.«

»Schauen Sie, dort unten, das Boot der F.«, rief Benito aus.

»Gehen wir hin?« fragte Desi bang.

»Ja, gehen wir ...«; so gingen sie quer durch das Weidengestrüpp, auf dem Sand; dort löste sich der Flußarm vom Ufer und drang ins Kiesbett vor.

Auf dem blauen Wasserstreifen, bei einem Haufen Zementblöcken, zeichnete sich die Rundung eines Bootskiels ab. Fast im Laufschritt kamen sie dort an: und eine halbe Stunde lang bedeutete das Boot Benito alles. Sie schoben es ins Wasser, das ziemlich tief und so klar war, daß man auf dem Grund das goldfarbene Moos und die Kiesel sah; da badeten sie, sie beide allein, sprangen dabei vom Rand des alten Bootes, das sich mit Wasser füllte. Es war ein wundervolles Bad: alles war grün, blau ... nicht eine Wolke am Himmel ...

Als sie des Schwimmens müde waren, legten sie sich zum Trocknen auf den Kies des Flußbettes. Sie waren ganz nah. Nachdem sie ein wenig von den üblichen unschuldigen Kindereien gesprochen hatten, fragte Desiderio unvermittelt:

»Und warum hast du dich an dem Sonntag küssen lassen?«

Benito errötete und antwortete nicht.

»Antworte«, nötigte ihn Desiderio lachend.

»Ich weiß nicht«, er war sehr verlegen, der arme Junge, zeigte es aber nicht: es schien vielmehr, als wolle er seinem eifersüchtig gehüteten, köstlichen Geheimnis treu bleiben.

»Dann laß dir auch heute einen Kuß geben«, sagte Desiderio. Benito hielt ihm die Wange hin, und Desiderio streifte sie kaum: er wollte ihn nicht erschrecken. Doch sogleich bereute er es, suchte die Lippen und küßte ihn lange; Benito hielt still und erwiderte den Kuß, so gut er konnte ...

»Bei mir würdest du also nicht die Beichte ablegen wollen ...«, fing Desiderio wieder an, beharrlich geworden. Seine Bockigkeit machte ihn wahnsinnig: jetzt hätte er ihn auch aus den Armen des Vaters gerissen:

Ich liebe dich, mich reizt deine schöne Gestalt;
Und bist du nicht willig, so brauch ich Gewalt.*

Er hätte auch bösartig sein können; aber er sprach mit großer Sanftheit. Und was dachte Benito?

»Warum sollte ich bei Ihnen die Beichte ablegen?« sagte er, indem er sich auf einen Ellbogen aufstützte: er lachte, hatte eine Frage in den Augen – oder eine Aufforderung ...

»Ich habe dich lieb: dir würde ich alles sagen«, sagte Desi ernsthaft, und Benito, von soviel Edelmut gedemütigt, legte sich wieder auf den Rücken und schwieg.

»Wieviele unkeusche Handlungen hast du diese Woche begangen?«

»Zwei pro Tag«, erwiderte Benito spaßhaft und heiter.

»Allein oder mit den Kameraden?« fuhr Desiderio im selben Ton fort.

»Mit den Kameraden«, schrie Benito lachend und wälzte sich im Kies. Desiderio ging zu ihm hin und umarmte ihn. Benito blieb still auf dem Rücken liegen und schaute nach oben. Desiderio küßte ihn erneut auf den Mund: als er seine Lippen von ihm löste, lag Benito immer noch unbeweglich auf dem Rücken, genau wie vorher. Und Desiderio küßte ihn noch drei, vier Mal. Es waren endlose Küsse. Doch auf einmal machte Benito sich los, lief zu den Zementblöcken, kletterte hinauf und sah von oben den Fischen zu, die durch das Wasser zuckten, das durchsichtig war wie die Luft. Wieder ging Desiderio zu ihm hin, ganz langsam, und beobachtete mit ihm die Fische.

»Dein Name gefällt mir nicht«, sagte er nach einer Weile, »ich werde dich Iasìs nennen.«

»Wer war Iasìs?« fragte der Junge.

»Ein allerliebster Knabe, in den sich alle verliebten.«

Sie waren damit beschäftigt, das wundervolle, von Fischen, die vor Glückseligkeit und Kühle zu sterben schienen, belebte Wasser zu betrachten, als sie nahe Stimmen hörten. Sie wandten sich zu den Büschen um und sahen Marco und Nini aus Gleris herankommen, und dann Milio, Naci, Amos und Jacu aus Santa Sabina und ein paar andere, deren Namen sie nicht wußten. Sie waren unterwegs gewesen und kehrten jetzt zum Strand zurück. Lachend und lärmend näherten sie sich Desi und

* Deutsch im Original (A. d. Ü.)

Iasìs: man konnte sich ihrer Vertraulichkeit nicht entziehen ... Fluchend, und Iasìs fest an der Hand haltend, mußte Desi sich der Gesellschaft anschließen.

Am »Strand« floß das Leben ohne Neuigkeit dahin. Manche spielten Ball, andere unterhielten sich auf dem Sand ausgestreckt und erzählten sich Witze. Gilberto dozierte vor einem halben Dutzend Jugendlicher, die ihm lachend zuhörten; kaum gewahrte er Desi und Iasìs in Gesellschaft der anderen, zog er eine Grimasse. Aber Desi sprühte nur so vor Fröhlichkeit: er organisierte ein Spiel, löste es wieder auf, erfand ein anderes; er erfüllte unlösbare Aufgaben, machte sich wüst über die fünf oder sechs Mädchen aus Savorgnano lustig, die sich am Rand des Strandes niedergelassen hatten; er erzählte die gotteslästerlichsten Witze und ging alle unerhörtesten Schweinereien durch. Er war insgesamt so sympathisch, so knabenhaft, so unmittelbar, daß Iasìs ihm unbewußt das »Du« schenkte. Das erhob ihn in den siebten Himmel.

Der Strand begann sich zu leeren: die meisten Jungen mußten zur Arbeit gehen; Iasìs jedoch rührte sich nicht, obwohl sie höchstens noch zu zehnt waren. Gilberto war zu seinem Sachs zurückgekehrt und Desiderio verzog sich, nachdem er Iasìs im Sand alleingelassen hatte, unter die Akazien, um vor Schmerz zu sterben.

Er tat so, als läse er, aber die zwei oder drei Verse, die er hatte entziffern können, streckten sich alle zum Fluß hin, zum Sand, zu dem liegenden Iasìs ... Er konnte nichts anderes tun als Iasìs ansehen. Nach einer Viertelstunde gab er es auf, erhob sich, und auf der Uferböschung angekommen rief er ihn ...

Der Junge sprang auf die Füße, rannte zum Fluß hin, verweilte ein wenig dort und schwamm, dann kletterte er, sich an den Wurzeln festhaltend, ans Ufer. Desiderio hatte sich, als er ihn kommen sah, zwischen den Büschen postiert, und kaum erschien Iasìs wassertriefend auf der Böschung und ließ den Blick umherschweifen auf der Suche nach dem Gefährten, rief Desiderio laut seinen Namen aus dem Akaziendickicht. Da rannte Iasìs auf ihn zu und Desiderio, jeder Unsicherheit ledig, drückte ihn an die Brust und küßte ihn wie wahnsinnig auf die Lippen. Zwischen den Küssen lachte Iasìs – dann wurde er nach und nach ernst, aufmerksam: er erwiderte die Küsse nun, insgeheim; und als Desiderios Hand an seinem Körper herabglitt und mit der armseligen Sicherheitsnadel spielte, die sein

Geheimnis schützte, war es der Knabe selbst, der sie löste, wonach er dann in unschuldiger Komplizenschaft ausrief, daß er noch naß sei und daß es besser wäre, sich vorher noch ein wenig an der Sonne aufzuwärmen.

Drittes Kapitel

Unter Schmerzen, unter Schmerzen
werde ich sterben ...
Gesänge des griechischen Volkes

VON JENEM TAG an sah Desiderio Iasìs oft: sie trafen sich am Strand, denn anscheinend hatte der Junge plötzlich auf geheimnisvolle Weise die Arbeit unterbrochen, die ihn bisher ferngehalten hatte. Er sah ihn oft, aber ihre Nachmittage waren, wie Gil mit beißender Ironie bemerkte, weiße Hochzeiten.

Desiderios ganzes Leben war zusammengeschrumpft auf das Warten, daß es Zeit würde für den Tagliamento: beinah nüchtern, von Halluzinationen verfolgt, und voller hysterischer Lustigkeit langte er mit Gil am Strand an, der noch fast menschenleer war, so früh war es, und man sah nur einige kleine, in Betrachtung der Fische versunkene Jungen. Die beiden jungen Männer zogen sich aus, und mit den Büchern in der Hand, aber ohne eine Zeile lesen zu können, warteten sie darauf, daß »sie« ankämen (der andere, Gils Freund, war ein sechzehnjähriger Blonder – der in einem Dorf unweit von Iasìs' Dorf wohnte, das ebenfalls tagliamentoabwärts in Richtung Bassa gelegen war). Doch Desiderios weiße Hochzeit verdüsterte den Sommer genau in dem Moment, als die Tage am Strand ihren strahlenden Höhepunkt erreichten: mehr als hundert Jungen kamen dort zusammen; das aus zwei Zementblöcken und etwas festgeklopftem Lehm gebaute Sprungbrett wimmelte ständig von Jungen, die sich, einer nach dem anderen, schreiend und lachend ins Wasser stürzten. Auch das bißchen Sand war übervoll mit Jungen, die, wie Blindschleichen in der Sonne ausgestreckt, »davon« sprachen. Desi und Gil unterhielten sie, indem sie Spiele und Reden erfanden, die ihnen neu waren: und Iasìs, unter seine Gefährten gemischt, lachte. So stellte sich Desiderio verzweifelt für ihn zur Schau, aber trotz aller Willensanstrengungen konnte er es keine Minute aushalten, ohne ihn zu liebkosen oder wenigstens anzuschauen.

Wie ein Automat war er seiner Liebe unterworfen. Das

Auge, das zu Iasìs' Körper hineilte, oder die Handfläche, die ihn berührte, gehörten nicht mehr ihm. Übrigens gelang es ihm auch nicht mehr, mit dem Jungen allein zu bleiben. Dieser erschien zusammen mit den Gefährten, hielt sich immer in ihrer Mitte auf, und gegen vier Uhr sagte er, daß er nun gehen »müsse«: und ging tatsächlich. Das eine Mal hatte er einen Sack dabei, den er mit Gras für die Gänse oder die Kaninchen füllen mußte; das andere Mal brachte er eine große Heckenschere mit, mit der er Weidenruten schneiden mußte, gewöhnlich mit einem Gefährten, der schon gegen drei Uhr, wenn nicht gar früher, zu drängen begann, zur Arbeit aufzubrechen.

Doch dies waren ja nur die äußeren Umstände: innerlich liefen die Dinge wesentlich schlechter – denn schließlich hätten sie immer eine Möglichkeit finden können, um ein paar Schritte in den Feldern spazieren zu gehen. Der Grund war, daß Iasìs nicht mehr mit Desiderio alleinsein wollte. Oder zumindest schien es so. Er war sein Freund, lächelte ihm liebevoll und zuweilen leicht maliziös zu; sah er ihn von weitem, lief er ihm mit den anderen entgegen ... wenn Desiderio aber versuchte, ihn von den Gefährten abzusondern, ihm zu verstehen geben wollte, daß er gern zu *jener* Vertraulichkeit zurückgekehrt wäre, dann wich der Junge aus. Also belagerte Desiderio ihn, langweilte ihn, quälte ihn so sehr, daß Iasìs nach und nach begann, sich von ihm fernzuhalten, die Heiterkeit im Umgang mit ihm zu verlieren, fast als sei ein Schatten auf sein Gesicht herabgeglitten, oder als habe ein Dämon, der ihm unausgesetzt unerklärliche Worte ins Ohr flüsterte, ihn überredet, Desiderio zu meiden. Desiderio begriff wohl, daß es das Übermaß seiner Liebe war, das bei Iasìs diesen abwesenden, enttäuschten Ausdruck hervorrief: aber er war nun schon so weit auf der schiefen Bahn, daß er, wie in einem Alptraum, nicht mehr umkehren konnte.

Jede Liebkosung für Iasìs, jeder Blick, den er auf ihm ruhen ließ – in der Hoffnung, wer weiß welche Frucht, welch unmögliche Zustimmung zu ernten –, bewirkte nur, daß der Knabe sich von ihm entfernte – es schien, als würde das gleiche Gefühl, das Desi ausbrannte, Iasìs im selben Maß zu Eis erstarren lassen. So würde man unweigerlich ein Höchstmaß an Glut und ein Höchstmaß an Eiseskälte erreichen. Iasìs würde verlorengehen; und Desi begriff das und wiederholte sich mindestens tausend Mal in einer Stunde: »Ich darf ihn jetzt nicht anschauen«, und schaute ihn doch an, oder: »Nein, ich darf ihn um keinen Preis berühren«, und berührte ihn doch. Eines Tages gelang es ihm, sich Iasìs zu nähern, während dieser am Rand des Wassers auf den Steinen ausgestreckt lag; der Junge wirkte leicht verlegen – es war gewiß nicht die wundervolle Verlegenheit seines Alters ... eher, als hätte er es vorgezogen, anderswo zu sein. Desiderio legte sich neben ihn, und Steinchen ins Wasser werfend fragte er ihn ohne Umschweife: »Sollen wir ein paar Schritte gehen?«

»Nein«, antwortete Iasìs, »bleiben wir lieber hier: ich gehe gleich ins Wasser.«

»Aber da warst du doch bis jetzt.«

»Und jetzt gehe ich wieder hinein.«

»Los Iasìs, begleite mich doch bis zur Quelle: ich habe keine Lust, allein hinzugehen.«

»Es sind genug Jungen da, die dich begleiten können.«

»Ich will aber dich.«

»Ich muß jetzt ins Wasser.«

»Dann hinterher, bitte«, flehte Desiderio.

»Ich weiß nicht, wir werden sehen.«

»Warum willst du nicht mitkommen? Daß du ins Wasser mußt, ist eine Ausrede.«

Iasìs antwortete nicht; auf den Ellbogen liegend stützte er das Gesicht in die geballten Fäuste; und sah den Jungen zu, die vom Sprungbrett sprangen.

»Also ... kommst du ... nachher.«

»Mal sehen, wenn ich Durst habe.«

»Aber du kannst doch trotzdem mitkommen, um mir Gesellschaft zu leisten ... du weißt, daß ich mir nichts aus den anderen mache, und daß ich mit dir zusammensein will.«

»Sind wir denn jetzt nicht zusammen ...?«

»Schon, aber ... es wäre schöner, wenn wir allein wären ... wir könnten besser plaudern ...«

»Hier plaudert es sich doch ausgezeichnet«, sagte Iasìs und stand auf, blieb dann aber stehen. Auch Desiderio stand auf, und strich ihm nicht vertraulich über den Kopf oder die Schulter, wie er es sonst zu tun pflegte, sondern umarmte ihn richtiggehend. Iasìs ließ ihn gewähren, dann machte er sich auf einmal ganz sacht los und wollte gerade ins Wasser, als Desiderio ihn zurückrief:

»Iasìs!« Die Füße schon im Wasser drehte der Junge sich um.

»Iasìs ... warum willst du nicht mit mir gehen ... wie an jenem Tag?«

»Oh, das kommt jetzt nicht in Frage«, sagte der Knabe. Desiderio lächelte blöde; doch innerlich war er eine Blutlache. Iasìs spielte im Wasser mit den Gefährten.

Gilberto hatte Mario im Kino in Marsure kennengelernt; der Junge sagte allerdings später, er habe sie schon gesehen, Gil und Desi, beim Baden, und versicherte, daß er da jeden Tag hinzugehen pflegte. Am nächsten Tag begegneten sie ihm tatsächlich: und so war die Freundschaft entstanden. Im Kino in Marsure hatten sie zufällig nebeneinander gesessen; Desiderio war ganz von Iasìs und dessen Freunden, denen er die Eintrittskarte bezahlt hatte, in Anspruch genommen, und Gilberto hatte sich, da keiner von Iasìs Freunden ihm besonders gefiel, hocherfreut gefühlt, als der blonde Jugendliche aus Giajs gekommen war und sich zu seiner Linken neben ihn gesetzt hatte ... Im violetten Licht des Kinos hatte er sich sagen können, daß sich ein Engel auf der Bank niedergelassen hatte, wenn das Lichtbündel sein Haupt streifte und es fast Funken sprühen ließ, während die geweiteten, dem Abenteuerfilm zugewandten Augen im Schatten blieben, von unsichtbarem Licht erfüllt. Desi fand später, Mario sei ein Geheimnis der »Lagune«: sein Blond hatte nämlich eine außergewöhnlich glückliche Färbung: nicht deutsch, nein, und auch nicht golden wie bei den Venezianern; es hatte etwas Erdiges und Graues, und eine innere Wärme, wie bei sonnenbeschienenem Sand.

Jetzt hatte er sich mit züchtig im Schoß gefalteten Händen hingesetzt. Dann hatte er eine Zigarette hervorgeholt, die er zwischen die klobigen Finger klemmte, während die andere Hand in der Tasche steckte. Und Gilberto betrachtete ihn wie im Traum, und mit solcher Ausdauer, daß der Junge es schließlich bemerkte und das Interesse erwiderte ... So unglaublich das auch für Gil sein mochte, von jenem Augenblick an schien der Filmheld nicht der einzige zu sein, der das Herz des Knaben höher schlagen ließ. Zu guter Letzt war es dann Mario, der während der Pause den Mut fand, sich an Gilberto zu wenden und ihn zu fragen: »Warum sehen Sie mich so an?«

»Stört es dich?« fragte Gil mit freundlichem Lächeln zurück.

»O nein«, machte der andere, »aber wenn Sie etwas wollen, sagen Sie es mir doch.«

»Naja«, murmelte Gilberto nach längerem Zögern, »der Film

gefällt mir nicht, und ich würde gerne rausgehen ... Aber ich bin fremd hier, und wahrscheinlich würde ich mich im Dorf langweilen, während ich auf meinen Freund warte ... Willst du mitgehen?«

Kurz darauf war Gilberto, mit Mario am Arm, draußen. Die Nacht war wundervoll; aus den weitgeöffneten Türen der Wirtshäuser drangen Lachen und Licht. Nur selten ging jemand vorüber. Mario, ziemlich groß von Statur, wirkte vielleicht älter als sechzehn, und Gilberto nahm ihn ohne Scheu mit, um etwas zu trinken, obgleich der andere ein wenig Angst hatte. Das war gut, denn seine Küsse schmeckten danach süß, nach Lilien, nach Wurzeln ... unerklärlich, bis es klar schien, daß es der Cognac war.

Genau an jenem Abend hatte für Desiderio die Katastrophe begonnen ... Auf dem Rückweg von Marsure nach Marzins (Mario hatte einen anderen Weg eingeschlagen) befanden sich Desi und Gil in Gesellschaft von vier Jungen: sie waren also zu sechst, während es nur vier Fahrräder gab. Da auf dem Hinweg natürlich Desiderio Iasìs vorn auf der Stange gehabt hatte, war er jetzt sehr schmerzlich überrascht, als er sah, daß Iasìs, während er selber sich anschickte, loszufahren, ohne ein Wort zu sagen auf Francos Fahrrad gestiegen war. Er konnte sich nicht zurückhalten und fragte ihn: »Warum fährst du nicht mit mir?«

»Ach laß nur«, erwiderte Iasìs, »wir kommen schon allein zurecht.«

Bruno und Chini schossen wie Pfeile vorneweg, und Gilberto, der glücklich war, folgte ihnen. Sie verschwanden hinter der Biegung, bei den letzten Häusern des Ortes; Desiderio und die anderen beiden Jungen versuchten zuerst, sie einzuholen, aber Iasìs, mit Franco auf der Stange, schaffte es nicht; also verlangsamten sie das Tempo und trafen ganz gemächlich in Marzins ein. Desiderio hatte auf dem ganzen Weg kein Wort gesprochen. Gilberto und die anderen erwarteten sie auf dem kleinen Platz von Marzins, bei der ununterbrochen laufenden Wasserpumpe zwischen der kleinen Kirche und dem Milchladen: dies waren die Orte der »Glückskrise«. Nun scherzten die Jungen dort unbeschwert, an die Fahrräder gelehnt, und ihre Stimme hallte in der schon späten Nacht voll unsäglicher Sehnsucht, aber ruhig wider. Sie verabschiedeten sich freudig und verabredeten sich für den nächsten Tag am Strand; doch niemand bemerkte im freundschaftlichen Durcheinander der Verabschiedung, daß Desiderio weggegangen war, ohne Iasìs auch nur anzusehen – und niemand, außer Desiderio allein, bemerkte den schmerzlich betrübten Ausdruck, der über das Gesicht des Knaben geglitten war.

Am nächsten Tag beim Baden gab es etwas Neues. Desiderio war ungewöhnlich guter Laune angekommen, weil es zwischen ihm und Iasìs jene Meinungsverschiedenheit, jenen Schatten gegeben hatte: vielleicht würde eine Aussprache nötig werden ... Desiderio begriff, daß alles von ihm abhing; er mußte die Kraft aufbringen, sich von Iasìs fernzuhalten, ein paar Tage, auch eine Woche lang auf ihn verzichten; und vor allem mußte er zu seiner Unbeschwertheit, zur Einfachheit seiner Verhaltensweisen, zu der sympathischen Impertinenz zurückfinden, die ihm Iasìs' Zärtlichkeit eingebracht hatten. Doch an jenem Tag gab es, wie gesagt, am Tagliamento eine böse Überraschung für die beiden Freunde. Als sie wie üblich bei dem Wäldchen am Flußufer eintrafen, waren alle Jungen ungewöhnlich ruhig auf dem Sand vereint. Nur wenige Stimmen erhoben sich aus dieser Versammlung, um Desi und Gil zu begrüßen. Also zogen diese sich rasch aus, neugierig geworden und beunruhigt, warfen sich ins Wasser und langten bei der Sandbank an. Etwa dreißig Jungen, unter ihnen alle ihre Freunde, lauschten den Reden von vier jungen Männern, die man hier noch nie gesehen hatte. Aber es war nicht schwierig, ihrer Redeweise zu entnehmen, daß sie aus dem Hauptort des Bezirks stammten, aus San Vito, dem größten Dorf der Umgegend. Und aus ihrem vulgären und dummdreisten Äußeren ging sofort klar hervor, daß sie, bis nach Marzins heruntergekommen, nicht gezögert hatten, dem ganzen »Strand« ihren Geschmack aufzuzwingen, und daß sie, die Fremden, sich als Herren aufspielten über die armen Einheimischen, die ihnen übrigens mit leidenschaftlicher Bewunderung zuhörten.

Insbesondere einer von ihnen erweckte den Anschein, als habe er sich auf der Sandbank eingenistet, wie wenn es ihm von Rechts wegen zustünde, als uneingeschränkter Chef der ganzen Gruppe betrachtet zu werden: Desiderio hatte ihn daraufhin gleich insgeheim »Kaiser des Ortes« getauft: er hatte nämlich begriffen, daß im Augenblick nichts zu machen war. Diese jungen Männer zogen auch nicht im entferntesten die Möglichkeit in Betracht, daß sie vom Thron gestoßen werden könnten. Und Iasìs schaute sie inmitten seiner Gefährten mit offenem Mund an und stimmte regelmäßig in das allgemeine Gelächter ein. Er hatte Desiderios Ankunft kaum wahrgenommen.

Die jungen Männer, und vor allem der Kaiser des Ortes – ein magerer, bronzefarbener Jüngling mit fast zu breiten Schultern, einem knochigen und finsteren Gesicht, der lässig und beinahe obszön im Sand lag – waren im Augenblick dabei, die kleineren Jungen zu hänseln, die sich mit gespitzten Ohren am Rand der Gruppe eingefunden hatten. Kurz zuvor war nämlich von einem gewissen, wundertätigen Arzneimittel die Rede gewesen, das bei Einnahme angeblich alle fleischlichen Gelüste abtötete.

»Schön wär's«, hatte der Kaiser gesagt, »ich würde sofort ein Glas von dem Zeug schlucken. Dauernd steht er mir, dieser Schwanz. Nicht eine Frau geht vorbei, die ich nicht gerne hätte, und jeden Tag muß ich ins Bordell: uff, Junge, wenigstens einen Monat seine Ruhe haben können! Wenn du auf der Straße rumläufst, oder arbeitest, oder mit den Freunden zusammen bist, der Gedanke ist einfach immer da und basta.«

Anschließend malte man sich die, sehr witzige, Möglichkeit aus, daß die Wirkung des Arzneimittels das gewünschte Maß überschreiten könnte, und das Fleisch womöglich ein ganzes Jahr oder ein Leben lang unempfindlich machen würde.

Höhnisch lachend verfielen die jungen Männer in einen finsteren Tonfall, und drohend, mit einem Schulterzucken und einem schrecklichen Wort der Verneinung überantworteten sie der Schmach, der Verachtung oder jedenfalls dem tiefsten Vergessen das Arzneimittel, den, der es erfunden hatte und alle, die je auf die Idee gekommen sein sollten, es zu benutzen; und ihr Urteil wurde mit kraftvollen Ausdrücken der unumschränkten Milde dem eigenen Geschlecht gegenüber verkündet, beinahe als handle es sich um einen schönen erstgeborenen Sohn, dessen kleinen Fehltritten man natürlich die wohlwollendste Verzeihung gewähren würde. Der Blick des Kaisers war scheel und dumm durch die orangefarbene Mütze, die ihm vorn fast die Augenbrauen verdeckte und den Nacken freiließ: und nun ging er vom Ausdruck des niedergeschlagenen Stiers, des mit Gewalt von der Hündin weggerissenen Hundes, des Spitzbuben, der dem Polizisten Grimassen schneidet, des brutalen Mannes, der mit einem Lächeln voll schmutziger Anspielungen zur Abstinenz gezwungen ist (»Dieser Schwanz ist wirklich ein Fluch«), ging er beim Verurteilen jenes Arzneimittels über zum Ausdruck des angriffslustigen Stiers, des knurrenden Hundes, des Scharlatans, der die Menge unterhält, des Mannes, der befriedigt den Gürtel seiner Hose zuschnallt (»Nein, nein, besser, du stehst das ganze Leben lang!«): und Desiderio hätte ihn umbringen können vor Eifersucht, als er das Gelächter der Jungen (einschließlich Iasìs' Stimme) hörte, das seine Rede jedesmal mit pünktlicher Bewunderung unterstrich.

Jetzt richtete der Kaiser seinen Blick mit vollkommener Ausdruckslosigkeit auf den Schoß eines der kleineren Jungen, die zuhörten – eines gewissen Gianni – und wühlte zwischen den grünen und gelben Streifen des neuen Wollhöschens, auf das der vorpubertäre Junge recht stolz zu sein schien. »Er steht«, urteilte der Herrscher schließlich.

»Nein, das stimmt nicht«, protestierte Gianni, verängstigt wie ein aus seiner Höhle getriebenes Tier, das das plötzliche Sonnenlicht blendet und halb wahnsinnig den Jägern in die Hände fallen läßt. »Es ist nicht wahr«, wiederholte er, aber der Mut, es zu beweisen, fehlte ihm.

»Warum lügen?« fing der Kaiser unbeugsam wieder an. Gianni log tatsächlich nicht; kurz darauf legte er sich jedoch, einen unbeobachteten Moment ausnützend, bäuchlings in den Sand. Die Anschuldigung, die der Kaiser, übrigens wohlmeinend, gegen ihn erhob, war nur gut gemeint: sie gereichte ihm zur Ehre, sozusagen. Aber es war eine falsche Beschuldigung: warum bloß – dachte Desi – hatte er den armen Gianni in Gegenwart seines Bruders, der Gleichaltrigen und vor allem der jugendlichen Freunde darauf festgenagelt und zu Unrecht an einen, wenn auch keineswegs entehrenden Pranger gestellt? Offenbar, um einen Vorwand zu haben für das, was er sich, nach Desiderios Vermutung, schon vorher zurechtgelegt hatte. »Warum lügen?« hatte der Herrscher nämlich wieder angefangen, »wer weiß, wie viele du dir heute runtergeholt hast. Ich hab's in deinem Alter (und ich schäme mich überhaupt nicht, es zu sagen) auch zwanzigmal am Tag gemacht ... Aber nach der Entwicklung ...«

Nun wandte er sich an alle, mit ernster Miene, fast als hätte er etwas Wichtiges und Intellektuelles zu sagen: »Ich erinnere mich noch an das erste Mal: verdammt, ich war im Bett und holte mir wie üblich einen runter, als ich am Ende bemerkte, daß ich feuchte Finger hatte. Ich stand auf, knipste das Licht an: ich war erschrocken, weil ich Angst hatte, ich hätte uriniert, ohne es zu merken. Ich schlüpfte wieder unter die Decke und probierte es noch einmal – und auch diesmal, am Schluß, der Tropfen zwischen den Fingern. Jetzt hatte ich es endlich kapiert, Jungs. Na, ich war heilfroh und voller Stolz: ich fühlte mich als Mann. Am nächsten Tag bin ich früh auf die Straße gerannt: wir wollten Fußballspielen gehen, weil es Sonntag war, glaube ich. Wißt ihr, in San Vito, hinter der Schule, da ist dieses steinerne Pissoir ... Dann habe ich Davide gerufen, der ein paar Monate älter sein mußte als ich, und während ich ihm alles erzählt habe, habe ich ihn ins Pissoir geführt: dort wollte ich ihm beweisen, daß ich nun ein Mann war. Aber es ist nichts rausgekommen. Erst bei einem Versuch am Nachmittag ist es mir gelungen, Davide zu überzeugen – und da habe ich dann auch die andern gerufen. An dem Tag hab ich mir vier- oder fünfmal einen runtergeholt.«

Glücklicherweise gingen die jungen Männer noch vor drei Uhr, denn sie waren Mechaniker; Desiderio atmete auf. Jetzt würde er Iasìs erst einmal zeigen, daß ihm gar nichts an ihm lag, außer einer friedlichen Freundschaft. Er verließ die Sandbank und begab sich ans Ufer in das ewige Akazienwäldchen, um zu lesen. Kurz darauf kam Iasìs ihm nach, und Desiderio, frohlockend, tat, als bemerkte er ihn nicht. Doch Iasìs war mit Gianni zusammen, und ohne auf den Jüngling zu achten, zogen sie sich gemeinsam an. Gingen sie schon? Aus frohlockenden Höhen war Desiderio schlagartig in bitterste Angst und Not gestürzt. Die beiden Jungen hatten inzwischen einen Sack und die Heckenschere gepackt und gingen in die dem Dorf entgegengesetzte Richtung. Desiderio hoffte bis zuletzt, daß Iasìs ihn bemerken und wenigstens grüßen würde; aber er wurde enttäuscht. Und da warf er, seine ganzen Pläne vergessend, das Buch ins Gras und holte die beiden ein, die an den Pappeln entlanggingen.

»Wo geht ihr hin?« fragte er, vom Herzklopfen erstickt.

»Ruten schneiden«, antwortete Gianni freundlich und ein wenig maliziös.

»Und was macht ihr dann mit den Ruten?« fragte Desiderio, um irgend etwas zu sagen. »Wir verkaufen sie«, gab der Junge ruhig zurück, wobei er ihn aus den Falten des über die Schulter geworfenen Sackes ansah. Iasìs ging nebenher, zerstreut, schnitt ab und zu mit der Heckenschere ein paar Ölweiden- oder Akazienzweige ab. »Und was, zum Teufel, verdient ihr dabei?« flehte Desiderio, wobei er versuchte, einen lustigen Ton anzuschlagen. »Zwei- bis dreihundert Lire am Tag.« Desiderio konnte nichts anderes empfinden als grenzenloses Mitleid: er sah die zwei oder drei kleinen Scheine in jenen armen Händen, und wenn er daran dachte, daß sie sie sparen würden (vielleicht abzüglich der fünfzig Lire für das Kino am Sonntag), um sich ein Paar Schuhe zu kaufen ... oder ein Sommerhemd, spürte er einen Knoten im Hals. Aber die beiden Jungen machten ihn auch wütend; was Iasìs anging, so hätte er ihn am liebsten ausgepeitscht, zu Boden geworfen und mit Fußtritten traktiert. Aber er näherte sich ihm und streichelte ihm – wie ein Automat – über den Kopf. Iasìs warf ihm einen unsäglichen Blick zu. Doch Desiderios Hand war die Hand eines Automaten, und sie umarmte und streichelte ihn weiter. Am Ende des Pfades angekommen, entschloß sich Iasìs endlich zu sprechen und sagte: »Wir gehen jetzt hier entlang.« Es war eine Verabschiedung.

»Ade«, sagte Desiderio.

»Ade«, erwiderte Iasìs knapp. Gianni wandte sich noch zwei- oder dreimal um und betrachtete den Jüngling mit ausdruckslosen Augen. Desiderio ging weiter, auf die Felder zu, ohne auch nur die Kraft zum Denken zu haben: er war wütend, sann darauf, Iasìs zu töten. In der Gedankenleere gab es nur noch diese Wut, wie über eine zu Unrecht erlittene Kränkung. In einem Dickicht junger Erlen angekommen, ließ er sich erst auf die Knie und dann auf den Bauch fallen. Er war weiterhin ein Automat – ein Aufruhr unterdrückten Schmerzes –, bis er bemerkte, daß er weinte.

Am Strand waren alle freudig erregt: Mario war angekommen und Gilberto wollte ihn um jeden Preis unterhalten. Also spielten sie unzählige Spiele, denen der witzige und einfallsreiche Jüngling stets eine unvermutete Wendung gab. Die Stimmen hallten rundum wider, vom Kiesbett bis zu den Feldern, drangen bis an Desiderios Ohr, weckten in ihm – der so unglaublich gekränkt war – das Bedürfnis, selber jemanden, etwas, die ganze Welt zu kränken. Und er begann, auf zwei Distelfinken zu fluchen, die haßerregend fröhlich durch das Laub flatterten: aufgebracht und launisch wie ein kleiner Junge, fing er an zu schreien:

Und der Luft werde ich sagen, sie soll dich von mir grüßen, und dir sagen, daß EIN JÜNGLING STERBEND SICH NACH DIR VERZEHRT ...

Doch beim Gedanken an seinen Tod war er so ergriffen, daß er wieder in Tränen auszubrechen drohte, »und die Bäume welkten dahin, und alle verendeten sie«. Er kam so benommen am Ufer vor dem Strand an, daß er zu allem fähig gewesen wäre. Zu seinem Unglück fiel ihm der aufgeschlagene Tommaseo ins Auge, und fast um seine Verachtung für die gesamte Welt einschließlich Gil, der am Strand mit Mario spielte, zu beweisen, fing er mit fieberhaftem Eifer zu lesen an. Allerdings schienen jene Verse geradezu dafür gemacht, ihn noch hemmungsloser in der Erschütterung über sein Unglück versinken zu lassen. Sie waren wie Weinkrämpfe, plötzliche Entdeckungen der Unermeßlichkeit, aber auch der Schönheit des Schmerzes. Nun, da Iasìs so fern war, konnte die Sehnsucht ihn wohl verklären. Er hatte sich in der Zeit verloren, war tot ...

Und wir werden uns nicht wiedertreffen, und es tötet mir mein armes Herz

Trotz dieser pathetischen Resignation versteifte er sich darauf, von Iasìs nur eins zu wollen: ihn besitzen. Und die wütende Eifersucht auf sein Fernsein war zu frisch, zu aphrodisisch, um ihn nicht zu berauschen ... Und nun fehlte nur noch der Tommaseo ... Da war er, der springende Iasìs:

Es springt der Knabe, das Knäblein fein
wohl über vierzig Ellen ...

Wie? Also besaß Iasìs einen Ring?

Hochgewachsen war er, schlank, wendig wie eine Zypresse
und trug am kleinen Finger ein gar schönes Ringlein
Und es glänzte der Finger mehr als das Ringlein.

Desi war wahnsinnig vor Rührung, er konnte den Verlust Iasìs' nicht ertragen. Er hätte losrennen mögen, hinunter zu jenen seligen Orten, wo er mit Gianni Ruten schnitt. Jetzt hätte er sich damit zufriedengegeben, zwanzig Meter Abstand zu ihm zu halten ... Im übrigen wußte er selber nicht, was er wollte. Und Iasìs war zudem nicht einmal mehr eine Person: er war Der Knabe ...

> Hellblau mein Veilchen und tiefblau meine Hyazinthe
> Steh auf, daß ich dich ansehe, daß ich sanft dich küsse ...

Und angesichts des Knaben, der ohne Antlitz und ganz Körper, ganz Schönheit ist, gibt es kein Halten mehr ... Wenn er, der anonyme Knabe der anonymen Gesänge, nun einen Körper gefunden hatte in Iasìs' Körper, dann ...

Der Gedanke an die Mutter aber, nein, der nicht, den konnte er nicht ertragen: hier wurde die Mischung aus Eifersucht und Zärtlichkeit entsetzlich:

> Als Mutter hatte sie zwei Söhne, als alte Mutter des Mondes
> Trat die Salambria über die Ufer, im heiteren Sonnenlicht
> Und sie sprangen hinein wie Fische des Meeres ...

Desiderio packte das Buch, trat ans Ufer und schleuderte es wie ein Automat ins Wasser. Doch einige Jungen sahen vom Strand aus seine Geste, nahmen Anlauf und tauchten wenig später mit dem Buch in der Hand wieder aus den Wellen empor. Gilberto rief: »Bringt es hierher.« Und sie gehorchten lachend. Gilberto legte das Buch geöffnet auf die Steine und ließ es trocknen.

»Was ist das für ein Buch?« fragte ihn Mario.

»Ach, irgendein Gedichtbuch«, antwortete Gil lakonisch; Mario näherte sich dem Buch und warf einen Blick darauf. Doch um ihn von der Dichtung abzubringen – sie war zu anders als er –, ging Gil zu ihm hin und machte ihm einen Vorschlag, den er ihm schon seit ein paar Stunden machen wollte, ohne sich dazu durchringen zu können, aus Angst vor einer Absage.

»Würde es dir gefallen, an einem Sonntag mit mir ans Meer zu fahren?« fragte er ihn. Mario sah ihn mit leuchtendem Blick errötend an und zögerte mit der Antwort.

»Warum schweigst du?« fragte Gil ihn unruhig, mit mühsamem Lächeln ... »Nein, ich kann nicht mitfahren«, sagte der Junge.

»Und warum?«

»Ich kann nicht.«

»Denk nur, wie schön es wäre«, rief Gilberto enttäuscht aus, »wir würden nach Caorle fahren oder nach Lignano ... Wir würden den ganzen Festtag zusammen verbringen ...«

»Es wäre schön, das stimmt ...«

»Ich wette, daß du noch nie das Meer gesehen hast.«

»Nein, ich habe es noch nie gesehen. Ich bin immer in meinem Dorf gewesen, nur einmal war ich in Udine.«

»Und warum willst du dann nicht mit mir nach Caorle fahren?«

»Es ist nicht, daß ich nicht will: ich kann nicht ...«

»Aber warum? Warum?«

Mario schwieg und errötete wieder. Es schien, als habe er noch etwas anderes zu sagen, oder als warte er, daß Gilberto ...

»Also warum?« beharrte Gilberto mit einer Spur Hoffnung. Mario lächelte verlegen; schließlich gab er sich einen Ruck und murmelte: »Ich habe kein Geld dafür.«

»Ah, wenn es bloß das ist«, rief Gil glücklich, »ich habe dich doch eingeladen: denk nicht ans Geld.«

»Aber ich werde dir nur zur Last fallen ...«, sagte Mario noch, nicht weniger glücklich.

»Zur Last fallen! Du machst mich zum glücklichsten Mann auf der Welt«, und er sprang auf und rannte die Sandbank entlang; er packte Chini an den Handgelenken und zwang ihn in die Knie, gab Giancarlo, Francos entzückendem Brüderchen, einen Nasenstüber, streckte einen kleinen Freund von ihm in den Sand, der angelaufen kam, um ihn zu verteidigen; dann kehrte er zu Mario zurück und warf ihm, von den andern unbemerkt, einen Kuß zu. Mario, den Kopf senkend, lächelte. Er hatte das nasse Buch in der Hand, doch Gil nahm es ihm mit einem Scherz ab und wollte es Desiderio zurückbringen. Er war so glücklich, daß weder Desiderio, noch Iasìs, noch die anderen in jenem Augenblick für ihn existierten. Am Flußlauf angekommen, blieb er, mit den Füßen im Wasser, stehen, blätterte in dem Buch und begann laut schreiend zu lesen. Desiderio lag unter den Akazien ausgestreckt, etwa fünfzig Meter von ihm entfernt, am anderen Ufer hinter dem Flußarm. Auch die Jungen hinter ihm konnten ihn gut hören ... Und Gilberto las schreiend, wahllos:

> Und der Luft werde ich sagen, sie soll dich von mir grüßen
> und dir sagen, daß ein Jüngling sterbend sich nach dir
> verzehrt ...

und weiter, wie in einem Freudenausbruch:

Sanft leuchtender Mond, eifersüchtig ist auf dich mein Herz
Denn du siehst, was ich liebe: und mir, mir ist es fern.

. . . .

Ich sende dir auch meine Träne in einem goldenen Tüchlein

und zum Abschluß:

Geliebter Vogel mein, mein schöner Sperber,
fremde Lande genießen dich: und ich trinke Gift.

Desiderio rief ihm vom Ufer aus mit rauher Stimme zu: »Idiot!«, und fast weinend vor Ärger und Schmerz zog er sich rasch an und ging davon.

Jener Tag war ein Dienstag. Die ganze Woche lang kehrte Desiderio nicht mehr zum Strand zurück; er hatte beschlossen, daß er von der Situation dort genug hatte. Aber nach Florenz zurückzufahren, davon redete er auch nicht. Er verbrachte seine Tage, indem er mit dem Fahrrad in die umliegenden Dörfer fuhr, und dachte unausgesetzt an Iasìs, eine »goldene Farbe«, die sich in ihm aufgelöst hatte und sein Dasein in ein einziges schmerzhaftes Leuchten verwandelte.

Gilberto dagegen kam jeden Tag wie üblich nach Marzins und traf sich jeden Tag mit Mario: sie hatten ausgemacht, nicht am nächsten Sonntag nach Caorle zu fahren (denn da war Kirmes in Marsure, und die wollten sie nicht versäumen), sondern am darauffolgenden, am dritten September. Am Samstag hatte Desiderio Gilberto nach Iasìs gefragt.

»Er hat sich zwei- oder dreimal blicken lassen, aber nur kurz. Er ist immer mit seinem Sack und seinem Gianni zusammen«, antwortete Gil, doch er hatte ein Lächeln in den Augen. Desiderio haßte nun Iasìs und alles, was ihm nahe war, von ganzem Herzen.

»Aber ...«, fügte Gilberto hinzu, »heute hat er nach dir gefragt.«

»Und du?« fragte Desiderio zitternd, mit gespielter Gleichgültigkeit.

»Naja, ich habe ihm gesagt, daß du böse auf ihn bist. War das falsch?«

»Vielleicht nicht«, murmelte Desiderio gedankenvoll; aber er wollte mehr, noch mehr wissen: »Und er?« fragte er, »wie war er?«

»Oh, göttlich. Er ist sehr traurig geworden, als ich ihm von dir erzählt habe ... Er hat nichts weiter gesagt, aber er war sehr ernst, ganz sicher.«

Desiderio freute sich. Der neue »traurige Iasìs« stand ihm vor Augen. Morgen auf der Kirmes in Marsure hoffte er ihn zu treffen, und welch zärtliche Rührung beim Gedanken an die Begegnung, eine Begegnung, liebevoll wie eine Auferstehung, ein wolkenloser Himmel nach dem Sturm ...

Am nächsten Tag um ein Uhr mittags, als noch niemand da war, kamen die beiden Freunde zum Fluß, der sich allmählich mit seinen entzückend sonntäglich herausgeputzten, üblichen Besuchern füllte: aber es kamen auch viele Gruppen Fremder.

Iasìs war nicht da, und Gianni auch nicht. Zum Ausgleich trafen wenig später der Kaiser und sein Gefolge ein; der Strand, versteht sich, stand sogleich gänzlich zu ihrer Verfügung. Es waren Reformen nötig: und die führten sie unverzüglich durch. Alle Jungen des Ortes lagen ihnen zu Füßen, und es gab keinen, der nicht gekommen wäre, um ihnen mehr oder weniger unauffällig seine Hochachtung zu bezeugen. Desi und Gil schienen aus der Mode gekommen, entmachtet, abgesetzt. Aber was lag Desiderio daran? Iasìs war nicht da. Das war unerklärlich: sonntags hatte er nie gefehlt! Desiderio versuchte, nach ihm zu fragen, aber niemand konnte ihm etwas sagen. Über Gianni genauso wenig: sie waren wie vom Erdboden verschluckt.

Besessen von dem Ausschnitt des Horizonts, in dem, wenn ein Gott ihn herführte, Iasìs hätte auftauchen müssen, hielt Desiderio sich abseits und brütete, obgleich er gar nicht mehr die Kraft hatte, zu leiden, insgeheim über seinem Unglück. Im übrigen kümmerte sich niemand um ihn: die Jungen fingen, nach der ersten Begeisterung, an, der beiden Fremden überdrüssig zu werden, und in ihren Augen lag wie ein Schatten tief unten ein Ausdruck, der zwischen leisem Mißtrauen und leiser Ironie schwankte.

Die Biegung des Tagliamento glich einem Wespennest: in hunderterlei Farben blinkten die Unterhosen und die Halstücher der Jungen in der Sonne. Nichts stand still: selbst die Luft über dem Kiesbett flirrte, die angekohlten und entrindeten Akazien bewegten sich mit derselben Lebhaftigkeit wie die Jungen. Auf einem Quadratmeter, im Zeitraum von einer Minute, konnten Dutzende und Dutzende von wütend lachenden Gesichtern aufeinanderfolgen: die Unterhaltungen dauerten einen Augenblick, weil sich sogleich ein Neuankömmling einschaltete, oder ein Haufen Besessener verlangte, man solle Platz machen, um vom Sprungbrett zu springen oder zu spielen. Sowohl das Ufer als auch die Sandbank jenseits des Flußlaufes waren ein einziges Schlachtfeld, ein einziger Aufschrei. Der Kaiser, der wundervolle Kopfsprünge mit ausgebreiteten Armen machte, tauchte überall auf, um – ohne je die Stimme zu erheben – einzig mit der ständigen und eindringlichen Drohung seiner Augen eines Geistesgestörten eine Sachkenntnis aufzuzwingen, die niemand zu bestreiten wagte. Triebhaft wie Hunde oder wie Stiere drückten sie ihre sonntägliche und, wie Gil sagte, herrschaftliche Zufriedenheit aus, indem sie fluchten.

Mario, als einziger Gil und Desi treu geblieben, war bei ihnen, von einer Art Hochachtung vor Desiderios geheimnisvollem Schmerz erfaßt. Ohne es zu wollen, behandelte er ihn wie einen Kranken: und das erfüllte Gilberto mit Zärtlichkeit.

Um halb vier kleideten die drei Freunde sich an, um nach Marsure zu gehen; sie waren nicht die einzigen. Andere Gruppen von Jungen taten es ihnen gleich, konnten die Attraktionen der Kirmes kaum noch abwarten. Desiderio hatte in der Hoffnung, daß Iasìs dasein würde, überaus elegante Kleider mitgebracht, um sich bewundern zu lassen. Er hätte jedwede Niedrigkeit begangen, um die Augen des Knaben auf sich zu ziehen! Nun zog er sich betrübt an, und die Blicke voller Anerkennung und Verwunderung der anderen Freunde trösteten ihn nur ein wenig. Es bildete sich eine Gruppe mit Desi, Gil, Mario, Chini, Franco, Delchi und Fonso: voller Fröhlichkeit brachen sie nach Marsure auf.

Am Ende des Pfades bei dem Rost bogen die Jungen aus Marzins unter schallenden Abschiedsrufen nach links ab, sie waren mit dem Fahrrad unterwegs und konnten so die Abkürzung über die Feldwege nehmen; Desi und Gil hingegen legten die fünfzig Meter, die sie von Marzins trennten, fast rennend zurück. Vor dem einzigen Laden des Dorfes stand ihr Auto: zehn Minuten später waren sie in Marsure. Während sie auf die andern warteten, schlenderten sie auf und ab, um sich ein wenig umzusehen; aber die Ortsbesichtigung war nicht zufriedenstellend: die Kirmes wirkte recht öde, kraftlos, ohne Atmosphäre.

Nach einer Viertelstunde kamen ihre Gefährten auf dem Platz an; sie trafen sich sofort.

»Und Benito?« fragte Desiderio. »Der hat sich noch nicht blicken lassen«, verkündete Delchi; dann brachten sie zuerst ihre Fahrräder zur Aufbewahrung und gingen danach in die Schenke. Das große sonntägliche Gelage begann. Nach einer halben Stunde waren sie alle etwas betrunken – alle, außer Desiderio, dem von dem unachtsam in sich hineingeschütteten Liter übel war, der sich aber klar, traurig und müde fühlte. Wie irre blickte er um sich auf der Suche nach Iasìs. Doch dieser erschien weder am Nachmittag noch am Abend.

Gegen elf Uhr nachts machten sich die Jungen, die, während Desiderio und Gilberto tanzten, ins Kino gegangen waren, nach Hause auf. Delchi, mit fast zwanzig Jahren der älteste, hatte andere Gesellschaft gefunden.

Gilberto tanzte mit Mario: dann verschwand er eine Zeitlang.

Desi irrte allein, betrunken, krank über den Platz, durch die Menge. Noch um Mitternacht suchte er nach Iasìs. Doch er tat es aus Gewohnheit, weil er den ganzen Tag nichts anderes getan hatte. Er fühlte, wie in ihm, vermischt mit dem Kopfweh, dem Rückenweh und dem rasenden Brummen der Trunkenheit eine Frage Gestalt annahm, die allmählich zu reinem Schmerz wurde: und er ging auf und ab, um auf jene Frage zu antworten. Es war nicht so sehr unsinnig als vielmehr lächerlich, jetzt noch zu erwarten, daß der Junge auftauchen könnte: aber die Frage blieb weiterhin offen.

Mario war noch zu jung, um nach Mitternacht unterwegs zu sein, und seine den beiden neuen Freunden weiterhin unbekannten Gefährten hatten ihn mitgenommen. So kam Gil, allein zurückgeblieben, um Desiderio zu trösten. Sie gingen noch etwas trinken und setzten sich in die Schenke, die nun wie ein Schlachtfeld aussah: doch eine Viertelstunde Rast gab Desi einen Tropfen Energie zurück, und mit der Energie die Trunkenheit. Dem finsteren Selbstgespräch entrissen, brach eine plötzliche Lustigkeit, eine Art Raserei, in ihm durch: so gingen sie hinaus, auf den Platz, um zu toben, wie sie es in den schönen Augenblicken taten: den Augenblicken, in denen Alkibiades den Hermen die Köpfe abschlagen ging.

Meist waren es die Mädchen, die ihrer schrecklichen, grimmigen und ausufernden Heiterkeit zum Opfer fielen: aber natürlich auch die Jungen. Die überaus elegante, üppige Kleidung von Desi und Gil verlieh ihrer Ungezogenheit jedoch einen

Hauch von Adel, der ihnen gewöhnlich, außer Blicken der Empörung, auch Sympathie eintrug.

Und plötzlich war es da, das Glück. Es waren einige ihrer Freunde aus Savorgnano, in bester Laune. Sowie sie sich, von den Schreien ihrer sonntäglichen Verrücktheit angekündigt, erkannten, stürzten sie einander entgegen: und es gab Umarmungen, Küsse, Zärtlichkeiten und Freudengeschrei. So begann das lärmende Unternehmen. Da aber die Schenken nun schon schlossen, mußte man diesem häßlichen Umstand unverzüglich abhelfen. Savorgnano und Castiglione waren zu weit weg, um das Fest dort zu beenden. Also schlug einer der Savorgnaneser vor, nach Marzins zu gehen, wo der Ladenbesitzer sein Gevatter war, den sie aus dem Bett werfen könnten. Schreiend und singend rissen sie den Jungen an der Aufbewahrung die Fahrräder aus den Händen, und wie Verrückte die ins Dunkel der Nacht getauchten Pfade entlangrasend brachen sie auf nach Marzins.

Der Besitzer des Ladens wurde buchstäblich »aus dem Bett geworfen«: er war ein verkrüppelter und gutmütiger junger Mann, der gleich dabei war.

Zum Auftakt trank man drei oder vier Flaschen (sie waren insgesamt ein Dutzend Leute), dann verschwanden Pietro und der Gastgeber, um das Omelett zuzubereiten: es sollte ein Riesenomelett werden, aus dreißig Eiern. Die anderen sangen inzwischen aus vollem Halse, sturzbetrunken, rasend vor Lustigkeit. Bei ihnen war »Dente«, ein Schwachsinniger, den sie mitgeschleppt hatten, um sich zu amüsieren: und in der Tat brauchte er bloß den Mund aufzumachen, und alle brachen in unbändiges Gelächter aus; obgleich sie, um die Wahrheit zu sagen, wenig Komisches daran fanden, lachten Gil und Desi laut und höhnisch mit. Gegen halb vier war das Omelett fertig: die Tische wurden zusammengestellt und das Essen begann. Man mußte allerdings dem Himmel danken, daß Dente dabei war. Er war es, der verhinderte, daß unerträgliche Pausen die Lustigkeit beeinträchtigten: und die Jungen aus Savorgnano wurden ihrerseits nie müde, in regelmäßigen Abständen ihr Gelächter stets gleich zu wiederholen. Sie waren stolz auf Dente: und bei jeder Bemerkung von ihm beobachteten sie Gil und Desi aus dem Augenwinkel, um ihre Wirkung zu erkunden: so daß Desi, nun mehr müde als betrunken, und dennoch wild entschlossen, die Verrücktheit bis zum Ende durchzuhalten, sich entsetzlich anstrengen mußte, um bei jenen kollektiven Heiterkeitsbezeigungen ehrenvoll zu bestehen. Das Omelett schmeckte nach Fett, doch alle verschlangen es gierig, mit mindestens der gleichen Würde, mit der sie hinter Dentes Rükken hämisch lachten: und Desi schluckte es mit geschlossenen Augen hinunter; als nach und nach durch die Wirkung des Omeletts die kurze Trunkenheit in ihm verebbte, drängte sich der Gedanke an Iasìs ans Licht wie die Erscheinung eines Verstorbenen, vergilbt und entsetzlich.

Das Morgengrauen ließ schon den Himmel erbleichen und die Jungen aus Savorgnano vor den fettigen Tellern und den letzten Gläsern Wein sangen verzweifelt ihre Lieder durch. Dente mit seinen beiden aus dem ewig offenen Mund vorstehenden Eckzähnen gab Töne und Worte von sich, die zu einer mächtigen Schallspur verschmolzen, um die die anderen Jungen, sich mit dem Ellbogen anstoßend und grinsend, ihre pathetischen und heiser gewordenen Stimmen erhoben. So wurde es ganz langsam Zeit, aufzubrechen: es war gegen vier Uhr morgens, und das Licht schon Tageslicht. Ein weiß und rot auf die verputzten Mauern des Dorfes brennendes Licht. Die Alten, Männer und Frauen, waren schon auf, in manchem Herd knisterte das Feuer.

Auf die Straße hinausgetreten hörten die jungen Männer nicht auf zu singen und zu schreien, und inzwischen vollkommen betrunken führten sie in aller Ausführlichkeit lange Gespräche über die absurdesten Themen: in einem bestimmten Moment kamen sie zu dem Entschluß, daß man noch weitertrinken müsse. Sie gingen wieder hinein. Desi blieb draußen, im frischen, kühlen Licht der Morgenröte. Er war nun ganz klar, und nichts war in ihm als seine Liebe, eine große Lust zu sterben. Jenes Aufgehen der Sonne war ohne Süße.

Er stand reglos mitten auf der Straße, geschlagen, blutend. Und er betrachtete Iasìs' Gehöft, von dem nur die Dachfirste zu erkennen waren. Er machte ein paar Schritte zu dem kleinen Platz hin und stand vor *seinem* Hof: und hinten im Hof war, weiß, das Haus ... Alle schliefen sie noch; aber die Hühner scharrten und die Hähne krähten laut und antworteten sich von ferne. Wer weiß, welches Iasìs' Fenster war ... Dort, hinter jener Mauer, in einem nackten und lauwarmen, kalkweißen Kämmerchen, auf einem Strohsack ... Aus dem Taubenschlag kam eine Taube, streifte fast Desis Kopf und flog dann dicht über den Dächern davon, wo das unbefleckte Licht des Tages ihre Flügel traf. Lange betrachtete Desi, mit der Unbeweglichkeit der Betrunkenen, jenen in der Weiße der ersten Sonne weißen Flügel, während innerlich das Raunen des Gedächtnisses ohne sein Zutun sprach und tausendfach wiederholte:

Kühle Luft will ich werden, um zwischen die Laken zu
schlüpfen
um dir die Brust zu erfrischen, die weiß ist wie der Schnee.
Erwache, engelsgleicher Körper, bildnisgleiches Haupt;
zwei Worte habe ich dir zu sagen; dann schlaf wieder ein.
Erwache, und beschließe, ob ich leben soll oder sterben ...

Doch Iasìs schlief, einen fernen Schlaf, wie das Meer. Auf einmal hörte Desi die Schreie seiner Freunde, die ihn riefen: also kehrte er bis zur Schenke zurück. Nun war es Tag und im rohen und staunenden Licht sah er die jungen Männer fast abfahrbereit: manche saßen auf den Fahrrädern, andere verabschiedeten sich vom Wirt, wieder andere pißten auf das Rinnsal des Brunnens. Gil rauchte eine Zigarette, widerlich glücklich.

Desi hätte nicht weiterleben mögen: zugleich mit der Trunkenheit und dem schlechten Atem spürte er den Tod in sich. Dann fiel sein Blick auf Dente, der, grauenerregend, in der Tür zur Schenke stand mit seinem großen Gesicht eines betrunkenen Kindes. Nein, der Gedanke an ein Morgen war wahrhaftig unerträglich, man mußte die Nacht noch verlängern ... Also wandte Desi sich unvermittelt an die Gesellschaft und brüllte: »Ich gehe im Fluß baden, Jungs, wer kommt mit?« Der Vorschlag wirkte zuerst absurd, dann allmählich etwas weniger: außerdem sah es ganz so aus, als ob Desi nicht scherzte: er machte sich sogar schon auf den Weg zum Rost, wobei er sich ab und zu umsah, um die anderen zu ermutigen. Gil nahm die Herausforderung als erster an, dann Belìn, dann Giuliano ... Daraufhin entschlossen sich alle, zum Fluß zu gehen, und sei es auch nur, um den Verrücktesten beim Baden zuzusehen. Schreiend und singend stürzten sie auf die andere Seite des Dammes, durch die Maisfelder, unter die Maulbeerbäume, zwischen die taunassen Sonnenblumen. Sie kamen zum Tagliamento, unter die verwahrlosten Akazien. Im Halbschatten des Morgengrauens lag der Fluß weiß wie ein riesiges Schweißtuch. Die Büsche bildeten durchsichtige Flecken – das Wasser war von so klarem und leichtem aschfahlen Grün, daß man in zwei Meter Tiefe die Farben der Kiesel erkannte. Und am Ende der Kiesgründe, dort, auf dem aschfahlen Grün, das Rosa der Morgenröte.

Desi und Gil zogen sich als erste aus, in der noch nächtlichen Dunkelheit der Akazien; sie ließen ihre Kleider ins durchnäßte Gras fallen und liefen ganz nackt zum Ufer, wo einen Augenblick später auch Giuliano und drei andere Jungen, auch sie nackt, zitternd und schnatternd herumrannten.

Desi breitete ohne Zögern die Arme aus und sprang: im Halbschatten konnte man die Entfernung nicht abschätzen, und er befand sich im Wasser, bevor er es vermutet hatte: das Erwachen war so plötzlich, und die Trunkenheit ließ ihn, weichend, vollkommen klar im grünen Schatten des Wassers zurück. Hinten, an einer sanft geschwungenen Linie entlang, verlief sich tief rosa die Fleischfarbe der Sonne.

Unentschlossen schwamm er ein wenig im Wasser, das schwerelos, ungreifbar und beinahe lau wirkte: dann zog er sich an den Zementblöcken empor und stieg wieder ans Ufer. Zu seinen Füßen, im gekräuselten Wasser sah er die nackten Körper der Freunde, die planschend violette, rosa Kreise aus dem Schatten schnellen ließen – und ihm schwanden schier die Sinne angesichts solch vollkommener Schönheit. Um trocken zu werden, rannten sie auf dem vom Tau eiskalten Ufer, am Rande der Felder entlang. Eine Nachtigall sang noch ... der Morgenstern strahlte im tiefen Blau über dem düstergrünen Land; und es fehlte nicht das Erzittern des fernen Morgengeläutes: zaghaft schlugen die Glocken von Straccis, jenseits des Flusses, und die Glocken von Malafiesta, und die Glocken von Santa Sabina, und die Glocken von Saletto ...

Als sie vom Laufen trocken waren, fanden sie sich heftig zitternd unter den Akazien ein, um sich wieder anzuziehen: die anderen scherzten und hänselten sie, als sie sie betrachteten, während sie nackt und festlich im nassen Tau herumsprangen. Bei ihrer Rückkehr vom Fluß war ganz Marzins auf den Beinen. Durch die geöffneten Türen der Häuser sah man die Feuer blinken, und die Bauern gingen mit Holzpantinen an den Füßen zwischen Stall und Brunnen hin und her und versorgten die Tiere. Die Tennen waren ein einziges Scharren, ein Piepsen, ein Schnüffeln; die Frauen kehrten mit dem Besen in der Hand die Türschwellen, und die Kinder warteten verschlafen, daß die Milch kochte, und spielten indessen zwischen den Säulen des Laubenganges.

Nun war der Tag unumgänglich wiedergekehrt.

Desi, die Tränen erstickend, war so schwach, daß er schwankte, während er den anderen durch das Dorf folgte. Iasìs stand dort, vor seinem Haus. Er strahlte vor Frische, doch er wirkte – noch ganz verschlafen – zerrupft und bebend wie ein Vögelchen. Er lächelte ruhig, die Hände in den warmen Taschen, und betrachtete mit tiefer Sympathie die Gruppe junger Männer, die noch immer Lust zu singen hatten ... Sowie er Desiderio bemerkte, leuchteten seine Augen auf und er ging ihm fröhlich, mit ausgestreckter Hand entgegen. Desi jedoch umarmte ihn, und Iasìs erwiderte die Umarmung.

Viertes Kapitel

NICHT NUR AM nächsten Tag und die ganze folgende Woche sahen sie sich, sondern sie kamen sogar überein, mit Gilberto und Mario nach Caorle zu fahren. Dies war möglich, weil Desi in jenen Tagen auch Iasìs' Familie kennengelernt hatte und allen gleich sehr sympathisch war. Er hatte sich eines Abends mit Iasìs eingefunden, der ihn mitgenommen hatte, um ihn ein Glas von »seinem« Wein kosten zu lassen: sie waren beide sehr müde und glücklich, da sie den ganzen Nachmittag beim Fischen gewesen waren. Iasìs hatte die Tasche voller Fische: und seine kleinen Brüder liefen ihm entgegen, um sie anzuschauen. Mit männlichem Gehabe, ein wenig Überheblichkeit und ein wenig Ironie gestattete er, daß sie sich vertraut machten: und Desiderio überkam angesichts jenes väterlichen Iasìs eine große Befangenheit.

Nachdem er ihn der Mutter vorgestellt hatte, führte Iasìs ihn also in den Keller, steckte das Gummiröhrchen in das Faß, saugte und füllte ein von einer staubbedeckten Konsole genommenes rötliches Glas mit Wein, das er Desiderio galant anbot.

Desiderio trank in einem Atemzug, dann drückte er den Jungen an sich und küßte ihn auf die seltsam männlichen Wangen ... Die Mutter, die, wie Desiderio richtig vermutet hatte, ein weiblicher und fügsamer Iasìs war, war wirklich reizend zu dem jungen Fremden. Sie kam aus einem entfernten Dorf, dessen von der Mundart Marzins' leicht verschiedenen Tonfall sie beibehalten hatte. Außerdem war noch der dreizehnjährige kleine Bruder da ... Iasìs ganze Familie war, kurz gesagt, erfreut und geschmeichelt von der neuen Bekanntschaft: doch konnte man sich darauf verlassen? Diese Bauern waren wankelmütig wie Kinder ...

Jedenfalls war dem Ausflug nach Caorle die nötige Zustimmung erteilt worden.

Am dritten September kamen Desi und Gil frühmorgens auf

dem Fahrrad nach Marzins. Es war fünf Uhr: das Dorf erwachte, beim Angelusläuten, allmählich. Iasìs wartete, schon fast startbereit, in der großen Küche auf seine beiden Freunde. Er trug ein neues Hemd ... Als Desi ihn so, noch ein wenig durcheinander, auf sich zukommen sah, während die Feuerstelle in seinem Rücken lautlos flammte, hätte er gern vor Zärtlichkeit geweint: Iasìs aber, höflich, ungeduldig und glücklich, hieß die beiden Freunde Platz nehmen und schlüpfte mit der Bitte, daß sie einen Augenblick auf ihn warten möchten, hinaus. Sie näherten sich der Vitrine, angezogen von den Photographien ... Da war ein Iasìs von vor zehn Jahren: am Tag seiner Erstkommunion ... Ein Iasìs mit seinen Spielgefährten auf dem Sportplatz ... Und hier der neueste Iasìs, im grauen Winteranzug mit Krawatte ... In der morgendlichen Stille der leeren Küche spielten jenes kindliche Lächeln und jenes jugendliche Lächeln von Iasìs, jene Rundlichkeit, jenes Erblühen und jene Trockenheit, jene Nuancen der im sonntäglichen Schnappschuß zutiefst ausdrucksvoll und lachenden Blicke ahnungslos ein tödliches Spiel mit der Zeit, wiesen, als sei es ein Scherz, auf das ewige Moment eines der sagenhaften Tage hin ... Und hier schließlich, vor jenen Tagen, vor dem zärtlich erbarmungslosen Chanson de geste: Iasìs' Mutter, noch Mädchen, oder jungvermählt, soeben erst nach Marzins heruntergekommene Braut. Einen Augenblick später erschien der Knabe mit einer Flasche und Gläschen, und wollte den beiden jungen Männern unter allen Umständen den von seinem Vater gebrannten, sehr starken Schnaps kredenzen: sie mußten annehmen und waren sogleich ein wenig benommen davon. Inzwischen hatte Iasìs sich dem Herd genähert: er mußte noch die Festtagsschuhe anziehen (bis zu jenem Moment hatte er mit seinen Holzpantinen auf dem roten Steinfußboden gelärmt) und stützte dazu den Fuß auf die steinerne Feuerstelle, wo das Maulbeerholz ihm voll ins Gesicht flammte.

Dann kamen die Mutter und der dreizehnjährige kleine Bruder, die sich überaus freundlich mit den morgendlichen Gästen zu unterhalten begannen und so zuvorkommend waren, daß sie sie überredeten, noch ein Gläschen Aquavit zu trinken. Und sie war wundervoll, fast göttlich, die Frische, in die sich, dank des Alkohols, die Worte der Mutter und die Vorbereitungen des Sohnes kleideten. Zu guter Letzt lief Iasìs das Fahrrad holen und sie fuhren los.

Caorle liegt an der Mündung der Livenza, am nördlichsten Punkt des Bogens, den das Adriatische Meer von Triest nach Venedig beschreibt. Sein Hinterland bildet ein um die zwanzig Kilometer breiter sumpfiger und verlassener, vor wenigen Jahren trockengelegter Streifen; und es ist ganz von Kanälen, Dämmen, Deichen durchzogen; die Felder sind riesig, und der Mais grün wie die Wassermelonen.

Hinter Portogruaro beginnt man den Geruch der Bassa einzuatmen, die sich jenseits von Concordia grenzenlos auftut. Gil, Desi, Iasìs und Mario fuhren gegen sechs Uhr morgens in Concordia ein; das Dorf war noch in Schlaf und Nebel gebettet. Auf dem grünen Öl des Lemene tanzten die Reflexe der noch brennenden Lampen, unter den geteerten, gegen den Damm gelehnten Schiffskörpern der Kähne verschwindend und wieder auftauchend. Am Lemene wurden die alten Häuser von Concordia in der Fahlheit des Lichts wieder grau, weiß und rosa, mit ihren venetischen Lauben, und auf dem Platz spiegelten zwei oder drei in riesigen Zeltplanen gehüllte Karussells im Blau der Türmchen die purpurnen und schwarzen Töne ihrer Verzierungen wider, während hier und da das Maul eines Holzpferdchens oder eine Kette hinter den herabhängenden Zeltplanen hervorlugte.

Ein wenig außerhalb des Dorfes sah man ein Boot, das auf dem Schlamm des tiefgrünen Lemene dahinglitt, als sei es voller Gespenster: grau und krumm berührte es kaum das Wasser, und der Bootsmann in Hosen, die weiß waren wie Kalk, trieb es an, indem er nur ein Ruder ins Wasser stieß. Auf dem Deich schlugen eben erwachte Gänse und Enten mit den schneeweißen Flügeln, die Böschung hinunter die Erde aufwirbelnd.

Die Straßen der Bassa waren unendliche Geraden, die sich wie auf einer Landkarte kreuzten; und was im Friaul einfache Gehöfte waren, waren hier große Gutshöfe, weiß und rot, so daß es schien, als habe man eine andere Welt betreten, den Far West oder Alaska. Die Wassermelonenfelder erstreckten sich grün, soweit das Auge reichte.

Auf diesen gepflasterten Straßen ohne Staub fuhr man göttlich mit dem Fahrrad – man fühlte sich leicht. Iasìs raste wie ein Verrückter, die anderen, etwas atemlos, hinter sich herziehend. Sechs oder sieben Kilometer vor dem Meer gab es ein Floß zum Übersetzen über einen Kanal, der den Lemene mit einem Moor verband.

»Wo ist das Meer?« fragte Iasìs jeden Augenblick.

»Da hinten, hinter dem Sumpf«, zeigte ihm Desi vom Floß aus, das ein Junge an einem von einem Ufer zum anderen gespannten Seil langsam vorwärtszog. Hinter dem grünen und beschwerlichen Moor lag ein Blau, ein Blau wie im Traum. Wie Pfeile schossen sie durch San Gaetano, und schon bald erblickten sie den Kirchturm von Caorle – aber noch nicht das Meer.

Die Häuser von Caorle tauchen unvermittelt auf, in heftigen Farben, blau, schwarz, rot, grün, lila ... Mitten hindurch fließt ein Kanal voller Boote mit erschlafften und geflickten Segeln. Kommt man von dem unfruchtbaren und verdreckten Land her, so steht man, kaum hat man den Kanal überquert, gleich auf dem Marktplatz. So gelangten Desi und die anderen beinah wie durch ein Wunder zwischen den Buden und dem Lärm bis ins Herz der Gassen von Caorle, die nach Fisch rochen, zwischen Gruppen von Mädchen mit Perlen in den Ohren und Augen wie Perlen, die auf den Schwellen der Häuser die Netze flickten; die Türen und die Fensterchen waren offen, und im Vorbeigehen sah man von der Straße aus wunderbare kleine Interieurs. Möbel aus dem achtzehnten Jahrhundert, fein und fragil, Spitzen, Vitrinen; auch die ärmsten Küchen waren erfüllt von diesem ländlichen und erlesenen Reiz.

Schließlich kamen sie zum Deich auf der anderen Seite des Ortes, rannten eilig die Stufen hinauf, und vor ihnen lag das Meer.

Iasìs sah das Meer zum ersten Mal, und während er es, hungrig ein Stück Brot essend, betrachtete, schienen seine Augen die Farbe zu wechseln. Eine Art Gleichgültigkeit, die Männlichkeit war, verbarg die Verwunderung darin in einem sanften, fließenden und ausdruckslosen Licht. Sie stiegen gleich zum Strand hinunter, der sich unterhalb des Deiches nach Westen in Richtung Jesolo zum fernen Venedig hin ausdehnte, von Akaziengehölzen – riesigen Minenfeldern – eingezwängt und überwuchert, bis zu einer kleinen Landzunge, hinter der sich die Mündung der Livenza und das Moor befinden mußten.

Im Augenblick war der Strand noch menschenleer: doch ein bis zwei Stunden später war er überfüllter als ein Jahrmarkt. Man konnte sich nicht mehr rühren zwischen den liegenden Menschen und den herumtollenden Kindern. Es waren zumeist Gruppen, die vom Festland hergekommen waren, um hier den Sonntag zu verbringen – Gruppen von Bauern und Arbeitern, jung und lärmend. Die wenigen Dutzend echter Feriengäste waren bei der verschwindend kleinen Reihe von Badekabinen oder bei dem Gebäude aus Zement, das eine Terrasse aufs Meer hatte, versammelt. Die bäuerliche Menge in Unterrock oder gewöhnlichen Unterhosen begann jenseits der Reihe von Badekabinen und Sonnenschirmen zu wimmeln; so zwischen dem Tosen der Brandung und dem Getümmel jenes Marktes, das war betäubend, sinnverwirrend. Iasìs ging dahin wie im Traum und hielt Desi an der Hand.

Sie gingen bis zu jener Landzunge spazieren, die sie vom Deich aus gesehen hatten; und als sie zurückkehrten war es schon Mittag. Die Leute aßen Brot und Salami am Strand und verstreuten rundum das Pergamentpapier und das gelbe Papier mit den Essensresten. Kinder spielten beim Pissoir. Die Sonnenschirme der Badegäste waren nun verlassen und einige einheimische Jungen hatten sich darunter gelegt, manche spielten Karten, manche lagen mit einer Zigarettenkippe zwischen den Lippen im Liegestuhl.

Bevor sie zum Mittagessen gingen, überredete Desi die Freunde, noch ein wenig unter den Sonnenschirmen am halbleeren Strand zu verweilen. In der Tat sah einer der kleinen Jungen von Caorle, der im glühenden Sand kniete, ihn unverwandt mit seinen hellen Augen an, als warte er auf etwas.

»Wer bist du?« fragte ihn Desi daraufhin.

»Erinnern Sie sich nicht an mich?« antwortete der Junge lachend, »ich bin Apollonio, der Sohn des Bademeisters, wir haben uns voriges Jahr kennengelernt.«

»Ach, stimmt ja!« rief Desi aus, wobei er ihn streichelte. »Und das sind deine Freunde?« fuhr er fort, mit einem Blick auf die anderen zwei oder drei Jungen, die herangekommen waren.

»Ja.«

»Wie heißt du?« fragte Gil, zu einem stämmigen, dunklen Kleinen gewandt.

»Armando«, sagte dieser triumphierend.

»Und du?«

»Luciano«, murmelte der dritte, mit zwei Augen, die so groß waren wie Medaillen.

Desi und Gil gaben ihnen lachend die Hand, und Mario und Iasìs taten es ihnen nach.

»Hast du eine Zigarette?« fragte Apollonio.

»Nicht hier«, antwortete Desi, »ich gebe sie dir später.«

Am Rande der Brandung deutete ein blonder Junge mit außerordentlicher Eleganz einen Boogie-Woogie-Schritt an und sang dazu aus vollem Hals.

»Sehen wir uns heute nachmittag?« fragte Desi.

»Klar, wir warten auf euch«, sagten die Jungen.

Nachmittags trafen sie die drei Jungen aus Caorle, die mit den Füßen im Meerschaum auf der Mole saßen. Der Strand hatte sich erneut bevölkert und quoll über von Leuten.

»Gehen wir Wassermelone essen«, rief Gil aus; und alle sieben gingen, sich einen Weg durch die verrückt gewordene Menge bahnend, an den Badekabinen vorbei – stiegen den gelben, schmutzigen Deich hinauf – und wieder hinunter zum Ort mit seinen neoklassizistischen Villen und seinen erbsengrünen Pensionen, mit seinen dürren Nutzgärten und der zum Trocknen aufgehängten Wäsche. Sie nahmen das Sträßchen nach Santa Margherita, hinter den Akazienwäldchen, die auf der anderen Seite fast bis ans Meer reichten und übersät waren mit Schildern, die dem Himmel von der prallen Sonne gebleichte Aufschriften entgegenreckten: »Todesgefahr«, »verminte Zone«. Doch wenig später verwandelte sich das Sträßchen in einen Pfad an der neuen, im Bau befindlichen Straße zur Mündung der Livenza entlang. Natürlich war die im Bau befindliche Straße wie ausgestorben: links die verminte Zone, rechts ein endloses Wassermelonenfeld. Dort stand die Wassermelonenbude mit zwei ungehobelten Bänken und einem kleinen Tisch voller Messer.

»Wir kaufen zwei oder drei ganze Wassermelonen und gehen sie an der Mündung der Livenza essen«, schlug Desi vor: und das taten sie. Luciano und Armando hielten die zwei großen, frisch grünen Wassermelonen im Arm, und dann marschierten sie auf dem Pfad am Rand der neuen Straße los, während die Kleineren schrien und sprangen. Sie gingen den gleichen Weg wie am Morgen, kamen diesmal aber direkt nach Porto Santa Margherita: vier oder fünf Fischerhütten am Ufer der Livenza, die tief leuchtend wie Smaragd ins hellblaue Meer mündete.

»Nehmen wir uns ein Boot?« fragte Mario.

»Schön wär's, aber wer gibt uns eins . . .«, bemerkte Desi, indem er sich umsah: sowohl auf den grünen Wellen der Livenza als auch am Strand auf dem Trockenen sah man nur die pechschwarzen Fischerboote.

»Wir fahren raus!« schrien die Jungen aus Caorle. »Aber wie?« wiederholte Desi, dem die Idee gefiel, »hier kann man doch keine Boote leihen. Hier arbeiten sie damit, mit den Booten...«

»Versuchen wir's«, rief Gil und rannte auf ein Fischerhäuschen zu. Aus der Küche mit dem roten Fußboden kam auf ihre Rufe hin ein ganzer Clan zum Vorschein: Alte, Frauen, Heranwachsende. Gil und Desi hatten große Mühe, sich verständlich zu machen, doch schließlich begriff ein junger Fischer und führte sie lächelnd zu seinem Boot: »Nehmt es«, sagte er, »aber bleibt nicht so lange draußen!«

Es war ein altes Boot, schwarz wie ein Sarg, ganz rissig und runzlig, mit zwei seltsamen Dollen, einer längeren und einer kürzeren, die zwei Armstümpfen glichen. Die Jungen aus Caorle machten ein Loch in den Sand und vergruben die Wassermelonen darin, damit sie kühl blieben; dann schoben sie das Boot ins Wasser der Livenza, und alle sprangen hinein; die Strömung trug sie zum Meer hin, und es war nicht schwierig, die Mündung zu verlassen, obgleich keiner von ihnen jene Ruder zu benutzen wußte, die sich, auf den beiden ungleichen Dollen aufliegend, vor der Brust des Ruderers kreuzten.

Sie fuhren hinaus, bis das Land weit entfernt lag, und zur Rechten sah man ganz Caorle mit dem runden alten Kirchturm, und die orangefarbenen Badekabinen und den menschenleeren Hafen; zur Linken dagegen erstreckte sich die Küste: wild, unbewohnt, farblos. Und in der Mitte die grün leuchtende Mündung der Livenza. Sie fuhren nach Westen, ruderten lange und hielten sich dabei auf dem offenen Meer. Ab und zu sprangen sie in das goldene Wasser, auf dessen Grund man den mit Seesternen und Krebsen übersäten Sandteppich und den Schatten des Bootes sehen konnte.

Nach einer halben Stunde sahen sie am Strand eine weitere Mündung: aber so ebenmäßig, daß es eher die Mündung eines Kanals als eines Wasserlaufs zu sein schien.

»Was ist das?« fragte Desi. »Das ist das Moor«, antwortete Armando.

»Fahren wir hin!«

Sie lenkten das Boot zu dem Kanal hin, und nachdem sie es bei der Mündung an Land gezogen hatten, drangen sie auf dem rechten Kanalufer ins Moor ein. Der Ort war menschenleer. Unendliche Schilfweiten, wassergefüllte Mulden und Tümpel erstreckten sich, soweit das Auge reichte, durchfurcht von den azurblauen Wasseradern der Kanäle.

Einzelne Möven flogen kreischend vom Meer her oder zum Meer hin, und ganz leise wogte das Schilf – rötlich, violett und gelb – in der Brise.

»Gehen wir auf die andere Seite des Kanals?« sagte Gil.

»Gehen wir, aber paßt auf, er muß tief sein«, rief Desi aus. »Iasìs, gib mir die Hand, du kannst doch nicht richtig schwimmen.«

Aber der Kanal war nicht sehr tief, das Wasser reichte ihnen höchstens bis zur Brust: sie erreichten das andere Ufer und fingen an zu laufen. Alle waren unbeschwert und leicht, wie die Möven oder das Schilf; schreiend liefen sie hintereinander her, bis sie durch duftige, grüne Algenbetten, Sandzungen und Schilfhaine zu einem neuen kleinen Kanal kamen: höchstens vier bis fünf Meter breit, sein Wasser war still und warm, und in der Sonne schillernde Girlanden verwelkter Wasserpflanzen schwammen darauf herum.

Sie stürzten sich hinein und planschten lange, erfüllten das ganze Moor mit ihren Freudenschreien.

Jenseits des kleinen Kanals an den Flußinseln entlang leuchtete weiß eine nasse Sandzunge, und die Jungen aus Caorle liefen hin, um darauf zu rutschen; die andern folgten sofort ihrem Beispiel: beim Rutschen fielen sie hin und rollten sich im Schlamm: nach wenigen Minuten waren sie schwarz.

Sie gingen erst zwei Stunden später zum Boot zurück, als die Sonne schon sank und das Moor ihre müden, gleißenden Strahlen ganz in den Tümpeln und Wasseradern auffing, während sich über all den Morast und die Schilfhaine ein goldenes und ruhiges Licht ergoß.

Das Boot erwartete sie, schwarz, die beiden Dollen dem erblichenen Himmel entgegengestreckt, als berührte es dank der Eleganz seines Rumpfes den feuchten Sand, ohne darauf zu lasten.

Desiderio, der umkam vor Verlangen, ein bißchen mit Iasìs allein zu bleiben, dachte, daß die Rückfahrt mit diesem langsamen Boot ihm den Rest geben würde: hatte er denn auf der Hinfahrt nicht schon genug gelitten, während er Iasìs zusah, der sich über das Ruder beugte, Iasìs, der auf dem Bug kniete,

Iasìs, der sich Luciano zuwandte mit jener entzückenden Ironie in den Augen?

»Iasìs«, rief er, als die anderen das gerade zu Wasser gelassene Boot bestiegen, »Iasìs ... kommst du mit? Ich gehe zu Fuß zurück.« Und ohne die Antwort abzuwarten, lief er an der Brandung entlang davon: er hörte, wie die anderen vom Boot aus protestierten, drehte sich aber nicht um, weil er fürchtete, auch Iasìs auf dem Boot zu sehen.

Nach drei- oder vierhundert Metern blieb er einen Augenblick stehen, und als er einen angstvollen Blick zurück ins Moor warf, sah er, daß der Junge auf dem nassen Sand angerannt kam ... Sie erreichten die Mündung der Livenza, als das Boot nur noch ein schwarzer Punkt im Blau war ...

Rund um die Mündung tauchten jedoch ungeahnte Hindernisse auf; es war eine einzige phantastische Landschaft von Zementblöcken, Pyramiden, Mauerresten, vom Krieg zurückgelassen, um unter dem Zugriff der Algen zu zerbröckeln und zu verfaulen; also mußten die beiden Gefährten ihren Lauf verlangsamen und wie auf einem Truppenübungsplatz all die Hürden und Fallen überspringen. Doch kaum hatten sie jenes Labyrinth aus Stahlbeton und Schlamm, jene wieder Wildnis gewordenen Würfel und Vielecke überwunden, da bot sich ihren Augen ein weit beeindruckenderes Schauspiel und ein weit mühsameres Hindernis.

Wo der Strand, am rechten Ufer der Livenza zurückweichend, einen Bogen beschrieb, hatten die Fluten der Gezeiten eine einzige, riesige und ekelerregende Müllhalde angeschwemmt, weiter landeinwärts und am Rand natürlich die leichteren Abfälle, Massen von Seegras, Seesterne, Knochen, Muscheln, näher an Meer und Fluß die schwereren: Aas von Hunden, Katzen, Vögeln, unkenntliche Tiergerippe, fleischlose Skelette, die weiß wie Seide oder Silber in der Sonne glänzten. Manche Kadaver waren jedoch noch frisch und verbreiteten einen ekelhaften und aufdringlichen Gestank. Mit offenem Maul und hochgezogenen Lefzen lagen die Hunde da, den Gaumen indisch rot, grauenerregend: mit erstarrtem Fell, die Ohren wie Pergament.

Desi war einfach entsetzt davon: aber er zeigte es Iasìs nicht, nein, während sie mitten durch jenen Leichenhaufen liefen und sprangen, der in der Sonne funkelte, lachten sie und scherzten.

Etwa hundert Meter gingen sie so in dem Aasgestank die Livenza flußaufwärts, bis sie auf einer Art kleiner Halbinsel voller Pfützen und Gebüsch stehenblieben: es herrschte große Stille: zwei- bis dreihundert Meter weiter arbeiteten einige Fischer, in den geteerten Booten sitzend, über die Netze gebeugt ... Und am anderen Ufer, bei den vier oder fünf Häusern von Porto Santa Margherita, sah man keine Menschenseele.

Endlich waren Desi und Iasìs allein. Desiderio umarmte den Jungen und sie küßten sich lange, schweigend. Dann packte Desiderio, blind vor Liebe, Iasìs an den Handgelenken und versuchte, ihn zum Gebüsch hinzuziehen – doch der Junge wollte nicht: und er mußte sich fügen, mußte bleiben, wo sie waren. Nach kurzem Schweigen, von ohnmächtigem Verlangen geschüttelt, nahm er den Kopf des Jungen fest zwischen seine Hände und zwang ihn, ihm in die Augen zu sehen: »Ich liebe dich, Iasìs«, sagte er zu ihm, »du weißt es, und warum liebst du mich nicht?«

»Warum liebst du mich nicht?« wiederholte er naiv und eigensinnig wie ein Kind.

»Doch, ich liebe dich«, antwortete Iasìs.

Desi schwieg, und als er sich im Sand ausgestreckt hatte, legte er den Kopf auf des Jungen Brust. Aber sogleich fing er entmutigt wieder an: »Du liebst mich nicht, du liebst mich nicht, Iasìs, du haßt mich sogar ... warum würdest du mich sonst so leiden lassen?«

»Oh, ich will dich nicht leiden lassen, du bist es, der leidet«, sagte Iasìs.

Desiderio lächelte und küßte ihn erneut. Iasìs hielt ihn fest in seinen Armen, doch als Desiderios Hand ... »Nein«, sagte Iasìs. »Nein. Laß uns gehen.«

Desiderio sprang unvermittelt auf, wütend, und ging davon zum Strand, zwischen den Kadavern, die der Sonne die Zähne entgegenbleckten. Iasìs folgte ihm eingeschüchtert in zwanzig Meter Abstand.

Nach sehr langem Schweigen, währenddessen sie, beide dem noch fernen Boot zugewandt, reglos dagestanden hatten, drehte sich Desi zu dem Jungen um und sagte mit rauher Stimme:

»Es ist besser, daß wir uns ab morgen nie mehr sehen.«

Iasìs schwieg.

»Hast du verstanden?« wiederholte Desi fast schreiend.

»Ja. Ich habe verstanden ...«

Der Junge setzte sich, ernst, auf einen Algenhaufen; Desi dagegen blieb hartnäckig dem Boot zugewandt stehen, wortlos: und sie wagten nicht, sich anzusehen. So, ohne ihn anzusehen, als spräche er zum Meer, fing Desi mit unkenntlich gewordener Stimme wieder an: »Ja, es ist besser, daß wir uns nicht mehr sehen, es ist besser.«

Iasìs schwieg weiter, das Blau seiner Augen leicht verschleiert, oder zu glänzend: mit dem Ausdruck, den er gehabt hätte, wenn ein Unglück geschehen wäre. »Ab morgen«, begann Desi starrsinnig aufs neue, »werden wir aufhören, uns zu treffen, hast du verstanden?«

»Ja gut«, sagte Iasìs.

Desi sah ihn an. Die Wangen des Jungen hatten sich gerötet und ein ernster, ergebener, zerknirschter Ausdruck lag in seinen Augen: doch war er voller nie gesehener Glut. Und in dem neuen langen Schweigen, das folgte, sahen sie sich dieses Mal an: Desi setzte sich sogar neben ihn auf einen kleinen Zipfel Sand, der vom Aas und den Meeresablagerungen frei geblieben war. Aber ihr Schweigen war angespannt, dröhnend, durchzogen von einem Weinen, das jenseits der Worte war. Für Iasìs hatte Desis Schweigen etwas Heiliges, und er wagte gewiß nicht, es zu durchbrechen.

»Du hast vielleicht nicht recht verstanden«, fing Desi, ein ganz klein wenig ruhiger, wieder an. »Wir sehen uns nicht nur morgen nicht wieder, oder übermorgen ... sondern für immer.« »Vielleicht das ganze Leben«, fügte er hinzu und biß sich dabei auf die Lippen, um die Tränen zurückzuhalten.

»Doch, ich habe verstanden«, wiederholte Iasìs, den Kopf senkend.

»Und alles ist deine Schuld«, schrie Desi.

»Warum?« murmelte der Junge.

»Idiot.« Iasìs zuckte nicht einmal mit der Wimper, als hätte er nicht gehört: er senkte den Kopf noch ein wenig mehr, wie ein Schüler, der vom Lehrer getadelt wird; seine Wangen waren nun feuerrot. »Ja, deine Schuld«, sagte Desi, »Idiot.« Er sprang wieder auf und ging zum Rand des Wassers: als er sich nach einer Weile umwandte, sah er, wie Iasìs mit einem Schilfrohr ein Vogelskelett anhob und es neugierig, aber immer noch mit jener schmerzlichen Ernsthaftigkeit in den Augen, betrachtete ... »Bist du nun zufrieden«, rief er ihm zu, »ich werde dich nicht mehr mit meiner Nähe belästigen.«

»Es war keine Belästigung«, sagte Iasìs und sah ihn an.

»Vielleicht nicht, aber du hast alles getan, damit ich es glaube. Anfangs hatte ich dich für einen guten, aufrichtigen Jungen gehalten ... Und stattdessen hast du mich nur leiden lassen ... Ich habe mich geirrt, und jetzt muß ich dafür zahlen. Aber es langt mir, mit dir, es langt. Hast du verstanden?«

»Ja.«

»Es tut mir leid, dich zu verlassen, weißt du ... Iasìs ... Es ist, als würde mir ein Stück aus dem Herzen gerissen ... Du kannst das nicht verstehen, weil es dir nichts ausmacht, ich weiß.«

»Es macht mir aber etwas aus ...«

Das Boot kam inzwischen ganz langsam näher. Gilberto und Mario sprangen ins Wasser, und die anderen Jungen überließen das Boot der Laune der Strömungen und der Flut.

Desiderio trat ins Wasser, um dem Boot entgegenzugehen, das nur noch zwei- oder dreihundert Meter entfernt war, und Iasìs folgte ihm. Als ihnen das Wasser bis zu den Hüften reichte, warf Desi sich hinein und schwamm los, aber diesmal konnte Iasìs, da er nicht schwimmen konnte, es ihm nicht gleichtun und blieb allein dort im Wasser stehen und wartete ... Doch nach ein paar Stößen kehrte Desi unvermutet zu ihm zurück und blickte ihn, aus dem Meeresschaum aufgetaucht, an, noch immer ernst ... Auch Iasìs war ernst: so ernst, als wolle er gleich weinen. Er sah Desi nun mit einem flehentlichen Blick an: und Desi, nicht minder gerührt, lächelte ihn an, streichelte ihm übers Haar und sagte: »Ach mein armer, mein armer Iasìs!«

Von seinem Lächeln verklärt, lächelte der Junge, wie eine Stimmgabel die Schwingungen aufnehmend, sogleich zurück. Desiderio umarmte ihn, und eng umschlungen warteten sie im Wasser auf das sich nähernde Boot.

»Hei!« schrie Gilberto.

»Macht schnell!« gab Desiderio, ebenfalls schreiend, zurück. Vom Bootsrand aus schauten alle Jungen auf die beiden.

»Da stecken sie ineinander!« rief Armando lachend.

Und immer noch umschlungen warteten sie, bis die Seite des Bootes sie streifte.

Auf dem Pfad neben der im Bau befindlichen Straße kehrten sie nach Caorle zurück. Die untergehende Sonne brannte noch heiß auf die Felsbrocken, den Kies, die Moorhirsewäldchen, hinter denen sich das Meer verbarg. Auf der andern Seite erstreckten sich zum Festland hin trocken und gelb die Honigmelonenfelder. Zum Abschluß ihres Ausflugs aßen sie an einer kleinen Bude hinter dem Strand Wassermelone und saßen dabei um einen Tisch voller Messer auf klapprigen Bänken, die ihre kleinen Freunde aus Caorle jeden Moment umzustürzen drohten.

Bei dem »glücklichen« Abendessen, dem die vier Freunde seit über einer Woche mit freudiger Beklommenheit entgegensahen, war Desi dann finsterer Laune. Er aß schweigsam, insgeheim wütend auf alle. Iasìs fühlte sich schuldig und wagte nicht, den Blick zu ihm zu erheben. Die selig unbeschwerte Unterhaltung von Gil und Mario rund um den prachtvoll gedeckten, weißen Tisch des »Venezia« konnte dem Jungen nur ein gelegentliches, bedrücktes Lächeln abringen. Desiderio genoß Iasìs' Traurigkeit: er hätte ihn zu gern noch unglücklicher gemacht; und er quälte ihn, indem er ihn mit einem beleidigten und schmerzerfüllten Schweigen, das ab und zu von einer demütigenden Anspielung unterbrochen wurde, strafte.

Iasìs zwang sich einige Male, ihm einen Blick zuzuwerfen, in der naiven, deutlich sichtbaren Hoffnung, einen aufgeheiterten, vertrauten Desiderio wiederzufinden: und er zitterte insgeheim, fast als hoffte er auf ein Wunder ... Und Desiderio schluckte, jene heimliche Hoffnung bemerkend, die Tränen herunter.

Nach dem Essen gingen sie ins Kino, um sich *Gilda* anzusehen. Das Sommerkino von Caorle, in das Desi und die anderen hineingegangen waren, nachdem sie ein wenig auf der Seepromenade und in den Gassen herumspaziert waren, hallte wider vom Klang der Schallplatten; es war halbleer und von einer Palisade umschlossen, die sein elektrisches Flimmern vom Dunkel des Himmels abgrenzte. Trotz des Spaziergangs, der festlichen, zu herzlicher Eintracht einladenden Atmosphäre und Marios und Gilbertos Aufforderungen blieb Desi bei seinem »Schweigen« gegenüber Iasìs, der an seiner Seite saß und ebenfalls keine Worte fand. Zudem konnte er seine Isolation nutzen, um sich gewissen Beobachtungen hinzugeben, auf die er NIE hätte verzichten können ... In der Tat hatte in der Reihe frisch lackierter Stühle, direkt vor Iasìs, ein einheimischer

Junge platzgenommen, der sich nun eine Zigarette drehte, während er, in seinem schnellen Dialekt, ab und zu ein Wort mit seinem Gefährten wechselte. Diese beiden verkörperten, in ihrer ungewöhnlich augenfälligen Gegensätzlichkeit, die beiden verschiedenen Rassen von Caorle: einer war blond, mit goldglänzenden, strahlenförmig abstehenden Haaren, kurzem Profil, das Gesicht schon ein wenig reizvoll zerfurcht; der andere dunkel, mit großem Kopf, rundem und unschön geformtem Mund, auf reizvolle Weise dem Vater ähnlich ... Und in ihnen konzentrierte sich, blauer und salziger als das Meer, der suggestive Zauber, der von jenem festtäglichen, adriatischen Publikum ausging. So war Caorle, diesseits des nun in starrer Ferne liegenden Meeres, mit seinen schweren Schauern von dieser Sommernacht umfangen, die Desiderios Herz bluten ließ wegen all der nicht gesehenen Sommer. Und vielleicht war es der so tiefe Gegensatz zwischen Kino und Firmament, diese entsetzliche Palisade aus Schilfrohr, die in so direkter Beziehung zum Mond stand; vielleicht war es dieser wunderschöne Jugendliche mit den wundervollen dunklen Haaren, der, zu seinen Freunden gewandt, die Heldentaten seines heranwachsenden Geschlechts herausschrie; vielleicht war es schließlich, oder vor allem, diese phallische Vergoldung, die ein Fremder wie Desiderio in jeder kleinsten Begebenheit der unbekannten Orte wittert, dieser einheimische, kollektive und fast folkloristische Eros, der sich wie in einem Prisma wieder und wieder in der Menge festlich gekleideter Unbekannter bricht ... jedenfalls war Desiderio eine einzige schmerzende Wunde. Ach, wie er nun merkte, daß er ein Herz besaß ... Ein Herz, verhärtet von Schmerz und Eifersucht – durch einen Neid, der ihn sterben ließ, wenn er die »anderen« ansah, die ebenfalls, doch wieviel glückhafter und unbeschwerter, ein Herz besaßen ...

Dann gingen die Lichter aus und es begann, was zum schönsten Film werden sollte, den Desiderio je gesehen hatte. Etwas wundervoll Gemeinsames überkam alle Zuschauer angesichts von Gilda. Die Musik von Amado mio wirkte verheerend. So sehr, daß die obszönen Rufe, die zwischen den Zuschauern hin und her flogen – das »Achtung, gleich platzen dir die Knöpfe ab«, das »Wie oft schaffst du es heute abend?« – zu einem Rhythmus zu verschmelzen schienen, in dem die Zeit sich endlich zu beruhigen, einen Aufschub ohne glückliches Ende zu gewähren schien. Auch als Iasìs, von Desiderio umarmt, ihm den Kopf auf eine Schulter legte und Desiderios Herz in dieser Atmosphäre einer jenseits der Zeit, vor dem Tod gefeierten Orgie endlich zu zerschmelzen schien, war die Rührung in solcher Höhe angesiedelt, daß die Tränen gefroren. Rita Hayworth mit ihrem riesigen Körper, ihrem Lächeln und ihrem Busen einer Schwester und einer Prostituierten – zweideutig und engelsgleich – mit jenem kurzsichtigen kalten und bis zum Schmachten zärtlichen Blick – sang aus der Tiefe ihres Nachkriegs-Lateinamerikas, das wie aus einem endlosen Roman wirkte, mit göttlich schmeichlerischer Ausdruckslosigkeit. Doch die Worte von Amado mio beschworen sie – mit ihrer bäuerlichen Schönheit – fast in einem Zustand der Ermattung, oder wie post amorem, herauf, als sie da neben ihrem unsäglichen Muchacho kauerte ... Von einer Avenida Montevideos oder vom Rio de la Plata aus gesehen, was waren jenes Kino in Caorle und jener an seiner Seite sitzende Junge für Desiderio da anderes geworden als Sinnbilder seiner tragischen Resignation? Verzichtbereit und geschlagen, mit einem Herzen, das bei der Melodie und dem Text des Liedes wie Wachs dahinschmolz, streichelte Desiderio den an seine Schulter gelehnten Kopf des Jungen, wie man einen Bruder streichelt. Und unter Tränen flüsterte er ihm, statt der langen Ausführungen, die ihm seinen Entschluß, auf immer zu verzichten, hätten verkünden sollen ..., ins Ohr: »Verzeih mir, Iasìs!«, doch Iasìs lächelte bei jenen unhörbar von Desiderio gehauchten Worten zerstreut und antwortete ihm: »Heute abend.«

Es war wie ein Freudenschrei, als ließe eine sanfte Naturkatastrophe das Kino und ganz Caorle zusammenstürzen. Während Gilda indessen auf dem Hintergrund des Himmels, über dem atemlosen Publikum, mit zarter Lüsternheit und wütender Geduld ihren Handschuh vom Arm streifte.

Nach dem Kino, als sie an einem der hundert Stände in Caorle noch eine Scheibe Wassermelone aßen, hörten sie, wie jemand sie rief: es war Armando, schön und sonntäglich herausgeputzt, mit einem prachtvollen himmelblauen Hemd.

»Na, da bist du ja wieder«, sagte Desi.

Armando lachte: er gehörte zum dunklen Typ von Caorle, mit großem Kopf, fleischigem Mund ... ein echter Wilder. Sie zahlten ihm eine Scheibe Wassermelone, und es war entzückend, ihn mit dem Messer in der Hand, voller Verlegenheit und Galanterie, über die Theke gebeugt zu sehen.

Sie machten einen Bummel auf der Seepromenade oberhalb des Deiches und nahmen ihn mit. Während sie gingen, das Meer zu ihrer Rechten in seine unaufhörliche Geschäftigkeit versunken, zu ihrer Linken die zwischen den bunten Häusern ersterbenden Seufzer der sonntäglichen Glückseligkeit, rief Armando plötzlich aus: »Da, das ist der Borino.« Dann setzte er nach einer kurzen Pause, als schämte er sich, hinzu: »Aber wir nennen ihn Burìn.«

»Das ist ein kalter Wind«, bemerkte Desiderio, zerstreuter denn je, seit Iasìs ihm beim Gehen wieder den Kopf an die Schulter gelehnt hatte.

»Wie das erst im Winter sein muß!« fügte er dann hinzu, um den armen Armando nicht zu enttäuschen.

»Oh ja, er ist kalt, er kommt vom Gebirge.«

Wie? Der kleine Fischer wußte nicht, daß der Borino – und der Name sagte es doch deutlich – von Triest her weht? Und als Desi ihn spöttisch darauf aufmerksam machte, war es Armando, der erstaunt war, und sein Erstaunen ging viel tiefer: »Aber nein«, beharrte er, »er kommt von den Bergen.«

»Sind vielleicht um Triest keine Berge?«

Doch Armando gab nicht nach: er wollte nicht, daß der Burìn so leicht erklärbar wäre. Und er erwiderte: »Vielleicht kommt er von dort her, aber er entsteht weit weg, am Anbeginn der Welt.«

»Siehst du, Iasìs«, flüsterte Desiderio lächelnd, indem er sich auf die Brüstung setzte, »dort unten ist der Anbeginn der Welt.«

Iasìs setzte sich neben ihn, aber Desi rückte ein wenig von ihm ab, um ihn zu betrachten: hinter Iasìs, ganz hinten am Horizont, auf hoher See, sah man die Lichter eines fernen Dampfers ... Und unter ihm brach sich die Brandung an den Felsen. Dann gingen sie in den Ort hinunter, zu den grün, blau, rot, schwarz gestrichenen Häusern von Caorle – die nun im Dunkel verschwammen, und zu den letzten Passanten, den allsonntäglich Betrunkenen und den Jugendlichen, die singend heimkehrten; Desi hing nach wie vor an Iasìs und betrachtete ihn. Und wie um ihn noch weiter in der Zeit von sich zu schieben, hinter die Zeit, wiederholte er, nun von frenetischer Keuschheitswut gepackt:

Und während er sich unter den Bogengängen verlor
zwischen den Schatten und den Lichtern des Abends, auf dem Weg
zu jenem Ort, der nachts nur
lebt, von Orgien und Zecherei,
von Trunkenheit und Unzucht aller Art,
träumten sie, WER WOHL EINER DER IHREN SEI,
und aus welcher verdächtigen Lust heraus
er in die Straßen von Seleucia herabgestiegen wäre
aus den erhabenen, ehrwürdigen Wohnstätten.

Doch bevor sie allein blieben, begleiteten sie Armando nach Hause. Der Kleine war gerührt: es tat ihm leid, seine neuen Freunde vielleicht für immer zu verlassen. »Ihr kommt doch wieder!« fragte er.

»Bestimmt«, sagte Desiderio, »nächsten Sommer kommen wir wieder.«

»Wirklich?« machte Armando beglückt.

»Und wir werden sogar eine Nacht mit dir beim Fischen verbringen.«

»Ich freu' mich schon! Kommt unbedingt: es gibt viele Nächte, an denen nur der andere Junge und ich zum Fischen hinausfahren, mit dem Boot des Chefs.«

»Und man bleibt die ganze Nacht draußen, stimmt's?«

»O ja, im Morgengrauen fährt man zurück.«

»Gut ... also dann bis nächstes Jahr, Armando ... Ade!«

»Ade!« sagte der Junge, und die Stimme zitterte ihm dabei; dann ging er ins Haus; in eines jener wunderbaren Interieurs von Caorle, die einer Intarsie, einer Stickerei glichen.

Editorische Notiz

Unter Pasolinis unveröffentlichten Schriften befindet sich ein »Vorwort« zu *Unkeusche Handlungen* und *Amado mio* und es schien angebracht, es hier vollständig wiederzugeben. Während der friaulischen Jahre geschrieben, wie der Hinweis auf die »wenigen Verse, die ich veröffentlicht habe« zeigt (gewiß ein Verweis auf die *Poesie a Casarsa*), verbindet das »Vorwort« die beiden Romane miteinander und bezieht sich nicht so sehr auf deren fertiggestellten Text, als vielmehr auf den Arbeitsplan, den Pasolini sich gemacht hatte (siehe zum Beispiel den Hinweis auf das weitere Schicksal Desiderios).

Vorwort

Ich verspüre das Bedürfnis, dem Leser etwas zu sagen, bevor er zu lesen beginnt. Doch was soll ich ihm sagen. Beim Schreiben dieser wenigen Vor-Worte bin ich verlegener denn je. Ich habe viel riskiert, indem ich »Unkeusche Handlungen« und »Amado mio« schrieb.

Ich weiß nicht, ob die so heiklen Themen dieser beiden Erzählungen hinlänglich notwendig und objektiviert sind; ich vermute sogar, daß manch einer, würde ich die Sünde beim Namen nennen . . ., vielleicht nicht einmal die erste Seite des Buches läse.

Kämpfen Paolo und Desiderio genügend gegen ihre Liebe an? Es ist wahr, solange die Leidenschaft sie verzehrt, verzehrt sie ihre Sünde mit ihnen; doch diesseits der Leidenschaft, wo nur Sinnlichkeit ist, was rechtfertigt sie da? Die Anomalie ihrer Liebe ist als Strafe schon hart genug, eine »Verurteilung auf Lebenszeit«, das ist wahr; doch genügt es, zu leiden, um Erlösung zu erlangen? Desiderio wird durch seine eigene Erfahrung grausam gestraft, obgleich er das nicht will und auf seinem Recht besteht, das Böse zu tun, fast als handle es sich um eine Rache am Bösen selbst oder an DEM (wer immer er sei), der es verurteilt. Paolo hingegen WILL sich bestrafen; sein ganzes Leben war ein Kampf gegen das AUGE, das ihn beobachtet. In seinem Tagebuch sagt er, er habe keine katholische oder im weiteren Sinne religiöse Erziehung genossen, sondern eine zutiefst ideale. Er war »der Knabe ohne Fehl und Tadel«, der »Trost seiner Eltern« ein Ausbund an Rechtschaffenheit, alles in allem ... Jetzt läßt es ihm keine Ruhe (nicht einmal als er, wie ein gehetztes und verletztes Tier, beißt, um sich zu verteidigen), daß er dieses erste Bild von sich verraten hat. Er kämpft mit einem Gott, an den er nicht glaubt: aber nicht um seiner Erlösung willen ...

Jetzt bleiben die »Erfahrung« und der »Gott«, die Desiderio und Paolo früher oder später doch ganz zermürben werden, noch im Schatten angesichts der Offensichtlichkeit ihres bösen Tuns. Das Licht des Skandals ist immer zu stark. Und der Leser, zumindest nehme ich das an, hat Desiderios und Paolos Liebe gegenüber Vorurteile: er denkt, zum Beispiel, sie sei ansteckend ..., denkt, man könne sie kraft des Willens verändern ... Gar nicht erwähnen will ich, was er sich wohl in bezug auf die pornographische Seite dieser Liebe denkt; und was das angeht, gelten für Desiderio und für Paolo die Worte Gilbertos am Strand von Marzins, als Desiderio den Jungen zeichnet (S. 141).

Schließlich bitte ich den Leser darum, mich nicht von zu weit oben fallenzulassen, falls er findet, daß meine Erzählungen nicht gelungen sind. Auch diesmal geht es um die Frage Aufrichtigkeit oder Heuchelei: wenn ich das Material für dieses Buch aus meinem Leben geschöpft habe, bedeutet das, daß ich keine Angst davor hatte ... Und wenn ich, umgekehrt, zu mutig war, so bitte ich den Leser, sich gegen die Gewalt, nicht gegen die Anomalie der Liebe zu empören; und dann soll er getrost das Urteil aussprechen, das – nur aus Unfähigkeit – in meinen Seiten zu implizit gewesen ist.

Muß ich hinzufügen, daß die Jungen in keinem Fall, von dem speziellen Fall des Iasìs einmal abgesehen, angesteckt worden sind?

Alles, was ich auf diesen Seiten geschrieben habe, war implizit gewiß schon in den wenigen Versen ausgedrückt, die ich veröffentlicht habe, doch mit wieviel mehr Güte, erst jetzt bemerke ich es. Doch es war nötig, meinem Niedergang so die Treue zu halten; selbst die Quellen des Buches, von De Laclos bis Peyrefitte, von Gide bis Mann, sagen, daß in der Form der Erzählung, zwischen legendenhaft und literarisch, schon ein boshafter Ansatz gewählt worden sei. Wie viele Moralisten werden mich bereitwillig anklagen und Recht haben, denn wenn ich Desiderio nicht bin, wenn er mir nicht gleicht, so habe ich ihn dennoch erdacht und in dem Moment meines Lebens leben lassen, in dem ich mich ihm angenähert habe. Desiderio allerdings endet mit der Erzählung; und ich bewege mich nach S. 188 weiter auf der schiefen Bahn, auf der Desiderio so weit abgerutscht war. Doch das Leben, so viel blasser als eine Erzählung, ist auch so viel bunter; es gibt immer eine äußerste Vorsicht, die einen am Rande extremer Abenteuer zurückhält; ich weiß nicht, ob ich mich Desiderio gegenüber rühmen kann, eine solche Vorsicht besessen zu haben oder nicht. Wenn ich ein wenig mit Iasìs und Desi und ihrer Liebe gespielt habe, wenn ich sie auf »bösartige« Weise verwässert habe, so heißt das, daß ich dazu gezwungen war, und daß ich den Lesern dieses Buches in diesem Licht erscheinen mußte, damit sie, da sie anders sind als die wenigen, die mich von meinen Versen her kennen, sich die Meinung über mich bilden können, die ich verdiene.

Etwa fünfzehn Jahre später spricht Pasolini in dem Ferdinando Camon gegebenen Interview (*Il mestiere di poeta*, Milano [Lerici] 1965, S. 191; Milano [Garzanti] 1982, S. 141) erneut von *Unkeusche Handlungen* und *Amado mio*, und wie in dem frühen »Vorwort« erwähnt er sie wieder im Zusammenhang.

Die zwei Romane stellen denjenigen, der ihren Wortlaut festlegen soll, vor sehr verschiedenartige Probleme.

Der Text von *Unkeusche Handlungen* existiert nur in einer einzigen Fassung. In derselben Mappe befindet sich auch, zusammen mit verstreuten Seiten des Romans, weiteres narratives

Material, das schwer einzuordnen ist, aber wahrscheinlich jenem wirren, noch nicht recht geordneten Korpus zugerechnet werden muß, aus dem der Roman *Der Traum von einer Sache* hervorging.

Insgesamt ist *Unkeusche Handlungen* im Manuskript in einer noch sehr anfänglichen und experimentellen Phase der Ausarbeitung erhalten: das bedeutet chronologische Widersprüche in der Erzählung, Diskontinuität beim Gebrauch der 1. und der 3. Person, Verwendung verschiedener Namen, um gleiche Personen oder gleiche Orte zu bezeichnen, oft Variationsvorschläge, die aber noch keine endgültige Entscheidung sind. Es handelt sich gewiß um einen Versuch, das autobiographische Material erzählerisch auszuarbeiten, das schon den Tagebüchern anvertraut wurde, von denen Nico Naldini ausführlich spricht (*Et m'è rimasa nel pensier la luce*, in: *Poesie e pagine ritrovate*, Roma [Lato Side] 1980). Ganze Abschnitte aus den Tagebüchern (jetzt, von Naldini herausgegeben, im oben genannten Band veröffentlicht) tauchen in *Unkeusche Handlungen* wieder auf, Zeugnis eines narrativen Experiments, das von der Tagebuchform ausgehend versucht, zu einer unpersönlicheren Erzählform zu kommen: so also erklärt sich der unregelmäßige und abwechselnde Gebrauch der 1. und 3. Person, der Versuch, die Namen der Personen und Orte zu verschleiern. Selbst die Titel *Pagine involontarie (romanzo)* und *Il romanzo di Narciso* (die in den handgeschriebenen Heften auftauchen), die Naldini als Indizien für Pasolinis Absicht zitiert, den Tagebuchseiten eine romanhafte Form zu verleihen, liegen handgeschrieben und auf einem Zettel notiert auch der Maschinenschrift von *Unkeusche Handlungen* bei (und zwar in dieser Form: *Il romanzo di Narciso. a Silvana M. Parte I – Pagine involontarie*).

Was die Datierung des Romans angeht, so meine ich, daß seine Niederschrift vor dem Umzug nach Rom anzusetzen ist, da man annehmen muß, daß Pasolini beim Schreiben von *Unkeusche Handlungen* die handgeschriebenen Hefte vor sich hatte, die Nico Naldini – seiner Aussage gemäß – zum Zeitpunkt der Abreise übergeben wurden.

Bei der Edition des Textes habe ich mich im wesentlichen auf das Kriterium der Lesbarkeit gestützt. Deshalb:

– vereinheitliche ich, unter Zuhilfenahme einer Äquivalenztafel, die sich bei den Papieren von *Unkeusche Handlungen* befindet, alle Namen der Personen und der Orte entsprechend deren häufigstem Vorkommen im Text;

– ich kennzeichne und reproduziere in keiner Weise die Absichten des Autors, den Text zu korrigieren, auf die die häufigen Bleistiftstriche unter manchen Wörtern oder am Rand neben manchen Abschnitten hinweisen. Diese Revisionsabsichten gehen vor allem in zwei Richtungen: Pasolini bringt darin sein Vorhaben zum Ausdruck, zu sentimentale oder zu pathetische Wörter oder Ausdrücke zu ersetzen; und die Erzählung einiger heikler Situationen zu verändern. Doch da die Korrekturen nicht ausgeführt wurden, behält der edierte Text die originalen und unkorrigierten Formen des Manuskripts bei;

– ich übernehme, ohne darauf aufmerksam zu machen, alle orthographischen Besonderheiten, die Interpunktion und die eventuellen Widersprüche oder Unwahrscheinlichkeiten bei den chronologischen Angaben;

– schließlich bleibt noch das komplexe Problem der erzählenden Person, das ohne Eingriff in den Text nicht lösbar ist. Denn: das erste Kapitel von *Unkeusche Handlungen* ist in Tagebuchform, die Erzählung erfolgt in der ersten Person, mit sehr seltenen Korrekturen zur dritten Person hin; das zweite Kapitel, maschinengeschrieben in der ersten Person, trägt am Anfang den handschriftlichen Vermerk »dritte Person« und ist in diesem Sinn korrigiert, nicht durchgängig, aber mit einer gewissen Kontinuität; das dritte Kapitel ist in der ersten Person geschrieben, mit einigen unregelmäßigen Korrekturen in die dritte Person; beim vierten Kapitel sind die ersten maschinengeschriebenen Seiten in der ersten Person, aber fast durchgängig in die dritte Person korrigiert; es geht weiter in der dritten Person, die jedoch handschriftlich in die erste Person korrigiert ist; das fünfte Kapitel beginnt mit der dritten Person, die fast durchgängig in die erste Person verbessert ist, und fährt in der ersten Person fort, die selten in die dritte Person korrigiert ist; das sechste Kapitel ist in der ersten Person geschrieben und weist keine Korrekturen auf; das siebte Kapitel ist in der ersten Person, doch die letzten Seiten sind maschinengeschrieben in der dritten Person, mit verstreuten Korrekturen in die erste Person; im achten Kapitel kehren die Tagebuchform und die erste Person wieder, ohne jede Korrektur.

Da sie die häufigste Form ist, verwende ich im gesamten Roman die erste Person: auf diese Weise sind die Eingriffe in den Text zahlenmäßig sehr gering und verändern das Original nicht zu sehr.

Amado mio taucht in den unveröffentlichten Papieren immer mit diesem Titel auf (manchmal von dem Untertitel »all'ombra di C. Cavafis« begleitet); nur in einem einzigen Fall wird der Roman anders bezeichnet: *Un loro dio. all'ombra di C. Cavafis. Amado mio* ist auch der Titel eines Feuilletonbeitrages, der in »Il Mattino del popolo« vom 11. Dezember 1947 veröffentlicht wurde (ohne Titel ist er wiederabgedruckt in *I parlanti*, »Botteghe oscure«, Nr. 8, Roma 1981 und im Anhang von *Ragazzi di vita*, Torino [Einaudi] 1979): es handelt sich, mit einigen nicht unerheblichen Abwandlungen, um die letzten Seiten des Romans. Ein anderer Ausschnitt, in dem der Ausflug in das Moor geschildert wird, erschien im »Quotidiano« (Roma, 31. Mai 1950) unter dem Titel *Avventure adriatiche*.

Das gesamte Material von *Amado mio* befindet sich in drei Mappen:

1. die erste Mappe enthält: eine ganz unvollständige Version, die praktisch die Vorgeschichte des Romans erzählt (Exemplar A); eine Version – von der vorigen verschieden –, die mit einem zweiten Teil fortfährt und nur in diesem Exemplar erhalten ist (Exemplar B); das »Vorwort« zu *Unkeusche Handlungen* und *Amado mio*; weiteres heterogenes Material, und zwar: ein Heft mit Zeichnungen und Gedichten in friaulischem Dialekt (1943); die Sammlung *Tal còur di un frut* mit dem Begleitbrief an den Verleger Ciceri (datiert »Rom, 22. Dezember 1952«); Reisebeschreibungen, die zum Teil in Zeitungen veröffentlicht wurden; Notizen (alle handschriftlich) für eine philologische Arbeit;

2. die zweite Mappe enthält eine vollständige Version des ersten Teils, mit zahlreichen handschriftlichen Korrekturen (Exemplar C); eine einzelne Seite, die sicher Teil desselben Romans ist, aber wahrscheinlich zu noch einer anderen und nicht dokumentierten Fassung gehört; und ein »Inhaltsverzeichnis« von *Unkeusche Handlungen* und *Amado mio;*

3. die dritte Mappe enthält eine maschinenschriftliche Version (Exemplar D), die mit der vorherigen identisch ist: nur auf S. 33-36 weicht sie in der Anordnung der Zitate aus Tom-

maseo und in der Anordnung der Dialogteile ab. Auch das Exemplar D enthält viele handschriftliche Korrekturen, die sich von denen in Exemplar C ganz deutlich unterscheiden: das weist auf zwei verschiedene und unabhängig voneinander durchgeführte Revisionen des Textes hin. In derselben Mappe befinden sich noch zwei maschinengeschriebene Exemplare, mit den Exemplaren C und D identisch, ohne Handkorrekturen: auf den Seiten, in denen C und D verschieden sind, bringen sie beide Versionen.

Ein allgemeiner Hinweis im »Vorwort« und auch das »Inhaltsverzeichnis« in der zweiten Mappe bezeugen das ursprüngliche Projekt von *Amado mio*, das sich in eine Einführung, einen ersten Teil und einen zweiten Teil hätte aufgliedern sollen. In der Tat beweist das unveröffentlichte, sich auf den Roman beziehende Material, daß Pasolinis Ausarbeitung sich nur auf den ersten Teil erstreckt: vom zweiten Teil existiert, wie ich angedeutet habe, nur eine Fassung, in noch halb aufgesetztem und unvollständigem Stadium (sie bricht am Anfang des 4. Kapitels ab). Sie wurde gewiß in den auf den Umzug nach Rom folgenden Jahren geschrieben, wie die ausdrücklichen Verweise auf den Prozeß von Rina Fort und das Jahr 1950, die im Text enthalten sind, beweisen; darüber hinaus finden sich darin schon Versuche linguistischer Experimente mit dem römischen Dialekt, die später in *Ragazzi di vita* verwirklicht werden. Bei der Überarbeitung des Romans hat Pasolini den zweiten Teil völlig beiseite gelassen und nur den ersten Teil dahingehend verändert, daß er einen kurzen abgeschlossenen Roman ergibt. Aus diesem Grund enthält auch die vorliegende Ausgabe, der wahrscheinlichsten Absicht des Autors folgend, nur den ersten Teil von *Amado mio*.

Davon existieren vier Versionen, die jedoch, was die Edition des Textes anlangt, von unterschiedlicher Bedeutung sind: in der Tat berücksichtige ich weder Exemplar A, das eine Art partieller Proto-Version darstellt, noch Exemplar B, das vollständig ist, dessen Text aber fühlbar von dem abweicht, der mir der verbürgteste und endgültigste zu sein scheint, nämlich dem von den Exemplaren C und D dokumentierten Text.

Was diese beiden angeht, hat das Exemplar C, bestehend aus 73 maschinengeschriebenen Seiten, keinen Titel und weist keine Eingriffe strukturellen Charakters auf; die häufigen Anmerkungen sehen in vielen Fällen eine fühlbare Umarbeitung des Textes vor (zum Beispiel: Vorschläge, Beschreibungen einzufügen oder manche Personen eingehender zu analysieren – wie am Rand vermerkt ist); darüber hinaus lassen viele Varianten das maschinengeschriebene Wort weiterbestehen, ohne es zu löschen, und haben somit nicht definitiven Charakter.

Das Exemplar D, bestehend aus 71 maschinengeschriebenen Seiten, trägt den Titel *Amado mio. Romanzo incompiuto. 1948;* es weist vorwiegend Korrekturen stilistischer Art und einen strukturellen Eingriff auf: dort wo der Text des Manuskripts aus einer Einführung und drei Kapiteln besteht (gemäß dem ursprünglichen Plan, der vom »Inhaltsverzeichnis« bestätigt und in allen Exemplaren wiederholt wird), ist Text D handschriftlich korrigiert und besteht nun aus vier Kapiteln: die »Einführung« ist zum »Ersten Kapitel« geworden, das »Erste Kapitel« zum »Zweiten Kapitel« usw. Der Text nimmt also insgesamt die Form eines in sich geschlossenen Romans an, der keiner weiteren Eingriffe bedarf.

Aus all diesen Gründen nehme ich an, daß der endgültige Text, der wahrscheinlich der letzten Überarbeitung entspricht und jedenfalls am wenigsten provisorisch ist, der Text des Exemplars D ist.

Dieses Exemplar trägt – wie ich schon andeutete – das Datum 1948. Ich nehme jedoch an, daß die Erarbeitung des strukturellen Plans des Romans und seine erste Niederschrift auf dieses Datum zurückgehen. Die Umarbeitung ist gewiß später, höchstwahrscheinlich sogar viele Jahre später erfolgt. Im übrigen wird Pasolinis anhaltendes Interesse an *Amado mio* auch durch die Aussage Nico Naldinis bestätigt, der erinnert, daß er Anfang der 70er Jahre die Veröffentlichung des Romans bei Longanesi in der Reihe »Olimpia«, deren Herausgeber er war, vorgeschlagen hatte; und daß Pasolini dem Projekt zustimmte, das dann aus anderen Gründen zurückgestellt wurde.

Das dieser Ausgabe zugrundeliegende Material befindet sich bei Graziella Chiarcossi, der ich auch für die Mitarbeit und für die Aufmerksamkeit, mit der sie meine Arbeit verfolgt hat, danken möchte.

Concetta D'Angeli

Due frammenti biografici e un envoy a P.P.P.

. . . così l'apprendista di filologia romanza
ricorse alla lingua della madre
campì di smalti ladini pale d'altare e d'amore
ne ripeté a piè di pagina
in predelle a carattere minuto la *dulcedo*
nell'italiano della sua classe
appena ombrato di quel mite neo
angloprovenzale inventato
da Pound giovane scalante picchi
smeraldini nella Provenza di Arnault e Peire . . .

. . . erano ormai altri anni nel fango di Pente Mammolo
e ragazzi si prestavano ignari
modelli a imminenti cartoni manieristi già
era tempo
di atteggiare Franco Citti a prigione
profeta giovane peone in attesa
di cavalli padronali e schiumosi nel rito della propagginazione ...

Io non so se le genziane viola sino al blu di Persefone
fioriscono a Casarsa
ma certo – di primo autunno – sui monti che ferisce
e ventila il Tagliamento bambino.
Non un brindisi funebre un mazzo di genziane miste a felci
vogliono le sue ossa –
non le sue ceneri –
che continuano a inquietarci a consolarci
mentre attendiamo dubitosi e felici
vino e fiamme per il nostro oblìo.

Attilio Bertolucci

Zwei biographische Fragmente und ein Envoy an P.P.P.

. . . so nahm der Lehrling romanischer Philologie
die Sprache der Mutter zu Hilfe
grundierte der Liebe errichtete Altartafeln mit ladinischem Lack
wiederholte am Fuß der Seite
in winzig gedruckten Predellen dessen *dulcedo*
im Italienisch seiner Klasse
ganz leicht überschattet von jenem weichen
angloprovençalischen Muttermal, erfunden
vom jungen Pound, der smaragdgrüne
Gipfel erklomm in der Provence von Arnault und Peire . . .

. . . andere Jahre waren das nun im Schlamm der Mammolo-
Brücke
und Jungen gaben sich her, ohne ihr Wissen
Vorbilder für baldige manieristische Skizzen, schon
war es Zeit
Franco Citti herzurichten als Gefangenen
Propheten, Jungen, Taglöhner, der wartet
auf herrschaftliche Pferde, schäumend beim Ritus des lebendigen
Begrabens . . .

Ich weiß nicht, ob die blau-violetten Enziane von Persephone
in Casarsa blühen
gewiß blühen sie – im frühen Herbst – auf den Bergen, die
der kindliche Tagliamento luftig durchschneidet.
Keinen Begräbnis-Trinkspruch, keinen farnbesteckten
Enzianstrauß
wollen seine Gebeine –
und seine Asche –
die uns weiter beunruhigen, trösten
während wir zweifelnd und glücklich warten
auf Wein und Flammen, um zu vergessen.

Attilio Bertolucci

MAN WUSSTE, DASS sich unter Pier Paolo Pasolinis Papieren, die er viele, und keineswegs ruhige Jahre lang in Ordnung gehalten hatte, jener großgewordene Junge, dessen Mappe, Bücher und Schulhefte man sich untadelig vorstellt, ein Junge, der sich treu geblieben und von Beruf ein vollkommener Künstler geworden war, man wußte also, daß sich unter diesen Papieren zwei kurze, unveröffentlichte Romane befanden. Die geschätzte Herausgeberin dieses Buches, Concetta D'Angeli, hat einen Bericht über ihre nicht leichte Arbeit geschrieben, der am Ende des Buches veröffentlicht ist. Diese Anordnung erscheint mir richtig, nicht weil das, was Frau d'Angeli sagt, gegenüber meinen wenigen, unvermeidbar impressionistischen und schier zu persönlichen Seiten zweitrangig wäre, sondern weil es gut ist, daß der Leser nachträglich die Werkstattgeheimnisse und die biographischen Daten erfahre, die allerdings zur Klärung vieler Dinge beitragen, uns aber nicht bei der Lektüre der Texte beeinflussen sollen.

Vollständig ist der – gemäß der Anordnung – zweite Text mit dem Titel *Amado mio*, restauriert der erste, *Unkeusche Handlungen*, wobei der nicht explizite, doch wohl erkennbare Wille des Autors respektiert wurde, diesen Roman zu vollenden, der sich gerade aus einer Larve in einen Schmetterling verwandelte. Larve, das Wortspiel scheint mir hier am Platz: eine Autobiographie, die im Wandel zum echten Roman begriffen ist. Auf diese Weise ist Pasolinis Werk um ein Buch reicher geworden (es handelt sich um zwei kurze Romane, die aber als zwei Varianten ein und desselben Themas begriffen werden können, die aufeinander folgen und daher sowohl in psychologischer als auch in formaler Hinsicht eine Progression beinhalten), ein Buch aus jener Jugendzeit, die von vielen für eine der glücklichsten Schaffensperioden des Schriftstellers gehalten wird.

Seine Bibliographie weist in jenen Jahren, etwa von 1943 bis 1949, die zugleich Jahre von Pasolinis Leben und auch der Zeitraum sind, in dem sich die Begebenheiten der Romane zutragen, nur einen Eintrag auf, das kleine, schillernde Bändchen *Poesie a Casarsa*, in dem der jugendliche Autor gleich nach seinen Studien romanischer Philologie, von der lebendigen Mundart jenes Casarsa ausgehend, das zugleich Heimat der Mutter und seine Ferienheimat ist, eine geheimnisvoll literarische Gebrauchssprache erfindet, die ihn von der feierlichen, würdigen, aber ein wenig erstickenden Hypothek des hermetischen Italienisch befreit. So steht er als einziger »poeta della novità« jener Jahre da.

Wir wollen hier nicht Pasolinis leidenschaftliches und tragisches Leben noch einmal aufrollen: es mag genügen, uns zu erinnern, daß Pasolini, gerade mit dem Studium fertig und dem Militär entgangen, sich in der letzten bitteren Kriegszeit mit der Mutter nach Casarsa flüchtet, das nun durch die Gedichte, geschrieben als Lobpreisung und lyrische Mimesis der Stadt, auch zu seiner Heimat geworden war. Seither ist Casarsa in die poetische Geographie Europas eingegangen, ähnlich wie das Soria des von Pasolini stets heißgeliebten Antonio Machado.

Doch weder in *Unkeusche Handlungen*, schwankend zwischen Autobiographie und Roman, mit sanfter Hinneigung zu letzterem, und noch viel weniger in *Amado mio* behält Casarsa seinen Namen. Und das hilft uns, soll dem Leser helfen, die beiden Romane so zu nehmen, wie sie sind, oder vielmehr so, wie sie durch die nicht lange und dennoch unendliche Generationsspanne, die zwischen ihrer Entstehung und uns liegt, geworden sind: zwei kurze Romane eben, »di grazia« (ich entlehne den Terminus der Opernmusik), im Sinne jenes Meisterwerkes des alexandrinischen Manierismus zum Beispiel, das *Daphnis und Chloe* von Longus darstellt. Steht diese Behauptung in krassem Widerspruch zu jenem »Vorwort«, das am Ende des Buches zu lesen ist und von dem die Herausgeberin meint, es sei eher für den »Arbeitsplan« als für den »fertigen Text« geschrieben worden? Pasolini spricht im Zusammenhang mit homosexueller Liebe, die einziges Thema von *Unkeusche Handlungen* und *Amado mio* ist, von »Strafe«, von »Verurteilung auf Lebenszeit«, von »Sünde« usw. War der Autor etwa unaufrichtig in seinem Vorwort, in den ersten Zeilen von *Unkeusche Handlungen*, wenn das »Gefühl von Sünde« das erzählende Ich sogar auf Suizidgedanken zu bringen scheint? Keineswegs; dennoch, ob der Frühling die Erde erblühen läßt, ob der Winter sie mit Frost umfängt oder ob Bombenangriffe sie erschüttern, die Liebesbeziehungen im »wundervollen« (dieses Adjektiv kehrt immer wieder) Wechselspiel der Verweigerungen und zärtlichen Kapitulationen bleiben die einzige Realität. Daraus erwächst eine Feierlichkeit, die spürbar von einem Grundton masochistischen Moralismus' durchdrungen ist, aber nicht derart, daß er die Musik verändern würde, die mit glühender Anteilnahme und schon nostalgisch den »unsäglichen Zauber« von Tagen und heidnisch-katholischen Nächten beim flüchtigen Fest der Jugend besingt. Die »grünen Paradiese« oder die grünen Höllen? Möge der Leser selbst urteilen.

Kurze Zeit später erzählt *Der Traum von einer Sache*, der eigenständig ist, aber, wenn man so will, diese friaulische Sage von einem Diptychon auf ein Triptychon erweitert, von den Jungen aus *Unkeusche Handlungen* und *Amado mio*, die, um es mit Penna zu sagen, ein wenig an Alter zugenommen haben, erzählt von ihren Familien, die in Bauernkämpfe verwickelt sind, Kämpfe – wenn man heute zurückdenkt – von archaischer Einfachheit, mit dem Ziel, die Anwendung der Verordnung von De Gasperi zu erreichen. Über dieses Buch, das mit einer Kirmes beginnt und mit einem Begräbnis endet, hatte ich vor Jahren geschrieben, daß in ihm, wie in den Predellen der mittelalterlichen Maler, alles in farbenfrohem Glanz, in Heiterkeit der Erzählung erstrahlt. In jenem armen, um sein Recht ringenden Friaul der pasolinischen Seiten lachen auch »die abbröckelnden Hausmauern, das verrostete Metall der Fahrräder, die verknitterten Stoffe der Fahnen ...«

So gibt uns Pier Paolo, und das soll nicht reduktiv erscheinen angesichts der Seelennöte dessen, der »ein Knabe ohne Fehl und Tadel« war (das sind seine eigenen, ironischen und pathetischen Worte), in den Schlingen der »Anomalie« seiner Liebesbeziehungen verfangen, mit *Unkeusche Handlungen* und *Amado mio* zwei Idyllen und zugleich zwei Elegien der Jugend. Ich habe die beiden Termini in dem Sinn gebraucht, den sie hatten, bevor sie hastig ins Negative gewendet wurden, als sie im Zusammenhang mit hellenistischen oder den entsprechenden dekadenten Geschichten von Theokrit bis zum jungen Gide gebraucht wurden.

Attilio Bertolucci

Pier Paolo Pasolini, geboren am 5. März 1922 in Bologna. Er wurde in der Nacht vom 1. auf den 2. November 1975 in Ostia bei Rom ermordet.

Gedichtbände:

Poesie a Casarsa, Bologna 1942
La meglio gioventù, Florenz (Sansoni) 1954
Le ceneri di Gramsci, Mailand (Garzanti) 1957; deutsche Übersetzung: *Gramscis Asche*, München (Piper) 1980
L'usignolo della Chiesa Cattolica, Mailand (Longanesi) 1958
La religione del mio tempo, Mailand (Garzanti) 1961
Poesia in forma di rosa, Mailand (Garzanti) 1964
Trasumanar e organizzar, Mailand (Garzanti) 1971
La nuova gioventù, Turin (Einaudi) 1975
Le poesie, Mailand (Garzanti) 1975
Unter freiem Himmel. Ausgewählte Gedichte, Westberlin (Wagenbach) 1982

Romane:

Ragazzi di vita, Mailand (Garzanti) 1955
Una vita violenta, Mailand (Garzanti) 1959; deutsche Übersetzung: *Vita Violenta*, München (Piper) 1963
Il sogno di una cosa, Mailand (Garzanti) 1962; deutsche Übersetzung: *Der Traum von einer Sache*, Westberlin (Medusa) 1983
Teorema, Mailand (Garzanti) 1968; deutsche Übersetzung: *Teorema oder Die nackten Füße*, München (Piper) 1969
La Divina Mimesis, Turin (Einaudi) 1975; deutsche Übersetzung: *Barbarische Erinnerungen. La Divina Mimesis*, Westberlin (Wagenbach) 1983

Essays, Artikel, Polemiken:

Passione e ideologia, Mailand (Garzanti) 1960
Empirismo eretico, Mailand (Garzanti) 1962; deutsche Übersetzung: *Ketzererfahrungen*, München (Hanser) 1980
Scritti corsari, Mailand (Garzanti) 1975; deutsche Übersetzung: *Freibeuterschriften. Die Zerstörung der Kultur des Einzelnen durch die Konsumgesellschaft*, Westberlin (Wagenbach) 1978
Lettere luterane, Turin (Einaudi) 1976; deutsche Übersetzung: *Lutherbriefe*, Westberlin (Medusa) 1983
Le belle bandiere. Dialoghi 1960-65, Rom (Editori Riuniti) 1977
Il caos, Rom (Editori Riuniti) 1979; deutsche Übersetzung: *Chaos. Gegen den Terror*, Westberlin (Medusa) 1981

Zu Pasolinis Filmen siehe: *Pier Paolo Pasolini. Reihe Film 12*, München (Hanser) 1977

Giorgio Manganelli

»Der begabteste, einflußreichste und verhaßteste Schriftsteller Italiens.« DIE ZEIT

Omegabet
Prosa. Aus dem Italienischen von Toni Kienlechner
Quartheft 40/41. 132 Seiten
Manual für das vergebliche oder zielstrebige, das saumselige oder eilige Reisen im Labyrinth.

Unschluß Ein Leben im Regenhaus
Prosa. Aus dem Italienischen von Iris Schnebel-Kaschnitz
Quartheft 92. 144 Seiten
Beobachtungen und Überlegungen in einem Haus. Draußen der große Regen, drinnen der Hausverwalter. Nichts hat Grenzen.

Irrläufe Hundert Romane in Pillenform
Prosa. Aus dem Italienischen von Iris Schnebel-Kaschnitz
Quartheft 107. 208 Seiten
Mannhafte Abschiede, weibische Standhaftigkeiten, plebejische Aufstände, blitzartige Erscheinungen mild und schrecklich lächelnder Helden.

Amore
Prosa. Aus dem Italienischen von Iris Schnebel-Kaschnitz
Quartheft 118. 128 Seiten
Ein Spaziergang durch die Labyrinthe der Liebe: Delirium zu zweit, abgelaufene Schuhsohlen und schwindelnd-verschwenderisches Telefonieren.

An künftige Götter Sechs Geschichten
Prosa. Aus dem Italienischen von Toni Kienlechner
Quartheft 123. 160 Seiten
Eine leidenschaftliche Absage an alle falschen Mächte und eine lästerlich-spielerische Umkehrung der Welt – über unmögliche Liebe, Könige und »wahre Lebende«.

Verlag Klaus Wagenbach Berlin

Quarthefte

KURT WOLFF Autoren, Bücher, Abenteuer. Erinnerungen eines Verlegers
INGEBORG BACHMANN Ein Ort für Zufälle. Prosa
ERICH FRIED und Vietnam und. 41 Gedichte
JOHANNES BOBROWSKI Wetterzeichen. Gedichte
ERICH FRIED Anfechtungen. Fünfzig Gedichte
WALTER HÖLLERER / RENATE VON MANGOLDT Außerhalb der Saison. Gedichte und Photos
JAKOV LIND Angst und Hunger. Zwei Hörspiele
MARINA ZWETAJEWA Gedichte. Aus dem Russischen von Christa Reinig
WOLF BIERMANN Mit Marx- und Engelszungen. Gedichte, Balladen, Lieder
JOHANNES SCHENK Zwiebeln und Präsidenten. Gedichte
GIORGIO MANGANELLI Omegabet. Prosa. A. d. Ital. von Toni Kienlechner
AIMÉ CÉSAIRE Ein Sturm. Stück für ein schwarzes Theater
WOLF BIERMANN Der Dra-Dra. Die große Drachentöterschau
PETER SCHNEIDER Ansprachen. Reden, Notizen, Gedichte
PETER RÜHMKORF Lombard gibt den Letzten. Theaterstück
WOLFGANG DEICHSEL Frankenstein. 59 Szenen aus dem Leben der Angestellten
ERICH FRIED Die Freiheit den Mund aufzumachen. Gedichte
WOLF BIERMANN Für meine Genossen. Hetzlieder, Gedichte, Balladen
WOLF BIERMANN Deutschland. Ein Wintermärchen. Poem
PETER RÜHMKORF Die Handwerker kommen. Ein Familiendrama
RAINER KIRSCH Kopien nach Originalen. Vier Portraits aus der DDR
WERNER KOFLER Guggile: vom Bravsein und vom Schweinigeln
ADOLF ENDLER Nackt mit Brille. Gedichte
ERICH FRIED Fast alles Mögliche. Wahre Geschichten und gültige Lügen.
HANS CHRISTOPH BUCH Aus der Neuen Welt. Nachrichten u. Geschichten
HEINAR KIPPHARDT Leben des schizophrenen Dichters Alexander M. Ein Film
WOLF BIERMANN Die Drahtharfe. Balladen, Gedichte, Lieder
ERICH FRIED Die Beine der größeren Lügen / Unter Nebenfeinden / Gegengift. Drei Gedichtsammlungen
TINTENFISCH 12 Thema: Natur. Hrsg. von Hans Christoph Buch
BRENDAN BEHAN Die Geisel und andere Stücke. Mit einer Nachbemerkung von Heinrich Böll. Hrsg. von Ute Nyssen
ERICH FRIED Die bunten Getüme. 70 Gedichte
TINTENFISCH 13 Thema: Alltag des Wahnsinns. Hrsg. von Hans-Jürgen Heinrichs, Michael Krüger und Klaus Wagenbach
GIORGIO MANGANELLI Unschluß (Sconclusione). Prosa. Aus dem Italienischen von Iris Schnebel-Kaschnitz
WERNER KOFLER Ida H. – Eine Krankengeschichte
ROBERT WOLFGANG SCHNELL Die heitere Freiheit und Gleichheit. Vier Geschichten von der festen Bindung
PIER PAOLO PASOLINI Freibeuterschriften. Die Zerstörung des Einzelnen durch die Konsumgesellschaft. Aufsätze und Polemiken. Aus dem Italienischen von Thomas Eisenhardt
TINTENFISCH 15 Thema: Deutschland. Das Kind mit den zwei Köpfen. Hrsg. von Hans Christoph Buch

Tintenfisch 16 Literatur in Österreich. Rot, ich weiß, rot.
Hrsg. von Gustav Ernst und Klaus Wagenbach

Vaterland, Muttersprache Deutsche Schriftsteller und ihr Staat seit 1945. Hrsg. von Klaus Wagenbach, Winfried Stephan u. Michael Krüger

Stephan Hermlin Abendlicht. Prosa

Erich Fried Liebesgedichte

Carmelo Samonà Brüder. Prosa. Aus dem Ital. von Marianne Galanti

Giorgio Manganelli Irrläufe. Hundert Romane in Pillenform

Werner Kofler Aus der Wildnis. Zwei Fragmente

Tintenfisch 19 Jahrbuch: Deutsche Literatur 1980.
Hrsg. von Michael Krüger und Klaus Wagenbach

Stephan Hermlin Lebensfrist. Gesammelte Erzählungen

Erich Fried Lebensschatten. Gedichte

Pier Paolo Pasolini Unter freiem Himmel. Ausgewählte Gedichte. Aus dem Italienischen von Toni und Sabine Kienlechner

Johannes Bobrowski Mäusefest/Der Mahner. Zweiundzwanzig Erzählungen

Tintenfisch 20 Jahrbuch: Deutsche Literatur 1981.
Hrsg. von Michael Krüger und Klaus Wagenbach

Volker von Törne Im Lande Vogelfrei. Gesammelte Gedichte

Erich Fried Das Unmaß aller Dinge. Erzählungen

Tintenfisch 21 Jahrbuch: Deutsche Literatur 1982.
Hrsg. von Michael Krüger und Klaus Wagenbach

Giorgio Manganelli Amore. Prosa. Aus dem Italienischen von Iris Schnebel-Kaschnitz

Erich Fried Das Nahe suchen. Gedichte

Pier Paolo Pasolini Barbarische Erinnerungen. La Divina Mimesis. Aus dem Italienischen von Maja Pflug

Tintenfisch 22 Jahrbuch: Deutsche Literatur 1983.
Hrsg. von Michael Krüger und Klaus Wagenbach

Nicolò Ferjancic Polonia. Ein nomadischer, nicht zufälliger Roman
Aus dem Italienischen von Marianne Schneider

Giorgio Manganelli An künftige Götter. Sechs Geschichten
Aus dem Italienischen von Toni Kienlechner

Erich Fried Es ist was es ist. Gedichte

Javier Tomeo Der Marquis schreibt einen unerhörten Brief. Roman

Wolfgang Deichsel Zappzarapp
Die Panik der Clowns hinterm Vorhang

Tintenfisch 23 Jahrbuch: Deutsche Literatur 1984
Hrsg. von Michael Krüger und Klaus Wagenbach

Carmelo Samonà Der Aufseher. Roman
Aus dem Italienischen von Marianne Schneider

Erich Fried Beunruhigungen. Gedichte

Pier Paolo Pasolini Amado Mio
Zwei Romane über die Freundschaft
Aus dem Italienischen von Maja Pflug

Michael Krüger Was tun? Eine altmodische Geschichte

Luigi Malerba Die nachdenklichen Hühner. 131 kurze Geschichten
Aus dem Italienischen von Elke Wehr

Djuna Barnes Eine Nacht in den Wäldern
Short Stories. Aus dem Amerikanischen von Karin Kersten